つきなドルチェ

雪代鞠絵

幻冬舎ルチル文庫

CONTENTS ✦目次✦

嘘つきなドルチェ

✦カバーデザイン＝吉野知栄（CoCo.Design）
✦ブックデザイン＝まるか工房

イラスト・金ひかる✦

お料理はお好きですか？

「佐紀《さき》ー、次のつまみ、早く持って来てくれよー、腹減った」

そう言いながら、強《したた》かに酒に酔った吉木康平《よしきこうへい》はごろりとフローリングに転がった。スーツの上着を傍《そば》に放り出し、ネクタイをだらしなく緩めた格好だ。

カウンターの向こうのキッチンに立ち、フライパンを使っている藤倉佐紀《ふじくら》が肩越しに振り返った。

いかにも気が強そうな切れ長の目が、軽く康平を睨《にら》んだ。

「うるさいぞ、酔っ払い。もうじき出来るって言ってんだろ。あっ‼　俺《おれ》の料理の合間に訳の分かんないつまみなんか食うなよ！」

ついさっき、佐紀が手早く出せる皿として、チーズとハムの盛り合わせと、こんがり焼いたラスクを出してくれたのだが、ウィスキーを飲みながらあっという間に喰《く》い終えてしまった。それでもまだひもじくて、コンビニで買って来た乾き物をこりこり噛《か》んでいたのだ。

もう日付も変わろうかという時間なのに、康平はまだまともな夕食をとっていない。本当なら、今日は最近四ツ谷に出来た話題の鴨鍋《かもなべ》屋で恋人と過ごすはずだったのだが、予定がすっかり変わってしまった。

結局、一人でふらりと入った飲み屋で日本酒をぐいぐいと呷《あお》った。飲んでなければやってられるかという気持ちだ。そうしてすっかり酔った後、佐紀の部屋に転がり込んだのだ。

うだうだとフローリングに転がる康平の情けない様子に、キッチンの佐紀が腰を手に当てて怒っている。

「あのさあ。女の子に振られる度にこうやって酔っ払ってうちに押し掛けるの、ほんとやめてくれないかなあ。ものすごく迷惑なんだけど」

「何だよ、十年来の親友だろ。冷たいこと言うなよ。俺は傷心なんだぞ。もっと労《いた》わってくれよ」

「だから、こうやってお前のためにフライパン振ってるんじゃないか。現役イタリアンのプロがさ。有《あ》り難《がた》く思えよ」

言いたいことだけ言うと、佐紀が再び軽やかにフライパンを振る。じゃっと気持ちのいい音が上がって、ベーコンの脂が焦げる香ばしい匂いがこちらまで漂って来る。

部屋の角に合わせるように取り付けられたL字型のキッチンで、佐紀の動きは実に小気味良くてきぱきとしている。

中背の細身だが、たいそうスタイルがいい。頭が小さく腰の位置が高い。そしてジーンズに白いシャツという質素な格好と、艶《つや》のある黒髪が繊細に整った顔をいっそう引き立てて見せる。

どちらかというと優しげな女顔なのだが、この親友は見た目とは裏腹に恐ろしく強暴だ。顔立ちのことをからかうと、半殺しにされた上にすぐさまこの部屋から追い出されてしまうだろう。

佐紀が住むのは2LDKのデザイナーズマンションだ。職場に近いことと、広く機能的なキッチンとガスレンジ、大型の冷蔵庫や大量の調理器具を仕舞うスペースは必ず確保したくてこの部屋を選んだのだそうだ。

仕事が忙しく、ほとんど寝て起きるだけの部屋で、洒落《しゃれ》た間取りに関心はないというのは本当のようで、キッチンを除けば、この部屋には最低限のものしか置かれていない。ここリビングにしても、床暖房のフローリングにローテーブルと大きめのクッションが二つ、液晶テレビは床に直接置かれている。清々《すがすが》しいほどものが少ない部屋だが、掃除が端々まできちんと行き届いていて、康平にとっては自分の部屋より遥《はる》かに居心地がいい。今日のように失恋したわけではなくとも、康平は普段から度々この部屋を訪れている。

「ああ……一生こうしてごろごろしてたいよ」

「みっともないなあ。いい会社に勤めてて、仕事だって出来るのに。見目もいい男が二十七にもなってへろへろになるまで自棄酒《やけざけ》なんて。しかも失恋程度で」

床に転がった情けない格好で、キッチンに立つ佐紀を恨めしげに見上げた。

「失恋程度って言うな」

「失恋程度だろ、わざわざ人の部屋に押しかけて来る元気があるんだから。ほんとに打ちのめされたら、人間その場から一歩たりとも動けないもんだって」

それはそうだ。

二十七年も生きていれば、佐紀の言うことが正論だと分かるけれど。それでも、恋の痛手というのは、年齢にも世代にも関係なく、心に痛烈なダメージを与えるものなのだ。

康平は体を起こすと、飲み残しの酒を一気に呷る。火の加減を調整し、鍋とフライパンの様子を見て、佐紀がこちらにやって来た。自棄になっている康平の様子に眉《まゆ》を顰《ひそ》める。

「そろそろ止《よ》せよ、そんな強い酒ばっかり」

康平の手からグラスを取り上げた。康平はさっきからウィスキーのロックばかりを呷っている。康平はテーブルに突っ伏すと、また駄々を捏《こ》ねた。

「嫌だ。今日は飲んで飲んで、酔い潰れて寝る」

「でかい図体して駄々捏ねるなよ」

「……飲んでなきゃやってらんないんだよ」

佐紀は深々と溜息《ためいき》をついた。

「じゃあ、軽いカクテル作ってやるからそっちにしろよ。アイスティーにブランデー垂らして砂糖漬けの林檎《りんご》のスライス浮かべて。好きだろ？」

「佐紀ぃ！」

キッチンに帰ろうと踵《きびす》を返す佐紀の右足に、康平は思わず縋《すが》りついた。佐紀はぎゃっと悲鳴を上げフローリングに転がる。

「あっぶないだろうが！　この酔っ払い！」

じたばたと康平の肩を蹴飛《けと》ばしながら抗議する佐紀のシャツを引っ摑《つか》み、引き寄せながら康平は友人の華奢《きゃしゃ》な体に縋りついた。

二人は学生のようにわあわあぎゃあぎゃあと叫びながら床を転がる。

「世界中でお前だけだ、俺のことそんな風に労わってくれるの。何でお前、女の子に生まれなかったんだ」

「俺が女だったらお前みたいな女々しい男、絶対恋人になんかするかバカ！　さっさと離せよ、まだ火、使ってんだから！」

何の容赦もない肘鉄《ひじてつ》を食らう。康平が打撃を受けた顎《あご》を押さえていると、横長のトレイに載せられた料理が運ばれて来た。

「茹《ゆ》で卵とアスパラガスの温かいサラダと、きのことベーコンのリゾット。もう深夜だし、胃にもたれないように柔らかめにしといたから」

それから、さっき勧めてくれたアイスティーのカクテルだ。フルート形のシャンパングラスに、細工切りした林檎を美しく飾ってある。

「ほら、冷めないうちにさっさと喰えよ」

漂う美味《うま》そうな匂《にお》いに、康平はローテーブルを覗《のぞ》き込む。

佐紀の料理は見目から美しい。自宅で使う皿は白一色と決めているそうだが、料理の鮮やかな彩りがいっそう映える。

ベーコンが巻かれたアスパラガスの緑に、茹で卵の優しい黄色と白。リゾットにはバジルの葉が散らしてある。

そしてもちろん味や調理の具合も抜群なのだ。

アスパラガスは繊維が縦にぎっしりと走っているが、横にナイフを入れてもすらりと切れる。口に入れると野菜の爽《さわ》やかな味わいが堪能できる。リゾットは湯気と共にチーズのまろやかな香りが立ち上っている。きのこはそれぞれが丁寧《ていねい》にソテーしてあって、塩胡椒《こしょう》の具合が絶妙だ。

「美味い……」

スプーンを手に、しみじみと呟《つぶや》く。きつい酒ばかり飲んで、冷えた臓腑《ぞうふ》に染み入るようだ。康平の胃の調子を考えて調理してくれたのだろう。この毒舌《どくぜつ》の乱暴者がどうしてこんな繊細な料理を作れるのか、康平は不思議で仕方がない。

「当たり前だ。誰《だれ》が作った料理だと思ってんだ」

窓辺に置かれたカウチに座り、康平と同じ飲み物を入れたフルートグラスを片手にふんぞり返っている。

熱く美味い料理を一頻《ひとしき》り堪能していると、佐紀に尋ねられた。

「礼子《れいこ》ちゃんだっけ？　今度は何やって振られたんだよ。今回はけっこうもってたんじゃないの？　一年近くは付き合ってたろ？」

　カウチはローテーブルの左手に置かれている。康平は佐紀に横顔を見せたまま、ぼそりと答えた。

「……知るかよ。振られる理由なんて、相変わらず訳分かんないよ」

　今日、鴨鍋を食べるはずだった恋人――いや、元恋人は礼子と言った。大学の同期で、去年の春先の同期会で久しぶりに顔を合わせて、何度か食事をしてそこから交際が始まった。

　順調な付き合いだと思っていたのは康平の方ばかりであったらしい。今日、待ち合わせたカフェで、礼子は思い詰めた顔をしていた。そして康平にこう告げたのだ。

「別れて欲しいの」

　彼女は唖然《あぜん》とする康平を真《ま》っ直《す》ぐに見詰めていた。康平が好きな、きつめの目をした美人だった。

「康平が、恋人っていうものをどう考えてるのか、私にはもう分からなくなったの。あなたには私より大事なものが多過ぎるわ」

　そして席を立つと、康平が制止をする暇もなくカフェから立ち去った。取り残された康平は、呆然《ぼうぜん》としたまま一人ふらふらと飲み屋に向かったというわけだ。

　話を聞き終わり、佐紀は形のいい唇に冷ややかな笑みを浮かべた。

「そんなことだろうと思った。お前っていっつもそうだよな。同じ理由で振られる。いい加

減学習しろよ、うちの店の追い回しだってもうちょっと物覚えがいいぞ。一度やらかしても、二度と同じ失敗は繰り返さない」

言いたい放題に言われて、しかし康平はささやかな反論をする。

「でももてるんだぞ、俺は。人生で自分から告白したことなんか一度もないんだからな」

胡坐《あぐら》をかいて不貞腐《ふてくさ》れてみるが、佐紀は相変わらず微笑したまま、ゆらゆらグラスを揺らしている。

「そりゃもてるだろうな。お前は二枚目で背も高くて、優しくて——少なくとも普段は、頼りがいがあるし。しかも有名大卒で、今や誰でも知ってる総合商社に務めるエリートだ」

そうして、いつ見ても印象的な黒い瞳《ひとみ》に、悪戯《いたずら》っぽい光を浮かべた。

「だけど最悪な欠点がある」

何もかも見透かしたような物言いに、康平はついむっとなる。

「どういう意味だよ。礼子にだって、一年近く、俺は常に誠意を込めて付き合ったつもりだぞ。クリスマスも誕生日も、色々趣向凝らして、なかなか予約の取れないお前の店に無理やり割り込ませてもらったり……」

「そういうことじゃなくて。イベントに恋人を特別扱いするのは当たり前だろ。そういう、マニュアルに載ってるようなことは、どうでもいい。普段はどうしてる？」

気性とは裏腹に、佐紀はそれほど酒に強くない。肌が薄いせいか、少し飲むと頬《ほお》がほんのり赤く染まる。カウチに気怠《けだる》く体を横たえる様は、昼寝中の気位の高い猫のようだ。

「お前の欠点は、誰にでも好かれること」

「……どういう意味だよ」

「つまりは八方美人ってことかな」

「八方美人⁉　俺が？」

冗談じゃない、と康平は叫んだ。

康平は寧《むし》ろ、昔から男気に溢《あふ》れた気質として周囲に頼られることが多かった。勉強も出来たし、責任感が強く、要領もいい。中学、高校、大学、と進学する先で必ず学級委員や生徒会長、部活動の部長に推薦された。

そうかと言って堅苦しい優等生というわけでもなく、時には羽目も外したし、場を盛り上げるのも得意で、合宿や飲み会で幹事役を頼まれることも多く、友人は男女の別なくたくさんいる。

「八方美人」というような形容詞は受け入れ難い。納得のいかない康平に、しかし佐紀はなんの悪びれた様子もない。

「お前、友達や知り合い――女友達でも会社の女の子でも、恋人と同じ密度で接するだろ？包容力や責任感は男の魅力だと思うけど、お前はそれを誰彼構わず振《ふ》り撒《ま》くから。特別感がないんだよな」

「特別感？」

「たとえば、後輩の女の子に仕事のことで悩んでるから会社帰りに食事でもしながら話を聞いて欲しいと頼まれた。お前はいいよと快諾する。ところがその約束をした直後、彼女から『今日食事に行かない？』ってメールが入る。お前はどっちを取る？」

「そりゃ後輩だろ。会社でのことで悩んでるならそれを聞いてやるのも仕事の内だし、何よりそっちが先約なんだから」

「彼女と他の女の子比較して、後者を取る？」

「後輩は女の子じゃないよ。仕事仲間だ。わざわざ女の子の後輩って彼女には言ったりしないけど、聞かれたら女だって言うよ。疚《やま》しいことなんか何もないのに、嘘《うそ》吐《つ》くのはおかしいだろ」

「分かってないなあ。何でそんなにもてるのにそこまで無防備なんだよ。その後輩の女の子は、仕事の相談にかこつけてお前にアプローチかけてんの。かけてなくてもそういうことなんだよ、彼女からすると」

「アプローチって……そりゃあ、そういうこともあるかも知れないけど――」

――実際に、これはそういうことか、ということもあったし、男の性《さが》でついふらふらと行きそうになったこともあるのだが――

「だけど俺は会社を出ても仕事の仲間とは仕事の話しかしないよ。この子、ちょっといいなって思ったことがあっても、職場に恋愛を持ち込むのは嫌だ。だいたい、駆け引きは仕事で散々やってる。……恋人相手にまでやりたくない」

「ちょっとワーカホリックなのかも知れないな。仕事を全《まっと》うし過ぎ、とも言うか」

佐紀の口調はからかうものではない。こちらを完全に分析している。そしてその分析は的を射ていた。

「俺だって何も、人生のプライオリティの一番が仕事だなんて考えてないよ。嫌なことも山ほどあるし、辞めたいって思ったことも、正直何度もある」

だが仕方がない。もう弱音を吐ける年齢ではない。

康平よりずっと社会人歴の長い佐紀にしても、詮無《せんな》い愚痴《ぐち》をだらだらと零《こぼ》すようなことをしない。仕事にプライベートは一切持ち込まず、プロとしての職務に集中が出来ている、ということだ。

「付き合ってる子をいつも一番にするのは無理だ。仕事と恋愛をごっちゃにすることは出来ないよ。社会人同士で付き合ってるんだから、それくらい分かって欲しいよな」

「お前って、昔から何でも小器用にこなすのに、恋愛に関してだけはダメ男だよな」

「うるさいなあ」

言われなくても自覚はある。

不貞腐れる康平の一方で、佐紀は呑気《のんき》な様子で二杯目のカクテルに口をつける。

「いーんじゃん？　いきなり振られて愚痴は言っても、相手の悪口は絶対に言わない。そういうところ、やっぱり昔からお前の長所だよ」

佐紀はカウチから立ち上がると、空いた皿を手にキッチンへと向かう。

「ほらほら、喰ったならさっさと寝ろよ。明日も仕事だろ。シャワー使うなら適当にやって。布団、客間に敷いてあるから」

佐紀は明日は非番で、もう少し料理の勉強したいからまだ起きているという。佐紀は働くリストランテで、すでに副料理長という高い地位にある。オーナーシェフからの覚えもめでたく、夏の新メニューを考えるように言われているのだ。

佐紀のマンションは康平の「定宿」となっているので、パジャマから替えのスーツまで、康平の宿泊セットが揃《そろ》っている。

康平はバスルームに向かいながら酔いに任せて宣言した。

「次こそは、もっと優しくて寛容な女の子と付き合ってみせる」

佐紀は微笑して、肩を竦《すく》める。

「ま、頑張れば」

まったく他人事《ひとごと》でどうでも良さそうだが、バスルームに向かう康平のその背中に、佐紀が声をかける。

「おやすみ」

意外にも優しい声。

康平は知っている。乱暴だし、物言いも手厳しいこの親友。

けれど最後のところで、佐紀は康平の甘えを理解し、許してくれる。体の中から心を癒《いや》してくれる。

まるで彼が作る料理のように。


藤倉佐紀は康平の十年来の親友だ。学区では一番の進学校と言われる公立校の同級生だった。

当時から康平はいつも輪の中心にいた。明るく気の利いた冗談が上手《うま》く、年中行事ではいつもリーダーに選ばれた。教師や先輩にも好かれていた。

それに加えて、成績も優秀、爽やかで上背のある康平は女の子からも人気があった。これは気が強く美人の姉が二人いるせいで、女の子の扱いが上手かったからかもしれない。

見知らぬ下級生の美少女から水色の綺麗《きれい》なラブレターを手渡されたり、やたらと突っかかって来る男勝りのクラスメイトが実は康平のことがずっと好きだったと涙を見せたりと、十代ながらの甘酸っぱい思い出も多々ある。

だが佐紀は正反対だった。無愛想で無口、休み時間の度に居眠りして、クラスメイトを一切寄せ付けない。部活には属さず、放課後になるとさっさと帰ってしまう。

それなのに、佐紀はたいそう目立つ存在だった。

眠ってばかりいるくせに成績は良く、立ち歩けばきちんと背筋が伸ばされ、動作にも品がある。中性的な美貌《びぼう》には華やかさと繊細さが入り混じり、同い年のクラスメイトたちはすっかり圧倒されて、遠巻きに佐紀を眺めているしかなかったのだった。

そんな佐紀と親しく言葉を交わしたのはほんの偶然だった。

二年二学期の中間試験の頃《ころ》だったろうか。一学年下の「彼女」と待ち合わせて図書館で一緒に試験勉強をした。付き合って三日目だったその彼女には、半年後には振られてしまうことになるのだが。

まだ別の教科の勉強があるからと彼女を先に返して、教科書を開いたそのとき、窓際のカウンターに藤倉佐紀が座っているのが見えた。

どこか謎《なぞ》めいたクラスメイト。

後姿だったが見間違えようのない。あの綺麗に伸びた背筋。西日を浴びて、艶々と光る黒髪。

康平は無意識のうちに席を立ち、さり気なく佐紀の背後を通ってみた。

ふと足を止めたのには理由があった。佐紀が、料理の本を見ていたからだ。

「藤倉」

藤倉、ともう一度声をかけると、佐紀はそこでやっと顔を上げた。読んでいたのは、写真が大きく載せられているイタリア料理のレシピ集だ。

「料理に興味があるのか？」

その率直な質問に、男が料理に興味を持つなんて、とほんの僅《わず》かでも侮蔑《ぶべつ》やからかいが含まれていたなら、そこで永遠に佐紀との接点は途切れていただろう。

だが康平は、佐紀が女子生徒でも同じ口調で尋ねたと思う。

康平の母は専業主婦だが、姉たちは母を嘆かせるほど家事仕事が大嫌いときている。料理も洗濯も掃除も、完璧にこなす男と結婚するから必要ない！　というのが彼女たちの言い分だ。そんな姉二人を見て育った康平には、料理は女がするもの、という偏見は一切なかった。単純に、自分と同じ歳《とし》のクラスメイトが本格的なイタリアンのレシピ集を読んでいるのが珍しかったのだ。

だから佐紀は素っ気無い口調ながらも、答えてくれたのだと思う。

「バイト先が料理屋だから」

ぼそりとそう言って、大判のレシピ集をぱらりとめくる。その指先がほっそりと白かったことを、康平は何故《なぜ》か鮮明に覚えている。

「バイト？　料理ってお前が作るの？」

そこで佐紀が康平の目を真正面から見詰めた。

綺麗な奴《やつ》だとは前々から思ってはいたが、間近で見ると、そこに美貌の迫力が加わる。特に目が強い。

眦《まなじり》が少し吊《つ》り上がり気味の、切れ長の目。

黒い瞳には、きらきらと光が宿っていた。強い意志と個性が、輝きとなって目に表れているのだ。

「接客だけ。でも皿を出すとき、お客に料理について聞かれること多いから、何でも勉強しておかないと。厨房《ちゅうぼう》の人達に聞くにも、多少の基礎知識がないと失礼だし」

それで話は終わりだと言うように、佐紀は本を閉じた。立ち上がって書架に本を返しに行こうとする佐紀を、康平は慌てて引き止めた。

「藤倉」

ここで佐紀を行かせたら、後日、教室で佐紀から話しかけて来ることはないだろう。康平にはそれが酷《ひど》く物足りなく思えた。

佐紀はまだ何かあるのかと面倒そうに康平を見ている。

「あ、えーと、お前が働いてる店。どこにあるのか教えてよ」

「はあ？　やだよ」

佐紀は不審な顔をする。大して親しくもないクラスメイトが何故そんなことを聞くのかと

ITALIANA

胡乱《うろん》に思っているのだろう。

「いいじゃん、俺、藤倉が働いてるところ見てみたい。教室じゃ、誰かと話したりすら滅多にしないだろ?」

「そんなの、お前に関係ない。あ……」

佐紀は何かに気付いたようで、不思議そうに康平を見詰めた。

「さっきから、名前……」

一度も話したことはないのに、どうしてちゃんと名前を知っているのか。佐紀にはそれが疑問だったようだ。康平は苦笑してしまった。

「そりゃ覚えてるよ。俺クラス委員長やってんだし。それにお前、目立つもん」

「目立つ?」

「うん。藤倉綺麗だから、教室のどこにいても目立つ。女の子にも、藤倉と仲良くしたい子たくさんいるよ?」

屈託のない康平の物言いに、佐紀はぽかんとしていた。自分が周囲からどんな風に見られているか、まったく興味がないらしい。

だが、断固とした口調でこう言った。

「……悪いけど、バイト先は教えるつもりはないから」

容姿とは裏腹の頑固な態度に、康平は俄然《がぜん》佐紀に好奇心を持った。

「藤倉、うちの学校、校則はけっこう甘いけど、八時以降のバイトは禁止されてるの知ってた？」

康平が笑顔でそう言うと、佐紀ははっと息を呑《の》んだ。

「レストランのバイトで八時帰りってことないよな？」

「…………」

しまったという顔で、佐紀は押し黙っている。しばらく康平を睨んでいたが、小さく舌打ちする。

傍《かたわ》らのメモを取ると何か書き付け、千切ってこちらに寄越す。

佐紀が働く店の名前と場所だ。

「学校帰りに制服で来るなよ、ジーンズも禁止。それほど堅苦しい店じゃないけど、ファミレスとは雰囲気が違うから。あと、他の奴らには絶対教えるな」

「分かった」

佐紀の言葉で、店の格が何となく分かる。一人で行くのはさすがに怖気《おじけ》がついたので、一度目、二度目は社会人だった姉たちに頼んで付き合って貰《もら》った。

佐紀が働いているのは、メトロでもマイナーな駅のすぐ傍にあった。十七、八人も入ればいっぱいになりそうな小ぢんまりとした店だ。イタリア料理店らしい賑《にぎ》やかさはないが、ほっと寛《くつろ》ぐような温かさがある。

もともと美味いもの好きで方々のレストランで美食を味わっている姉らは、店の料理を絶賛していた。

「でも不思議ね、こんなに雰囲気が良くて料理も美味《おい》しいのに、今まで名前を聞いたことがないのよね」

どうやら店のオーナーシェフがガイドブックや雑誌の取材を嫌っているらしい。通だけが知っている、隠れ家的な名店なのだ。

やがて、白いシャツに黒ベスト、蝶《ちょう》ネクタイに、ボトムにギャルソンエプロンを着こなした佐紀が現れた。

茶色のなめし革で出来たメニューを手渡し、いつもの無愛想はどこへやら、輝くような笑顔で康平の姉に挨拶《あいさつ》した。

「吉木君には学校で、いつもよくしてもらっています。ご注文、お決まりになりましたらどうぞお呼び下さい」

澄んだ水のような声が耳に心地いい。

佐紀が立ち去ると、姉は目を見開き、顔を寄せた。

「す……っごく綺麗な子ね。あんな子が給仕してくれるなら、料理だっていっそう美味しく感じるわよねえ」

姉に答えることが、康平には出来なかった。

康平自身がすっかり佐紀に見惚《みと》れていたからだ。

姉たちが賞賛する通り、とにかく佐紀の動きは美しかった。水際立った容姿については言うまでもないが、料理が盛られた皿を両腕で四枚持ちながら、テーブルの間をすいすいと魚のように泳ぐ。仕事に手馴《てな》れているからだろうか、無駄な動きがなく身のこなしが素早い。何より、佐紀の清潔感溢れる美貌は店内に流れる音楽のようだった。彼が動けば、フロアの空気が華やぐ。

そんな佐紀の姿が見たくて、三度目からは、康平は小遣いが貯《た》まる度に店に通った。日曜日にランチを食べに行ったことも何度もある。

学校で二人きりになったとき、この前食べたあの料理が美味かった、と話をすると、あれはシェフの得意料理だと、佐紀は嬉《うれ》しそうに笑った。

当時の佐紀にとって、アルバイト先は第二の我が家のようなものだったのだろう。大切な場所を率直に褒められて、佐紀が少しずつ警戒心を解いていくのが分かった。

その頃から、佐紀と友人関係が始まったのだと思う。昼休みの屋上で、放課後の人気のない教室で、色んな話をした。康平の二人の姉の話や、クラスメイトの噂話《うわさばなし》、佐紀のアルバイト中に現れた変わった客のこと。

佐紀が休み時間に眠ってばかりいたのは、アルバイトで疲れていたかららしい。他にも、時間があれば単発で別種の仕事も引き受けていたようだ。常に忙しいから、友人を作る暇もなかった訳だ。

どうしてそんなに金が必要なのか分かったのは、二年生の終わりだ。学校から配られた進路希望の用紙に、佐紀が「地元のレストランに就職」とだけ書いているのを見たからだ。

康平は驚いた。

いや、焦った、という言葉が適当かもしれない。

「何でだよ。お前成績悪くないだろ？　進学しないともったいないぞ」

康平の希望は東京の国立大学だ。何か特別な職業に就きたいという夢もなかったので、経済でも勉強しようかと思っていた。周囲の友人も大半がその道を取る。

佐紀も、同じような進路を選ぶだろうと康平は思い込んでいたのだ。まさかここで道が分かれるなんて——思ってもみなかった。

だが佐紀は、自分の選択に何の迷いも感じていないようだった。

「別にもったいなくない。今のバイト先で正社員にしてもらう約束、もうしてあるし」

「社員になんかならなくたって、大学通いながらバイトすればいいじゃないか」

「大学に行く時間も金ももったいないから嫌だ。俺はとにかく早く社会人になりたいんだよ」

そして佐紀は自分の事情を話してくれた。

「うち、そう裕福じゃないんだ。父親が早くに亡くなってから、母親がずっと働き詰めで。

しかも俺の下に弟二人と妹もいるから、これからまだまだ物入りだろ。早く職について、家計を支えたいから」

今は裕福ではないと言っても、佐紀が育ったのはもともとは豊かな家庭だったのだろうと思う。それは佐紀の雰囲気を見ていれば分かることだ。だが、佐紀の父親は大きな借金を抱えて亡くなったようだ。まだ高校生だった二人には、どうしようもない問題だった。

そうして、佐紀は教師や康平の意見も聞かず、卒業するとさっさと三年間下働きとしてアルバイトしていたイタリア料理店で正社員として働き始めた。

厨房に入り、材料の切り出しや下拵《したごしら》えをする見習《アップレンディスタ》いとなり、ろくろく休みもなく毎日十五、六時間も働き、三年目には前菜やパスタ場へ異動となり、コースの主役となる肉や魚も扱い始めた。

ところが四年目、すでに老齢だったオーナーシェフが体を壊し、店が閉店の憂《う》き目に遭う。だが働き者の佐紀に特別に目をかけ、育ててくれたオーナーシェフからの紹介があり、東京の一流店に務めることとなった。知る人ぞ知る名店から推薦される形だったので、かなりの厚遇で迎えられたようだ。

その頃の康平はと言うと、大学の四年生で就職は決まっていたものの、卒論に遊びにと忙しく飛び回っていたが、佐紀が上京すると報《しら》せを受けたとき、とても嬉しかった。

時々郷里に帰っても佐紀の仕事が忙しくて会えず仕舞いのことが多かったが、これからはお互い電車で駅四つの場所に住まう。

友人は他にたくさんいるのに、康平にとって佐紀はずっと、特別な存在だった。

口数が少なく、たまにしゃべったかと思うと痛烈な皮肉だったりする。だが佐紀の言葉には嘘がない。

他人に厳しいが、自分にはそれ以上に厳しい。その癖、母親や弟妹のことはとても大切にしている。

賢く潔く、そして優しい。自慢の親友だ。

佐紀が東京で仕事を始めてからは、二人が会う機会は格段に増え、お互いの部屋に行き来しては、高校時代と変わらない何気ない会話をする。

康平が社会人になると、打ち合わせなどで外に出て直帰する際、佐紀の店に近い場所にいれば、そちらに寄ってイタリアンを楽しむ。以前勤めていた、小ぢんまりとした店とは違い、もっと規模の大きい、歴史と重厚な空気漂う三ツ星付きのリストランテだ。厨房で嵐のような注文《コマンダ》をこなしている佐紀がフロアに出て来ることはまずないが、佐紀が味付けした料理は康平には必ず分かった。

料理人としての道を佐紀は着々と進んでいる。康平も社会人として今年で六年目だ。

だが康平が相変わらず女の子に告白されまくり振られまくるという状況が続き、振られる度に佐紀の部屋へと押しかける。

弱味も情けないところも見られて知られて、佐紀は鋭い皮肉で康平を叱咤《しった》するが、最後には美味い料理を振る舞ってくれ、穏やかに心を癒してくれる。

一生大切にしたい親友。

それが佐紀との関係だと思っていた。


「吉木さん、昨日彼女の家に泊まったでしょ」

出社してデスクに付いた途端、正面の席に座るアシスタントが康平を見て悪戯めいた様子で笑った。この社の関連企業である派遣会社から派遣されている既婚の女性だ。

康平は自分の襟元《えりもと》を見る。ネクタイとシャツの組み合わせがうっかり昨日と同じだっただろうか。

「だって吉木さん、いつもだったらデスクに着いてメール確認しながらカフェで買ったサンドイッチとコーヒーで朝ご飯してるでしょ。今朝はそれがないから。彼女がちゃんと起こしてくれて、朝ご飯食べさせてくれたんでしょ？」

「ああ……」

そんなことか、と康平は苦笑した。

確かに、康平の寝起きは最悪で、いつもぎりぎりに飛び起きて、社会人としての身嗜《みだしな》みだけは整えると、とにかく大急ぎでアパートを飛び出す。途中で社の敷地内にあるカフェに寄り、適当な飲み物と食べ物を買ってデスクに着くと始業時間までの数分で朝食をとる。あまりいい習慣ではないと分かっているが、男の一人暮らしではなかなか改まらない。

昨晩は佐紀の部屋に泊まったのだ。朝、布団を剝《は》がされて叩《たた》き起こされた。

あと十分……と布団にしがみ付く康平に、息せき切って会社に駆け込むより、三十分だけでも早起きしてきちんと朝食をとって出社した方が、体が楽なはずだとリビングへと追いやられたのだ。

朝食もきちんと用意してくれていた。

薄切りのトーストを軽く焼いて、さっぱりしたマーマレードを塗って食べる。ヨーグルトのフルーツサラダと、半熟卵。昨晩強かに酒を飲みまくった胃にもすんなり収まり、カフェオレを飲みながらニュース番組を見る余裕さえあった。

朝から書類とノート型PCの入った鞄《かばん》を持って全速力で走るより確かにずっと楽だ。

「いや、彼女じゃないです。友達」

「ええー？　でも、吉木さんって彼女いるんですよね？」

小首を傾《かし》げて重ねて問うて来る彼女に、康平はすげなく答える。

「いませんよ。ところで、昨日頼んでおいた——社の研究資料、もうまとまってますか」

アシスタントはぱたぱたとPCをいじりはじめる。

「今メールで送信しました。専門家の論文、和訳が済んでないものが幾つかあるんですけど」

「原文のまま添付してあれば問題ありません。じゃあそれ、確認して問題なければ上にあげますから。それと、決算に必要な稟議書《りんぎしょ》、財務部から提出の依頼が来てるはずです。それ、ファイルから抜き出しておいてください。俺のサインが必要になるので」

「分かりました」

プライベートと仕事は完全に別物だ。佐紀には散々情けない姿を見せているが、仕事に関しては、康平は手加減なしに厳しくなる。十歳以上年上とはいえ、アシスタントである彼女にも丁重な口調は崩さず、私的な会話も慎んでいる。

康平はこの会社の海外総合産業部門に所属している。他部署や海外支店にいる社員との合同業務が多く、外国語の専門用語が飛び交う非常に多忙な部署だ。

チームワークが求められ、社内外での折衝は機転が利き弁が立つ康平の性格に向いている。上からの覚えもめでたく、入社五年目で早々に主任に昇格した。同期では一番の出世だ。

当然やっかみや嫉妬も受けたが、康平は一切気に留めなかったし、祝辞の方が遥かに多かった。

あの時は、佐紀もまるで自分のことのように喜んでくれたものだ。康平を店に招き、最上級の席でのフルコースで昇進を祝ってくれた。

「お前なら社会に出てもきっと上手くやると思った。この先も必ず成功するよ」

社会人としては先輩で、十代の頃から康平の気質を知っている佐紀の褒め言葉が、康平には殊の外嬉しかった。

現在任されている業務も、多くが部署の中枢へと繋《つな》がっているものだ。自分が上へ、上へと向かっているのがはっきりと分かる。

そう、仕事は出来る、という自負はあるのだ。

「だから余計にプライベートでの失敗が堪《こた》えるんだよな……」

呟いたその時、他部署に頼んでいたデータがメールで届けられたが、開いてみれば空白部分がやたらと多い。他部署との合同プロジェクトなのだが、部内のデータをこちらに開示することに抵抗があるらしい。その修正にすっかり手間を取られる。

気付けば昼休みが終わりかけで、慌てて社員食堂に駆け込む。テレビや雑誌で何度も取り上げられた巨大な規模の食堂で、メニューも豊富だが、味付けが見た目通りでどうにも心が弾まない。

今朝朝食を喰ったばかりだが、佐紀の作った美味い飯が恋しい。

「吉木さん、今頃昼飯ですか？」

同じ課の二年後輩、杉浦《すぎうら》が背後を通りかかった。今時の軽い感じの容姿で、少々お調子者だが、同じ大学の卒業生で、仕事も割合に出来るし、帰国子女とあって外国語も堪能だ。もう食事は済ませたのか、トレイの上の食器は空だ。

「ああ、ちょっとな」

「そういえば、ちょっとちょっと吉木さん」

トレイを流すコンベヤーには向かわず、何の断りもなしに吉木の隣の席に座る。ずいっと顔を寄せて来た。康平は眉を顰める。

「何だよ。お前、午後イチから打ち合わせだろ。こんなところで話してる暇あるのかよ」

「まだ大丈夫ですよ、課長、煙草《たばこ》吸いに行きましたもん。この時間専務も来てるはずだから、そうすぐには帰って来ないでしょう」

「ほんと目敏《めざと》いよなあ、お前……」

「それより吉木さん、礼子さんと別れたって本当ですか？」

いきなりその話を振られて、口に入れた唐揚げがぐっと喉《のど》に詰まりそうになる。康平はじろりと杉浦を睨んだ。

「何でお前が知ってんだよ」

昨日、佐紀相手に散々くだを巻いたので、失恋の痛手からはもう抜け出しているが、後輩と交わしたい話題ではない。

杉浦は康平の逆鱗《げきりん》に触れないよう、肩を縮める。

「昨日、礼子さんから携帯に電話があったんですよ。学生時代は知的美人で俺たちの憧れだった礼子さんがわんわん泣いて…ずいぶん溜め込んでたみたいですよ？　別れる決意をするまでどれだけ悩んだかって、二時間ほど愚痴を聞かされました」

康平は一瞬頭痛を覚えた。

……あの女。いや、昨日まで恋人だった女性をあの女呼ばわりするのは気分が悪いが。

礼子にとっても杉浦は大学の後輩にあたる。だから彼に愚痴を零したのだろうが、社の後輩に破局を知られたら先輩としての沽券《こけん》に関わることくらい、二十歳も越えた女なら分かっていて欲しい。

「先輩、女の人って欲張りですねえ。先輩ぐらい見場が良くて仕事が出来てもまだ満足してくれないもんなんすね」

杉浦は訳知り顔でしみじみと頷《うなず》いている。

この後輩は「日本最大手の商社に勤めている」という肩書きをいいことに、女子大生から上司にあたる女性まで、特定の恋人は作らずに好き放題に遊び倒しているのだ。いいや、杉浦だけでなく、既婚から未婚問わず、社内の男性のほとんどがそうだと康平も勿論《もちろん》見聞きしている。

自分のように、職場に恋愛を持ち込まない者は圧倒的に少数派なのだ。

「うるさいな。いいんだよ、俺はしばらく女はいい。仕事もばたついてるし」

十代半ばから恋人がいない時期がひと月と空いたことがなかったが、ちょうど業務も佳境を迎えているし、一人でいるのもいいかもしれない。佐紀も多分、文句を言いながらも相手をしてくれるだろう。

だが、杉浦はこんなことを言い始めた。

「急な話なんですけど。実は今日、合コンがあるんです。先輩、どうです？」

「お前、俺が今、しばらく女はいいって言ったの、聞こえなかったか？　それに俺はもう合コンで騒ぐ年でもないよ」

康平は冷たく杉浦を突き放した。あらかた食べ終えたので、トレイを持って席を立とうとする。

しかし杉浦が慌てて食い下がって来た。

「そう言わずに。今回は出なきゃ後悔しますよ。なんたって――」

杉浦は今、若い女性に人気のブランドの名を口にした。小物からドレスまでを扱うニューヨーク発のブランドだ。

「そこの女の子なんですよ！　ほら、もともとアパレルってお洒落で可愛《かわい》い子が多いでしょ。しかもあの人気ブランド。店員はモデル並みの厳しいオーディションで決めることで有名なんです。なかなかないでしょ、こんないい話」

「お前、どこの客引きの言い草だよ」

「先輩連れてくと女の子から感謝されて、次の合コンに繋げやすいんですよ。ね！」

「何が、ね！　だ。とにかく俺は遠慮するよ」

恋人と別れて昨日の今日で、知らない女の子たちと料理を囲む気分ではないし、それに出来れば今日は仕事を早めに切り上げて、佐紀の部屋に行きたい。

失恋の度に毎度毎度、押しかけはするが、康平も佐紀に迷惑をかけている自覚は充分にある。親しき仲にも礼儀あり、だ。ワインの一本でも持って詫《わ》びに行こうと思う。

まだぴーぴーと頑張っている杉浦を置いて席を立った。昼食の後、すぐに他課とのミーティングがあり、その報告書の作成と、すでにメンバー入りが決まっている次のプロジェクトの事前資料の下読みをする。

途中来客があったりでばたばたしているうちに退社時間はとうに過ぎていた。

ＰＣの電源を落とし、上着を着る。

佐紀には特に連絡を入れなくてもいいだろう。佐紀は休日に外出など滅多にしない。街に出て買い物を済ませた後は、せいぜい料理雑誌を読むか、試作品を作っているかだ。

以前、実家に戻ったとき、偶然佐紀の母親と道で擦れ違ったことがある。小柄な上に華奢な人だがとても美しい女性で、佐紀は間違いなく母親似だと思う。その際、佐紀はちゃんと東京で生活が出来ているのか、と心配そうに尋ねられた。

佐紀は給料の、かなりの金額を実家に送金しているらしい。有名リストランテの料理人《クオーコ》なのだから佐紀はかなりの高給取りだ。だが金がかかる趣味を持っているでもなく、ごく質素な生活をしている。自分に不要な金なら、苦労をかけた母親や弟妹のために使う方がいいと考えているのだろう。

佐紀はいつでもそうだ。家族思いで、自分のことは二の次でがむしゃらに働いている。何だかんだと言いながら、失恋の度に酔って愚痴を言いに来る迷惑な友人の面倒もきちんと見てくれる——

そんなことを考えながら二階のエントランスホールに出ると、杉浦が彼の同輩や、康平の同期とたむろしていた。全員で四人だ。

「吉木先輩！」

うるさいのに見つかった、と足を速めたが、杉浦は高校生のように大声を上げる。

「吉木先輩、無視しないで下さいよ～！」

そうしてすっかり浮かれ切った足取りでこちらに駆けて来た。

「今からなんですよ、例の合コン。店は社の近くなんです」

女の子たちとの約束の時間ぎりぎりまで、康平が退社するのを待ち伏せしていたらしい。

「あっそ。まあ頑張れ」

康平は前に後ろに纏《まと》わり着いてくる杉浦を躱《か》わしながら回転ドアに近付く。

「昼飯のときに俺は行かないからって言っただろ」

「でも女の子は五人なのにこっちは四人なんですよ。それってどれだけ相手に失礼にあたるか、先輩だってご存知ですよね？　どうか俺を助けると思って！」

康平も何度も合コンのセッティングをしたことがあるので、杉浦の言っていることはよく分かった。

男の数が多いならともかく、少ないというのは完全なマナー違反だ。お気楽者の杉浦が殊勝な顔をしているのを見ると、先輩としてつい助け舟を出してやりたくなる。

そこでつい仏心を出すのが、八方美人の所以《ゆえん》なんだよ——

佐紀のからかいが聞こえて来そうで、康平はつい舌打ちを漏《も》らした。

「一時間だけだ。きっちり一時間したら、俺は帰るからな」

それを聞いて、杉浦が快哉《かいさい》を上げた。

「御の字です！　今度昼飯奢《おご》らせて下さい！」

さっきのしおたれた態度はどこへやら、杉浦が意気揚々と他のメンバーに声をかけた。

「さあ行きましょう！　女の子たちがお待ちかねですよ！」

杉浦が予約していたのは、洋風創作料理のダイニングキッチンだ。薄暗い照明に、予約しているという個室までの道のりが迷路のように入り組んでいる。

個室に入ると、女の子たちは先に来ており、壁を背に一列に座っていた。全員が二十代前半というところだろうか。同じブランドで働いているせいか、それとも康平がこの合コンにあまり気乗りしていないせいか、何となく全員同じような容姿に見える。

仕切り屋の杉浦がてきぱきとその場を取り仕切り始めた。

「ダメダメ、女の子、そっちに偏ってないで。きっちり合コン座りでいきましょう。はい男女ジグザグにね」

康平は億劫《おっくう》な気持ちで席に着く。一時間で帰る、と約束したので、一番端の席を選ぶ。

「料理はコースで頼んでありますから。あ、あと飲み放題なんでどんどん頼んで盛り上がりましょう！」

いつも以上に元気いっぱいな杉浦の声を聞きながら、康平はさり気なく腕時計を確認した。

一時間。それだけ経《た》ったら席を立つ。そして佐紀のところへ行く。

合コンに付き合った、ということは伏せておこう。また、八方美人、などと皮肉を言われるのが落ちだ。もうあいつの冷笑を招くような容易な恋愛はしない。

胸のうちでそう呟いたそのとき、ふと、頬の辺りに視線を感じた。

正面の席に座る女の子が、大きな目で、じっと康平を見ていた。目が合うなり、綺麗にグロスの塗られた唇を綻《ほころ》ばせ、ふわりと笑う。

康平は軽く会釈《えしゃく》を返すに留めておいた。

どうせすぐに席を立つつもりなのだから、親しく会話をしても無意味だ。

——そう思ったのだが、意識はついつい彼女の方へと向いてしまう。

何故なら、彼女の容姿が康平の好みのど真ん中だったからだ。

小ぢんまりと整った顔立ちに、薄暗い照明の下でも色がとびきり白いのが分かる素肌。甘いシャンパンピンクのサマーニットは首もとが広く浅いVネックになっていて、下ろした栗色の髪が鎖骨の辺りで自然なカールを描いている。

何より魅力的なのが、目だ。

いつからだったか、康平は目が印象的な女性に弱い。

正面に座る彼女もやはり、大きく愛らしい目をしていた。付け睫毛《まつげ》とカラーコンタクトで原形を留めないほどの大修正をしている女が康平は大の苦手だが、彼女のメイクは過剰には見えなかった。

杉浦の仕切りで自己紹介が始まる。

川村亜美《かわむらあみ》。それが彼女の名前だった。

話題は仕事のこと、彼女らが扱う洋服やアクセサリーのこと、最近評判の映画のこと、とどんどん移ろっていく。お互いに今夜の相手は悪くない相手だと判断したのか、場はすっかり賑わっていた。

大皿の料理がどんどん運び込まれる。一番端の席にいるので、亜美はトングを持ち、十人分を取り皿に取り分ける役を進んで引き受けていた。他の女の子が代わろうか、と声をかけても、にっこり「大丈夫です、こういうの好きですから」と答える。

なかなか手際がよく、その様子をもっと見ていたいような気がしたが――約束の一時間だ。最初に言った通り、ここで席を立つ。

「――杉浦、悪いけど――」

「はい、どうぞ。吉木さん」

席を立ちかけた康平は驚いて前を見た。

亜美が笑顔で、康平に皿を差し出してくれている。今、運ばれて来たばかりのチーズグラタンを取り分けてくれたのだ。

杉浦は隣に座った女の子と話すのに夢中だ。康平は仕方なく、亜美から皿を受け取る。

「ああ…ありがとう」

「吉木さん、さっきからあまり召し上がらないんですね。お料理に好き嫌いがあるんですか？」

「いや、そんなことはないんだけど……」

さらにテーブルにラム肉のグリルが届けられ、亜美が新しい取り皿を手に取る。

「じゃあ、美味しそうなところたくさん入れますね」

「いや、俺は――」

だが亜美がせっせとトングを使うのを見て、康平はすっかり途中退席するタイミングを逃してしまう。困惑しながら、康平はビールのグラスに口をつけた。困った。今日は必ず佐紀のところに行こうと思っていたのに。

「吉木さんは、お料理をするのはお好きですか？」

「え？」

不意に亜美に問われ、康平は顔を上げた。

「お料理はお好きですか？　私、料理が出来る男の人って好きなんです」

そうして、トングを使いながらはにかんだ。

「だって私、料理が苦手なんです」

変わってるな、と康平は思った。

男女が交流する場所で、料理が得意だと言う女の子は多いが、その逆は珍しい。

「キャンプなんかで、男の人が大きなお肉を大胆に切り分けてるの見るとつい見惚れちゃいますよね」

話を聞きつけ、もう顔を赤くした杉浦がそう言えば、と頷く。

「一流店のシェフも寿司《すし》屋の大将も男が多いかも」

さらに、杉浦の同期が尋ねる。

「じゃあ、川村さんは、料理はあまりしないんだ？」

亜美は思案しながら答えた。

「うーん、お菓子を作るのは好きなんですけど…ケーキとか、マフィンとかパイとか。ただお惣菜《そうざい》関係がどうしても苦手で」

女の子が好む、砂糖をどっさり使った甘いお菓子なら、作るのは苦ではないらしい。

正直に得手不得手を告白する亜美に、康平は好感を持った。

「私って、基本的に片付け魔なんです。だからお料理は男の人にしてもらって、お皿を片付ける役がいいな。汚れたお皿をぴかぴかにするのって気持ちがいいでしょう？」

「いいなあそれ。俺も炒飯《チャーハン》とか焼きそば作ったりするのは好きなんだけどさ。飯喰った後に一仕事って思うと億劫で、誰かやってくれたら幸せだなあ」

杉浦の暢気な言い分に、康平はビールを飲みながら水を差す。

「お前のアパートのどろっどろに汚れたキッチンを見たら女の子は誰でも逃げ出すぞ」

「あっ、酷い、ばらさないで下さいよ」

杉浦が大慌てで康平に抗議する。本当のことだろうが、とあしらったが、亜美は二人の会話を聞いて、くすくすと笑った。

「大丈夫です、私。だって汚れてれば汚れてるほど、綺麗になったときの達成感があるもの。そう思いませんか？」

問い掛けは、康平に向けられたものだ。

杉浦でもなく、他の男にでもなく、亜美はずっと康平だけを見ている。

「それが好きな相手だったら尚更です。その人が喜んでくれるなら、何でもしてあげたいな」

笑顔を浮かべ、彼女はそんなことを言った。康平はふと、前の恋人に、別れる最後の最後にぶつけられた言葉を思い出した。

康平が、恋人っていうものをどう考えてるのか、私にはもう分からなくなったの――

康平を完全に拒絶する、あのきっぱりとした口調。

だが、目の前にいる女の子は、優しく甘い言葉ばかりを口にする。容姿は康平の好みそのもので、しかも明らかに康平に好意を寄せてくれている。もう容易な恋はしないと考えていたはずなのに、康平は自分がどんどん亜美に興味を抱《いだ》くのを感じた。

無意識のうちに、こんなことを尋ねる。

「じゃあ川村さんの好物はお菓子なのかな」

「私ですか？」

亜美がカクテルのグラスを片手に小首を傾げる。

「食べるのは大好きなんです。居酒屋でも屋台でも、美味しいものを食べてるとそれだけで幸せになっちゃう」

それが駄目押しだったと思う。

仕事や恋愛でどんなに落ち込んでも、美味いものを飲み食いすれば、すっかり元気になる。

康平の場合は専《もっぱ》ら佐紀の料理だが、亜美の言いたいことは分かる。

康平は軽い頭痛を感じた。しばらく恋愛は止そうと思っていた決意がどんどん薄らいでいく。

『だからお前はダメなんだよ』

佐紀の声が聞こえる。

そう、俺は、ダメ男だ。

可愛い女の子が大好きで、惚《ほ》れっぽい。昨日手酷く振られたばかりなのに、もう目の前の女の子に惹《ひ》かれている。

だがそれの何がいけないのだろう。

恋愛とは一期一会。いくら「もてる」と自負している康平でも、次の機会がいつ訪れるか、それは分からない。

「高校時代からの友達にイタリアンのシェフがいて、――」

佐紀が勤めている店の名を口にすると、亜美が瞳を輝かせる。

「そいつがよく、手料理を振る舞ってくれるんだ。ちょっとしたサラダでもパスタでも何でも美味くて。やっぱりプロってすごいよな」

だが、料理の礼にせめて片付けをしようと思うのに、康平の不器用を知っている佐紀は一切調理器具に触らせてくれない。そんな話をしようと思ったのだが、亜美は思わぬ誤解をしたようだ。

「じゃあ吉木さんもきっとお料理がお好きなんですね」

「え？」

康平は驚いて、亜美を見遣《みや》った。

「そのお友達と一緒にキッチンに立つんでしょう？　だったら吉木さんもきっと料理上手ですよね。得意料理は何ですか？　やっぱりイタリアン？」

期待に満ちた眼差《まなざ》しに、康平はすっかり言葉に詰まった。何だかどんどん深みにはまっている気がする。内心冷や汗をかきながら、康平は答えた。

「ええと……冷蔵庫の残り食材で適当に作ることが多いかな」

「わあ、経済的。そういうのって本当は一番難しいんですよね」

そうなのか。難しいのか。

それは佐紀の得意技だ。いつも冷蔵庫にある素材でさっと美味いものを作ってくれるので、きっと簡単なんだろうと思ってしまった。ここに佐紀がいたら俺をだしに使うなと回し蹴りの一つでも食らいそうだ。

盛り上がったまま一次会が終わり、すっかり酔っ払った杉浦に代わって康平が精算しておく。カウンターの周囲にはそこここに合コンのメンバーが幾つかのグループになって楽しげに会話している。

カードを切って署名していると、亜美が近付いて来た。

「吉木さん」

ふわりとフローラル系のフレグランスが香った。甘すぎも強すぎもしない、清楚《せいそ》な花束をそっと差し出されたような感じだ。

「吉木さんって、すごく仕事が出来るんですってね。杉浦さんが、どんなときでも頼りになる先輩なんだって絶賛してました」

「……そう」

半ば無理やり康平を連れて来たので、杉浦が気遣いして持ち上げたらしい。

仕事が出来るというのはあながち嘘ではないので、否定はしない。だが、さっきの誤解――料理上手は勢い任せの嘘だった、ときちんと言っておいた方がいいだろう。

いくら好みの女の子の気を引くためとはいえ、嘘までつくのは男としていかにも情けない。

「川村さん、さっきの話なんだけど――」

「私、今日来て良かったです」

康平の言葉は、亜美の笑顔に遮られた。

「人数が足りないからって同僚に誘われて、本当は気が進まなかったんですけど、でも、吉木さんに会えたから」

容姿のわりに、何でもストレートに伝える子だ。それも抗《あらが》い難い魅力に感じる。

昨日振られて、今日別の女の子に出会って。二十七年生きてはいるが、人生は本当に何が起きるか分からない。

　そうして亜美は、上目遣いに携帯電話を取り出した。

「良かったらメアド、交換してもらっていいですか？」

　今ならまだ引き返せる。

　容易な恋はしない。もっと時間をかけて、相手に康平の長所も短所も理解してもらった上で、長続きのする恋愛をしたい。

　だが、亜美の、例の大きな目が、康平を見上げた。

　優柔不断な心臓を射抜くような真っ直ぐな眼差しで。

「近いうちに、吉木さんが作るお料理、食べさせて下さいね？」


　翌日の昼下がり、康平は社の喫煙室にいた。

　煙草はそう吸う方ではない。特に、佐紀の部屋に行く予定がある日はほとんど吸わない。残り香を佐紀が毛嫌いするからだ。

　だが、仕事が一息ついたときなどは、つい一本吸いたくなる。

「先輩、昨日はどうもでした」

片手で拝むようにしながら、杉浦が喫煙室に入って来る。

「昨日の合コン、稀《まれ》に見る大成功でしたね。ほら、繊維部の奴が二人来てたでしょ。あいつらも、狙《ねら》いの子とメアド交換したみたいですよ。ま、吉木先輩が捕まえた川村さんが一番可愛かったですけどね」

康平は紫煙を吐きながら、面白くもない口調で答えた。

「……別にまだそんなんじゃないよ」

つれない康平の返事に、杉浦はもどかしそうだ。

「なんでなんで。今日金曜日で明日休みですし、もうデートの約束くらいしてると思ったんすけど」

「だから、まだそんなんじゃないって言ってるだろ」

気乗りしないまま参加した合コンで、気に入りの女の子を見つけたというのは、何となくバツが悪い。

亜美からは、昨晩メールが届いた。今、自宅に着いた、今日はとても楽しかった、という内容だ。

こちらこそ、と返しておいたが、これからどう進展していくかはまだ分からない。

――いや、このままいけば、余程の下手を踏まない限りは亜美と付き合うことになるだろう。そしてそれが最後の恋愛になるかもしれない。

惚れられては振られる、という情けない恋愛遍歴を重ねることもないわけだ。

その時、上着のポケットに放り込んでいた携帯電話にメールの着信があった。

「悪い。ちょっと待って」

亜美からだった。煙草を口に咥《くわ》え、メールを開く。

『昨日はとっても楽しかったですね。今度二人でお食事でもいかがですか？　目黒にすっごく美味しいフレンチのお店があるんですよ。亜美』

横から携帯の画面を覗き込んでいた杉浦が、調子よく手のひらを打つ。

「いい感じの展開じゃないですか。さすが吉木さん、次々振られてもがんがん女の子が寄って来ますね」

次々振られても、は余計だとじろりと杉浦を睨むと、杉浦は慌てたように言葉を継ぎ足した。

「ところで吉木さん、一つ疑問なんですけど」

杉浦が聞かんとすることは分かっていた。耳聡い後輩は、酔っ払いながらも康平と亜美の会話を聞いていたのだろう。

それが今、康平をたいそう悩ませているのだ。

「川村さんがずいぶん盛り上がってましたけど、吉木さんって料理出来ましたっけ？」

残業上がりの深夜、仕事帰りに佐紀のマンションに寄った。佐紀は風呂上りだったらしい。長袖《ながそで》のパジャマ姿で、頬が仄《ほの》かに上気している。

「ごめん、こんな時間に」

「それは別にいいけど」

濡れた髪をタオルで拭きながら、佐紀はリビングへと入って行く。

「何か飲む？　つまみは簡単なものならすぐ出来るけど」

冷えた白ワインを出すと、気軽にキッチンに入って、マッシュドポテトを小ぶりに丸めたサラダと、豆腐ときゅうりのオリーブオイル和《あ》え、トマトソースとペンネで軽食を作ってくれる。所要時間はほんの十分程度だ。

「お前って、つくづくすごいんだな」

マッシュドポテトの団子には可愛らしく芽葱《めねぎ》が二本突き刺さっている。

ワイングラスを片手にそれを頬張りながら、ローテーブルの向かい側に座る佐紀が不思議そうに顔を向けた。

「何だよ、今更。手料理なんか、店でも部屋《ここ》でも散々食べさせてるだろ」

「キッチンに立ってほんの数分でこれだけきちんとした料理作ってさ。改めてすごいなって思った」

「そりゃこれを仕事にしてるんだし…唯一の特技だから。それに、マッシュドポテトもトマトソースも作り置きしてるから」

康平は自分の部屋の、ビールと干からびたチーズやレトルト食品しか入っていない冷蔵庫を思い出し、寒々とした気持ちになった。そういえば最近残業が続いてカーテンすらろくに開けていない有り様だ。

世の一人暮らしのサラリーマンとしては平均的な生活をしていると思うが、やはり人間としてはよしとは言えまい。

「実は昨日、後輩に合コンに連れて行かれてさ」

「……合コン……？」

佐紀が不審そうに顔を上げる。

「お前、一昨日彼女に酷い振られ方したばっかりで、今度こそ時間をかけていい恋するんだって言ってなかったっけ」

「そうなんだけど、何だかんだ付き合いがあってさ」

「……ふうん」

クッションの上に片膝《かたひざ》を立てて座っている佐紀は、あまり興味がなさそうにワイングラスに口をつける。

康平は、亜美との会話を包み隠さず話した。

「それでちょっと成り行きで、料理が得意だって嘘言っちゃって……」

康平が「成り行き」について話す間、佐紀は特に相槌《あいづち》を打つでもなく、皮肉を言うでもなく、黙って話を聞いていた。

グラスの中のワインを一気に呷ると、佐紀はやっと康平の目を見る。

「何でちゃんと訂正しておかなかったんだよ。包丁もろくに使えないくせに」

「なんかタイミング逃しちゃってさ」

痛いところを突かれ、康平は言い訳の言葉を捜した。

「正直言うと、すごい好みの子なんだ。見た目も可愛くて、お洒落なのに運ばれて来る料理せっせと取り分けたりさ。話も聞き上手で」

「そりゃ接客業やってるなら愛想の使い方も上手いんじゃないの？」

「いや多分、性格の問題だよ。自分から料理が得意じゃないなんて言う女の子、珍しいだろ？」

熱心に亜美を褒める康平に、佐紀は肩を竦《すく》めて見せた。

「さあ。俺はよく分からないけど」

「多分、素直なんだよ。そのくせ片付け魔でキッチン片したりするのは好きだっていうギャップがまた面白くてさ」

「料理が苦手の片付け魔？　……ふうーん」

佐紀はワインを手酌し、しばらくの沈黙の後、口を開く。形のいい唇の端に、少々意地の悪い微笑が浮かんでいる。

「なーんかお前、まんまとその子の策略に引っかかってないか?」

「策略?」

思いも寄らない言葉を聞き、康平は佐紀の顔を見詰めた。

「料理作りにはまる男って多いんだよ。何事も作り出すのは楽しいだろ? でもそういう奴《やつ》に限って、後片付けは面倒だって嫌うんだよな。料理作りとキッチンの後片付けはワンセットだって分かってない。その子、それを逆手に取ってるんじゃないの?」

そういえば杉浦が、料理を作るのは確かに楽しいが、汚れた皿やキッチンを片付けるのは面倒だ、誰かがやってくれたらそんなに楽なことはない、と話していたのを思い出す。

だが、亜美の口調には、そんな意図があったようには、康平には思えない。

「そんな感じの子じゃないよ。可愛くてこう、誰かが守ってやらなきゃ生きていけないって感じで」

「へえー? そんな子が、ノルマの厳しいブランドショップの店員なんて務まるのか? しかも女同士の職場だろ。俺たちが想像してる以上に過酷だと思うけど」

「合コンの席じゃ普通に女の子同士で仲良さそうに話してたぞ?」

「合コンに来てどろどろの内情見せたりするかよ」

佐紀の毒舌は止まらない。酒も入っているせいか、いつもより康平への当たりが厳しい気がする。

「お前、失恋した直後でアンテナ狂ってるんじゃないの｜？　またいい加減な女に引っかかって振られて泣き付いてくるの、やめてくれよな」

佐紀の皮肉には慣れている。だが、亜美の笑顔を思い出すと、あまりな言い分に思えた。

佐紀に言い負かされることが多い康平だが、するべき主張は常にしている。

「そんな子じゃないよ。そりゃあ、お前みたいに賢くて気も強けりゃ、色々作戦とか上手く思いつくだろうけどさ」

「悪かったな」

ワイングラスをローテーブルに置くと、ふざけた笑顔で降伏するように両手を掲げた。

「はいはい、分かったよ。じゃあ良かったじゃん、いい子が見付かって。俺は、別に、お前がどんな女の子にはまろうと、好きになろうと、全然興味ないよ」

「や、今回ばっかりは興味持ってくれなきゃ困るんだ」

「は？　困る？　なんで」

康平はフローリングに正座をすると、ぱん！　と両手を合わせた。

「俺に料理を教えて欲しいんだ」

佐紀がきょとんと康平を見た。長い睫毛が上下する。

「はぁ……？」

「川村さんに料理作ってくれってせがまれてるんだ。嘘がばれたら困るんだよ」

「お前、それはいくらなんでも男らしくなさ過ぎないか？」

佐紀が呆《あき》れて溜息をつく。男らしくない、それはもっともだ。康平もそれは重々分かっている。

だが、康平には康平なりの思いがある。

「正直、一目惚れかもしれない。出来たらもう、恋愛でごたごたするのはこれが最後にしたい」

「……それで俺に教えろって？　料理を？　お前がその子と付き合うために？」

佐紀はしばらく沈黙していた。

眉を顰《ひそ》め、クッションに座る康平を見下ろしている。

「……断る」

ぷい、と顔を背ける。面倒な頼みを持ち込んでいる自覚はある。しかし、失恋したときには、何だかんだと言いながら、いつも慰めてくれる友人なのだ。そうまで素気《すげ》無《な》く断られるとは思わなかった。

「何で。簡単な料理でいいんだよ、俺でも出来るようなお手軽な――」

「俺が作る料理に、『簡単』とか『お手軽』なんてない」

真正面から康平を見据える佐紀の目には、はっきりと憤りが浮かんでいた。

「お前、俺の仕事バカにしてんの？　俺はプロだ。素人《しろうと》に教えることなんか何一つない。お前、俺が前の店で厨房に入るの許されるまで何年かかったと思ってる？　その後どれだけ下積みしたと思ってる？」

そうして忌々《いまいま》しそうに顔を横向ける。

「しかもそれを恋愛の小道具にしたいって？　…いい加減にしてくれよ」

康平は自分の失言に気付いた。

佐紀のこの部屋に押しかければ、いつも気軽に、楽々と美味い料理を振る舞ってくれるので、何だか自分にも出来るのはないかと思い込んでしまっていたのだ。

だが、傍目《はため》に簡単そうに見えるのは、佐紀が考えなくても勝手に手足が動くほどの技術を身に付けているからだ。それだけの修行を積んでいるからだ。無論、康平の知らない場所でそれこそ血の滲《にじ》むような努力をして来たのだろう。

それを簡単に伝授してくれという発言は、佐紀の技術を軽んじたに他ならない。

康平にしても、もしも自分の仕事を甘く見られたら決して愉快ではない。

「悪い、失言だった」

康平は素直に頭を下げた。

「……いいけどさ、別に。お前に悪気はないのは分かってるよ」

佐紀はすぐに許してくれたが、それが康平をいっそう情けなくさせる。自分自身に嫌気がさして、自虐《じぎゃくてき》的な言葉が漏れた。

「呆れてるんだろ、ほんとは」

自分に対して、溜息が零れる。

「ほんと、ダメな奴だって思うだろ。同じようなこと何度も繰り返してさ」

「そんなこと、言ってないだろ」

だが、康平は自嘲《じちょう》しながら言葉を繋いだ。

「分かってるよ。いつもいつも、いつまで経っても告白されただの振られただの、ガキみたいなこと言ってるよ。いい歳して恋愛に振り回されて馬鹿《ばか》みたいだって自分でも思うよ。でも、生涯の伴侶《はんりょ》を見つけたいって思って必死にあがくのが、そんなにみっともないことかよ」

胡坐を組み、自分の靴下をじっと見下ろす。

他の友人には、こんな泣き言は絶対に言わない。佐紀だから話すのだ。

何度も何度も情けない姿を見られて、今更何も隠す間柄ではない。高校の頃から十年間、誰より信用している相手だから話すのだ。

「俺はお前みたいに達観してない。これが最後のチャンスかもしれないと思うと嘘もつくくらい焦るんだよ」

半ば自棄で気持ちを吐露する康平に、佐紀はずいぶん戸惑ったようだ。

「俺だって別に達観なんかしてない。お前と同じで、色んなことに悩むよ」

ローテーブルを回り込むようにして康平に膝を寄せる。親身な瞳が、宥《なだ》めるようにして康平のそれを覗き込んだ。

「だいたい何でお前がそんなに自虐的になる必要があるんだ。お前、今のこの就職難で何十倍の倍率くぐり抜けてあんな大手の会社で立派に働いてるんじゃないか。何で不安になんかなるんだよ。もっと堂々としてれば——」

「俺があの会社に入ったのなんて、たまたま運が良かっただけだ。仕事に責任も遣り甲斐《がい》も感じてはいるけど、あの会社に絶対俺がいなきゃいけないってわけじゃない。俺がいなくなったら、別の誰かが俺のポジションに就くだけだ」

それは事実だった。会社という組織の歯車の一つ。螺子《ねじ》の一本。

会社員、というのはいくらでも取替えがきく。会長や社長という重職でさえ、問題が起きればさっさと交替となる。それが当然だ。一時も休むことのない企業という組織に、取替えのきかない部品があってはならないのだ。

「お前みたいに腕一本で勝負して、誰かを喜ばせたり楽しませたりしてるわけじゃない。しっかり家族を養ってるわけでもない。自虐的になってるんじゃなくて、実際、俺はどこにでもいる普通で平凡な男だよ。だから一人じゃ不安なんだ」

胡坐をかいたまま俯《うつむ》くつむじに、佐紀の視線を感じる。

「ただ誰かの特別になりたい。世界で一人だけ、俺を思ってくれる人がいたらそれでいいんだ。このまま、見てくれただけで惚れられて、やっぱり思ってたのと違うって振られて、それがもし一生続いたらと思うとぞっとする」

「そんなに焦らなくてもお互いまだ二十七だろ。お前にならそのうち、ちゃんとした相手が現れるよ」

佐紀がこれほど優しい言葉をくれるのは珍しいことだ。それほど、康平が落ち込んでいる姿を見るのが珍しいからだろうと思う。そんな親友への八つ当たりと分かっていながら、康平は佐紀の言葉を否定した。

「それはいつなんだよ。俺は、いつまで優柔不断だの八方美人だのって罵《ののし》られてりゃいいんだよ」

世間の評価なんてなんの意味もない。実はどうしようもないダメ男だということを、康平自身が自覚し切っているからだ。

「このままずっとお前に――」

「……」

「――お前に頼ってばっかり、いられないだろ」

佐紀が無言になった。

確かに、お前みたいなお荷物の面倒なんて見てられない――そんな罵り半分の返事が返って来ると思ったのに、佐紀は何も言い返す様子がない。

沈黙する佐紀の反応が不思議で、康平は顔を上げる。佐紀と目が合った。

光の強い佐紀の瞳が、どうしてかいつも以上にきらきらと輝いて見えた。何か、複雑な感情が浮かんでいるのが分かる。やはり、自分がプロとして全うする仕事を素人である康平に気安く教えるには葛藤《かっとう》があるのだろうか。

「……………分かった」

佐紀が静かにそう言った。溜息をつき、仕方ないな、と呟く。

「いいよ。料理教えるくらいでそんな鬱々《うつうつ》した状態からお前が脱出出来るなら、協力するよ」

「――本当か？」

康平は思わず佐紀の顔を覗き込む。

佐紀は康平の顔を見ず、窓の外を眺めていた。

「…お前には幸せになって欲しいから」

ぽつん、と佐紀が呟いた。そうして、自分の言葉に照れたように、肩を竦めて笑う。

「俺はずっと仕事一筋で、十年来の親友、なんて俺のこと呼んでくれるの、お前くらいだからさ」

そうして、先ほどとは打って変わった快活な口調で康平に告げた。

「その代わり、俺、スパルタだから。一回でも練習サボったらそこでお終い。お前の都合は聞かない」

「分かった」

「一度教えたことを忘れてたら、そのときもそこでお終《しま》い。一度教えたことは二度と教えない。俺もそうやって仕事覚えて来たから」

「う……分かった」

ディナータイムの厨房で、アシスタントのスタッフを叱《しか》りつけながら忙《せわ》しなく働く佐紀の姿が目に浮ぶようだ。

こうして、康平のイタリア料理修業が始まったのだ。


「猫！　猫の手！」

キッチンに立つ康平のすぐ傍らから佐紀の叱責が飛ぶ。

康平はシャツを腕まくりし、トマトをスライスしている。使っているのは佐紀が手入れしている包丁だ。さっきから佐紀がしきりに叫んでいる「猫の手」とはトマトを摑む左手の指を内側に丸めろということだ。

そうしないと、包丁の刃が爪《つめ》にもろにあたってしまう。

「ものすごくよく切れる包丁だから、本当は初心者に使わせたくないんだ。下手したら指の先端が落ちる。気をつけて使って」

佐紀が言う通り、*Victorinox*と銘を打たれた包丁は空恐ろしいほどの切れ味だった。

小ぶりなフルーツトマトを薄くスライスしても、実が潰《つぶ》れることがまったくない。

今作っているのはオードブルのカプレーゼだ。カットしたトマトとチーズを交互に美しく並べ、オリーブオイルを垂らし、塩と胡椒で味をつける。もともと相性がいい二つの具材を口に入れると、香り高いオリーブオイルがつなぎの役割を果たし、たいそう美味だ。

ただし、トマトとチーズを同じ厚さ、大きさにカットしなければ美しく盛り付けが出来ない。

亜美に振る舞うメニューについては、佐紀と散々討論した。康平の主張としては、これぞイタリア料理という皿を出したい。

実は、本屋で初心者でも簡単、という触れ込みのイタリア料理のレシピ集を買っておいたのだ。『簡単・楽々・男のイタリアン』。作ってみたいと思う料理のページには折り目を入れておいた。

だが佐紀には、それを一蹴《いっしゅう》されてしまった。

「却下」

ぱん、とレシピ集を閉じる。

「何でだよ。一番簡単そうなマニュアル買って来たんだぞ」

「これ、ぱっと見は簡単そうだけど、この肉料理なんて、下拵えから始めたら俺でも三十分以上かかるぞ」

「簡単」「楽々」という言葉に康平はまんまと引っかかってしまったらしい。

「デートの後に家に呼ぶんだろ？　だったら冷蔵庫にたまたま入ってた材料で、ぱぱっと美味いものを作る。お前が覚えたいのはそういうんじゃないの？」

その通りだった。佐紀には何でもお見通しだ。

「でもそういうの、確かに格好いいだろうけど一番難しいんだよ。待たせても十五、六分が限度かな。キッチンでもたついてる男って想像以上にみっともないぜ」

結局、メニューは佐紀がすべて決めてくれた。

今作っているカプレーゼに、スモークサーモンのカルパッチョ風。

缶詰のアンチョビと葱を使ったパスタと、チーズリゾット。

確かに、保存が利き、冷蔵庫の中に普通に入っていそうな材料で作れる料理ばかりだ。

「それから、お前の部屋に調味料揃えないとな。これは俺に任せてくれたらいいけど」

「ええ？　俺の部屋にも一応、調味料は一通り揃ってるけど」

「馬っ鹿、技量がない分、材料と調味料にはせめていいもの使わないと。っていうかお前、普段何喰って生活してんの？」

康平は必死に「猫の手」を作り、包丁の切っ先に目を寄せながら佐紀に答える。

「残業があるときは会社の食堂が二十四時間開いてるし、外にも色々店あるから適当にテイクアウトするときもあるし……」

結局夕飯はとらず、もうくたくたでアパートに帰り着いた日は、電子レンジで温めたインスタントの飯に、海苔《のり》と醬油《しょうゆ》とマヨネーズをぶっかける……こともある。疲れていればいるほど、そういったわけの分からないものが食べたくなるのだ。

それを聞いて、佐紀は実に嫌そうに眉を顰めた。

「マヨネーズ？　白米に？　醬油と？」

「けっこう美味いぞ？」

康平は薦めてみたが、佐紀はげっそりした様子で頭《かぶり》を振った。

「うっわー…、今度からお前の『美味い』っていう言葉、容易に信じないことにするよ」

「そんなことない。佐紀の料理は本当に美味いよ」

「あっそ……」

どうでも良さそうに言うなり、また叱責が飛ぶ。

「ちがーう‼　だから猫の手だってば！　猫！」

気を抜くといつの間にか指が広がってしまう。佐紀が腰に手を当てて呟く。

「情けない。この世にこんなに不器用な人間がいるなんて……」

「参ったな……」

世の中には料理好きの男は多いかもしれないが、さっき申告した通り、康平は普段は料理といえる料理はほとんどしない。せいぜい卵を焼いたり、レトルト品を温めたりする程度だ。

「お前、仕事じゃ外国語も使いこなして取引先のお偉方と腹の探り合いしたりするんだろ？専門の研究者呼んで、討論会の仕切りとかもしてたじゃん」

「よく知ってるなあ」

「お前の会社のＨＰの定期報告欄を見たら、お前が澄ました顔で載ってんだもん。仕事は出来るくせに何でこれくらいのことが出来ないんだよ」

「仕事でこういう指先使った細かい作業はしないんだよ……」

「とにかく怪我《けが》だけはさせたくないんだよ。俺の言うことだけ聞いてろ」

康平は申し訳ありませんと仕事の口調で謝る。

スパルタだと先に宣言されていた以上、康平に反論する権利はまったくない。それどころか、オードブルの二品を作り終えたところでもうへとへとだ。

だが、佐紀はスライスしたトマトとチーズを入れたタッパーを見て頷く。

「最初は酷かったけど、今はそこそこ上手く切れてるよ」

「そうか？」

「うん、あとはこれをそう、トマトとチーズを交互に並べて……」

長皿の上に、倒れたドミノのように上手く重なり合わせながら赤と白を彩る。佐紀がスプーンに一匙《ひとさじ》、エキストラヴァージンオイルをジグザグを描くように垂らす。

「で、塩、黒胡椒、最後にバジルの葉を散らす、と……。好みでパルメザンチーズ振ってもいいかな。オッケ、まあこんなもん」

にっと佐紀がこちらを見上げた。

「食ってみな」

差し出された皿に、康平は思わず上半身を退けた。

「あ、ああ……」

味付けは佐紀がしたが、材料を切ったのは康平自身だ。果たして美味いのかどうか。

康平はトマトとチーズを手に取った。一口でいく。食べながら、思わず、ん！　と指先を立ててしまう。

「……美味い」

「当然」

佐紀が唇に満足そうな笑みを浮かべた。康平と同じく料理を指に取り、食べる。

「ん、悪くない。まあ、教えてるのが俺なんだから、美味くて当然か」

佐紀は満足そうにそう言って、指についたオイルを舐《な》める。赤い舌がちらりと見えて、康平は何故かどきりとした。

考えてみれば、知り合って十年になると言ってもこうして二人並んで台所に立つというのも初めてだし、佐紀が料理を立ったまま指で摘んで食べているのを見るのも初めてだ。

佐紀が大きく伸びをする。

「二時かあ……、この後の二皿どうする？　リゾットは時間かかるから、パスタだけでも作ってみる？」

「だけどお前明日仕事だろ？　あんまり遅くまで付き合わせると悪いよ」

「平気だって、料理人の体力舐めんなよ。もう湯、沸かしてるし」

だが、康平は休日なのに、明日の仕事を控えている佐紀を付き合わせるのは気が引ける。とりあえず今日はここまでにしないかと言いかけたそのとき、室内にデフォルトのままの無機質な着信音が鳴り響く。康平の携帯電話だ。

「メールだろ、取れよ。パスタ作っとくぞ、今日は一先《ひとま》ず味見だけしたらいい」

「ああ…うん」

康平はリビングに戻り、床に放り出していたスーツの内ポケットから携帯電話を取り出した。

何となく予想していたが、送信者は亜美だ。

私は明日はお仕事です、吉木さんはお休みですね、ゆっくり仕事の疲れを取って下さいね。

亜美からは何度もメールを貰っているが、たいていがこんな感じの何でもない内容だ。

康平はそれを受け取る度にすぐに打ち返す。他愛ないメールであればあるほど、間を空けてはいけない。相手は、何の用事がなくとも康平を思い出し、コミュニケーションを取ろうとしてくれているということなのだから。

「そういうのって楽しいの？」

貯蔵庫からパスタが入った袋を取り出した佐紀が、康平の手元を見ている。いつもの皮肉かと思ったら、佐紀は本当に不思議そうな様子だ。

「ちまちまボタン押して至急でもないメッセージやりとりするの。会って会話した方が早くない？」

「こういうのは礼儀だから。そりゃ面倒だけど、女の子はこういうのが好きだからさ」

「ふうん……俺にはよく分かんないけど」

佐紀はパスタを茹で終わり、具材と混ぜ合わせる段階に入った。

菜箸やトングを使わず、フライパンの振りだけでパスタを回しているのだ。体格からすれば力は康平の方が強いだろうが、絶対あんな器用な真似《まね》は出来ない。

本当、何でも小器用にこなす奴だな――

思えば、康平は佐紀があれが出来ない、これに失敗したと泣き言を言っているのを見たことがない。

仕事のことはもちろん、恋愛で悩んでいる姿を見たことがないのだ。

「そう言えば、高校の頃《ころ》から、お前の恋愛話ってあんまり聞いたことないよな」

「……何だよ、いきなり」

佐紀は火の調整をしながら、ちらっと康平を見た。決して楽しげな表情ではない。

もう十年の付き合いになるというのに、実は康平は、佐紀の恋愛遍歴についてほとんど何も知らない。

互いの部屋に行き来して、飯を喰い酒を飲む仲なのだから、互いの恋愛について興味を抱くのは当然だろう。

ところが、佐紀は自分について話すのを嫌う。康平が追及しようとしても何も答えようとしない。

「今はどうなんだよ?」

「……どうって?」

「付き合ってる子くらいいるんだろ? 好きな子とか。お前、そういう話ほとんどしないからさ」

「別に話すようなこと、何もないから」

返事があまりにすぐ帰って来たので、その口調の単調さに、康平は気付けなかった。

珍しく照れているのだろう、その程度に感じただけだ。

「何もないってことないだろ? いい加減何か話せよ。高校のときに親しくなってもう十年だぜ？　俺が何回も振られてる間に、お前の方にも何かあったんだろ」

佐紀は確かに中性的な容姿をしているが、身長も平均的なものだし、仕事で鍛えられているだけあって体のラインがしなやかでとても清々しい。性格も男気に溢れている。

女性からしても充分に魅力的だと思う。もてないはずがないのだ。

だが、佐紀は素っ気無い態度で康平の質問をはぐらかした。

「ああそう、お前が何回も何回も何回も振られてる間に、俺にも何かはあったかもね」

「何だよ、何も話さない気かよ」

「……話したくないから」

聞こえるか聞こえないくらいの大きさの声で、佐紀が答える。

「はあ⁉　何でだよ、俺の失恋話は散々聞いたくせに！」

「いつもお前が勝手に泣き付いて来るんだろ。俺から話せって強要したこと、一度もないじゃないか」

「そりゃそうだけど、お前の恋人がどんな人なのか、それくらいは――」

「どうだっていいだろ、そんなこと」

強い口調でそう言うと、がん！　とフライパンを乱暴にガスレンジに置いた。仕事の道具である調理器具を乱暴に扱うなど、佐紀にはついぞない行動に康平は心底驚いた。

そんなに怒らせるようなことを聞いただろうか？

康平は自問したが、出会った頃と同じ、気の強さがはっきりと出た輪郭の目が、康平を睨んでいる。

「俺の恋愛遍歴を聞き出すことなのか、料理を覚えることなのか。今お前に必要なのはどっちだ？　何でこんな夜中に俺にフライパン振らせてんだっけ？」

これは駄目だと康平は判断した。

もともと自分のことを語りたがらない佐紀の性質は知っているが、いつかそのうち、恋愛についても話してくれると思っていた。

だが、佐紀は恋愛のテリトリーには絶対に他人を――康平すらも立ち入らせないつもりなのだ。

理由は分からない。だけどそれだけは分かった。

佐紀はフライパンを一度大きく振った。

「ほら、出来たぞ。康平、適当にワイン選んで。試食会しようぜ」

佐紀は何もなかったように、康平に話しかける。傍らに立っていた康平は、踵を返すと食器棚に向かった。

「皿は？　これでいいのか？」

「ん、端がゆらいだスクエア型の方がいい」

佐紀はもう、先ほどの乱暴な挙動がなかったかのように振舞っている。

けれど空気はまだ、はっきりと緊張感を孕《はら》んでいた。佐紀を刺激しないよう、穏当に振舞うことくらいは、もちろん出来るが。

康平にはどうしても、佐紀の拒絶の意味が分からない。理不尽な思いが胸に燻《くすぶ》っていた。


康平は佐紀の涙を見たことがない。

無論、康平も泣き言は言っても泣き顔を見せるような情けない真似はしたことがなかったが、高校の頃一度だけ、佐紀が泣いているのではないかと思ったことがあった。

高校三年生の初秋だ。

高校を出たら働くという佐紀に進学すべきではないかと、康平はまだ言い続けていた。

「だから、もう決めたんだってば。先生や康平が何を言って来ても、俺は進路は変えない」

取り付く島もない。

放課後の教室だった。西日がとても強く、教室には窓枠の影が濃く落ちていた。

机の上に座った佐紀を見下ろすようにして、康平は必死で佐紀を説得していた。

「金が必要ならアルバイトで充分じゃないか。大学生は時間に融通がきくからその分あちこちでバイト出来て効率的なんじゃないのか？」

「それも考えたんだけど、俺が欲しいのはただ金だけっていうんじゃないから」

つまり、こういうことだ。

「周囲にきちんと、社会人として認められたい。うちの母親に、これ以上しんどい思いさせたくない」

苦労し続けた母親に代わり、一家の大黒柱になりたいと言っているのだ。確かに学生アルバイトと正社員では社会的な立場が変わってくる。

佐紀が言っていることは分かる。だが、佐紀の気丈さに康平は不安も感じるのだ。

そんな風に何でもかんでもしょいこんでいたら、そのうち佐紀が壊れてしまうのではないか。

だが、佐紀は康平の言葉を聞いても一笑しただけだった。

「大丈夫だよ。これでも三年、学校とバイトと両立してたんだから。だいたい、俺は壊れたりしない。壊れてる暇なんかない」

そして、こんなことを話し始めた。

「うちの妹、この前幼稚園の行事で遠足があってさ、弁当を作ってやったんだけど」

「……それが今、何の関係があるんだよ」

康平は、佐紀を何とか進学させたくて必死だったのだ。佐紀の弟妹のことも大事だが、今は進路の話に集中して欲しい。

「俺が小学生のときは、近所のコンビニでパンを買って持って行ったなって思い出して。母親が仕事で忙しかったから、弁当なんて作ってもらえなくてさ。遠足があるんだってことすら、言い出せなかった」

専業主婦で料理が得意な母を持つ康平は思わず言葉を失った。佐紀も、高校生の今ならともかく、小学生では火が使えなかったのだろう。

「自分の家の事情くらい、ちゃんと理解してたから、俺は別に不満には思わなかったけど、やっぱり寂しいとか、――正直、惨めだと思った。クラスの皆が当たり前みたいにやって貰えることを、自分はやって貰えない。同じだけの愛情を与えて貰ってない気がして辛《つら》かった。食べる物のことだから余計に思った。弟や妹にはそういう思いさせたくない」

遠足などの折にはいつも凝った弁当を持たされていた康平には何も言えない。

それでも、空腹を満たすものは単なる食べ物ではないということは、分かる。

「料理って、単に食事を作るんじゃないと思うんだ。料理で作るのは幸せ。俺にとってはそうなんだ」

家族を幸せにしたい。

はっきりとそう言った。その口調はもう、家族を支える大人のものだった。

康平はそのとき、佐紀と自分との間には大きな隔たりがあるのだと感じた。それは水平の距離ではない。子供と大人。両親に養って貰っている自分と、母親と弟妹を支える大人との縦の距離だ。

「早く手に職つけて一人前の社会人になりたい。体動かして働くの好きだし、何より食べるのって人生の一番の基本じゃん？」

「…それは、分かるけど……」

「ごめん。だから康平がどんなに言ってくれても、やっぱり俺は大学には行かない。でも色々俺のことを考えてくれたのは感謝してる。ありがとう」

聞かなければ何も言わない、聞いても簡単には答えない。

その佐紀が、こんなにも丁寧に、心の内を素直に露《あらわ》にするのはとても珍しいことだ。

だから康平は、これ以上説得をしても無駄なのだと、ようやく納得したのだ。

「だけどこれで離れ離れだな。俺は地元に残るし、康平は東京に行くだろうし」

まるで今日が卒業式かというように、佐紀の声は静かだった。

「……それで俺たちの関係が終わるわけじゃないだろ」

康平がそう言うと、佐紀は驚いたように目を見張る。

「ずっと友達だろ？　それは変わらないだろ。そうじゃなきゃ、俺はお前が地元に残ること、やっぱり納得できないよ」

佐紀の家の事情を知っていながらそれでも同じ進路を取って欲しいというのは、佐紀と別れたくないという子供っぽい我儘《わがまま》だったのだと思う。

佐紀は窓の外を眺めていた。

瞳だけが澄んだ水を湛《たた》えたようにきらきらと光っている。

泣いているのかと一瞬思ったが、佐紀はもっと複雑な、けれど優しい表情をしていた。その横顔を、康平は今もずっと忘れることが出来ない。


ぼんやりと目を開けると、中途半端に閉じられた遮光カーテンから朝の澄んだ陽光が差し込んでいた。

佐紀のマンションの、リビングだ。壁の時計は午前六時を指している。肩には、いつの間にか厚手の毛布がかけられていた。

……ああ、そうだった。

昨日、佐紀の特訓を受けて——カプレーゼの作り方を習い、メインとなるパスタは、「手順は次に教えるから」と佐紀が作ってくれたものだ。出来上がったものを白ワインを開けて試食しつつ、康平は料理のコツなどを佐紀に尋ねた。

しかし佐紀は康平の世話で疲れたのか、何となく言葉が少なく、ワインばかり飲んでいた。

康平はそのまま、週末だという気の緩みからいつの間にかこの部屋で眠ってしまったらしい。

——ずいぶん昔の夢をみたな——

秋の教室の、あの乾いた空気を思い出す。教室の床に落ちていた二人分の濃い影。

康平は壁にかかった時計を見る。土曜日の今日、康平は休日だがリストランテに勤める佐紀はもちろん仕事だ。

——佐紀はもう起きてるのか？　まさかあいつに限って寝過ごすなんてことは——

片肘を床につき体を起こしかけて、ぎょっとした。

自分の胸元を見る。さらりとした頭髪。心持ち俯き加減でいるので、長いのがよく分かる睫毛。白い額。なんと、佐紀が自分に寄り添うようにして眠っているのだ。

康平は半ば呆然と佐紀の寝顔を見ていた。

佐紀が上京した四年前から、この部屋に何度も泊まりに来たことがある。康平にとっては雑魚寝《ざこね》など学生時代から慣れっこなのだが、佐紀はいつも康平の寝床は客間に作ってくれて、しかもいつも康平より遅く眠って早く起きる。佐紀は几帳面が過ぎて神経質なところがあるから、眠るときは一人でないと落ち着かないのだろう。ずっとそう思っていた。

だからこうして、こんな間近で佐紀の寝顔を眺めることは、初めてのことだ。

そういえば昨日遅くまで付き合わせたし、試食しながらずいぶんワインを飲んでいた。神経質な佐紀も、先に酔い潰れた康平に毛布をかけながらそのままここで眠ってしまったのだろう。

気位の高い、勝気な友人。優美な容姿とは裏腹に、時折信じられないようなきつい言葉を吐く。

だが今は、子供のように無防備に、安らかに、康平に寝顔を晒《さら》している。康平はそれを貴重なもののように、じっと見詰めていた。朝日を受ける佐紀の寝顔にはいつもの高慢さはどこにも見当たらず、夜の深みも夜明けも知らない子供のように、あどけなく眠り続けている。触れてみたいが、触れては佐紀はきっとすぐに目を覚ましてしまう。それが酷く惜しいことのように康平には思えた。眠る佐紀の傍にいることが、佐紀の寝顔が、康平の心をとても和《なご》ませるのだ。

二人で一緒に眠る相手、といえばつまりは恋人で、彼女たちと会うときは、何もかもスムーズに、楽しい時間を過ごせるようあれこれと段取りをつけた。食事をするなら洒落た店を探し、会話は絶やさず、ベッドの上でも及第点だったはずだ。多分、これから亜美と会うときも、康平は彼女を喜ばせるために様々なプランを練るだろう。

女の子を大切にすること。それが重荷とか、負担とかいうわけでは決してないけれど。誰かと一緒にいて深く眠り、相手の安らかな寝顔に癒されるようなことは初めてだ。結局、何の気遣いもしないでいられるのはこいつの前でだけなんだよな——

「ん………」

幼いとも思える仕草で、佐紀は手の甲で額を覆った。長い睫毛が細かに震える。

その目が、ゆっくりと開かれた。

ぼんやりと康平を見詰めていたが、焦点が合った途端、がばっと体を起こす。

「……んだよ」

寝起きでややかすれた声で呟いて、佐紀ががばっと身を起こした。射殺しそうな強い目で康平を睨んでいる。

「起こせよ。人の寝顔じろじろ見てるなんて悪趣味だ」

「いや、お前って眠ってるときも綺麗な顔してんだなって感心してた」

言うなり、クッションを顔に投げ付けられた。

佐紀は俊敏に立ち上がると真っ直ぐに冷蔵庫に向かい、大きなグラスにミネラルウォーターを注いで一気に飲む。

「お前、水は？　飲む？」

「え？　ああ、俺のことはいいよ。今日休みだし適当にする。お前は仕事だろ、用意しないと」

「出勤時間までまだ大分あるから平気。職場近くだし」

そう言って顔を洗いに行く。だが、洗面所から戻って来てもまだ顔が赤い。酒が残っているのではなく、寝顔を見せたことが、余程の不覚だったらしい。酷く狼狽《うろた》えてぎくしゃくしている。

「朝飯作るぞ。お前が昨日、練習に使ったトマトたくさん残ってるから。トマトとチーズのオムレツでいいよな？　あとスープと。トマトの」

昨晩、散々面倒をかけたのだから、康平の朝食などどうでもいいと言おうとしたが、先に佐紀が口を開く。

「ごめん」

オムレツを作りながら、佐紀が背中を向けたままぽつんと言った。まだ毛布を肩にかけ、フローリングに胡坐をかいていた康平は首を傾げる。

「え？」

「昨日つまんないことでいきなりキレたから」

恋愛遍歴を、言え、言わない、と揉《も》めたことだろう。

最後は佐紀の一喝で会話を中断させられた。正直、康平にはわだかまりがあった。友人同士、恋愛の話をするなんて当然のことなのに、どうして打ち明けてくれないのだろうと不満には思っている。

だが、佐紀は佐紀で、秘密主義でいることに疚しさを感じているようだった。

「あんなの別に…。しつこく聞いた俺の方が悪かったんだ。佐紀にはいつも世話になってるのに、恩知らずだよな、嫌がってるのに詮索するような真似して」

康平は子供っぽい真似をした後悔に、前髪を長い指でくしゃくしゃとかき上げる。

「だけど、何か困ったことがあったら絶対話せよ。お前、気も強いし頭もいいくせに変に神経質だから、ちょっと心配なときがあるんだよ」

もう康平の倍も社会人でいる佐紀に対して今更何を心配するのかと笑われてしまうと思ったが、佐紀はガスレンジの火を止めると、ゆっくりとこちらを向いた。

「ありがと」

レンジに手をつき、康平に笑いかける。

「……俺も応援するから」

穏やかな目をして、ゆっくりと康平に告げる。

「応援するから、頑張れよ。お前がその子と上手く行くように、俺も出来るだけのこと、するから」

朝日を浴び、佐紀が微笑を見せる。

亜美と康平がこの先、上手く交際出来ることを心から祈ってる、と親友は言う。

それは喜んで然るべきことなのに、康平は何故か寂しさを感じる。

もう十年近くも前のあの初秋。

佐紀は、会話の最後に見せたあの横顔と、同じ表情をしていた。

佐紀が出勤して行き、康平は戸締りだけをしてマンションを出る。カードキィは預かっておいて、今度会ったときに返しておけばいい。

佐紀からは、「これを持って帰るように」と小ぶりの荷物を渡されていた。開けてみると、佐紀が選んだ調味料や缶詰が細々と詰め込まれている。恐らく、佐紀の部屋にあるストックから、康平に必要になるものを選び抜いてくれたのだろう。

「応援するから、か」

――でもお前は、俺には何も頼らないんだな。

恋愛のことだけじゃない。

佐紀が康平を助けてくれたことはこれまで何度もあった。愚痴を聞き、時には手厳しいアドバイスをし、美味い料理や酒で心を和ませてくれる。

だが、佐紀の方から康平に、何か悩んでる、という話を一切したことがない。佐紀は康平の前ではいつも超然としている。

それが酷く理不尽なことに思えた。

――応援するから。

応援する。それが佐紀の、康平に対するスタンスだ。

早くに社会人になり、悲しいことも辛いことも、なかったはずがないのに。そんなとき、あいつは、いったい誰に縋って泣いたのだろう。

それが少なくとも康平でないことは、確かだった。


月曜日、康平は朝から仕事の渦中にいた。

上着を脱ぎ、腕まくりをしてネクタイを右肩に回す。デスクに寄りかかるようにして座りながら、受話器を肩に挟み、大阪支社の同僚と話している。

「時差を考えたら、発注するのは今日でも明日でもあまり変わらないだろうから。ただ、あっちって今、サマータイムの――」

忙しなく書類をめくっていると、相変わらずあまり使えないアシスタントがカナダから届いたFAXを届けて来た。

「これ、和訳して、本紙と一緒に上にあげて。図表はうちのフォーマットに直して下さい」

「ええ？　本紙も付けるならそのままお渡しした方が手間がかからないんじゃないですか？」

「上の人は外国語が出来ない人も多いから。とにかく急いで」

不満そうなアシスタントを見送り、康平はやれやれと溜息をつく。お前のところも苦労しているみたいだな、と回線越しに会話を聞いていたらしい同僚に笑われた。

溜息の理由は、やる気のないアシスタントが理由ばかりではなくて――

佐紀の恋愛遍歴。

それがここ数日、康平の頭から離れない。これまではそう気にならなかったし、佐紀には詮索はしないと言ったのに、それなのにやはり気になる。

これまでろくに立ち入ったことのなかった佐紀の台所に入った途端、今度は佐紀の別の部分が気になり始めたのだ。

これまで、佐紀に恋人がいた、という雰囲気がどこかにあっただろうか。康平が何の連絡も入れずにいつ訪ねても、佐紀は部屋に一人だった。恋人がいたなら、一度くらい鉢合わせしていてもおかしくはない。

だが、佐紀のすべてを知っているかと自問してみれば、それは否だ。酷く悔しいが、佐紀の二十四時間を把握している訳ではない。

たとえば平日の夜。仕事が終わった後、佐紀が何をして過ごしているのか康平は知らない。

「お飲み物はいかが致しましょうか」

傍に立つソムリエが、康平にそう尋ねた。康平ははっと我に返る。

今、康平が亜美と向かい合っているのは亜美お勧めのフレンチレストランだ。

「川村さん、アルコールはいけたよな」

例の合コンで、亜美は軽いカクテルを何杯か飲んでいた。にこっと亜美が笑う。

「嗜《たしな》む程度ですけど、もちろんお付き合いします」

「じゃあ、頼んだコースに合う軽い白を貰おうかな。何かお勧めはある？」

得意ではないフランス語を何とか読み解こうとするより、ソムリエに聞いた方がずっとスマートだ。

「畏《かしこ》まりました。本日のメインでございますが、魚料理は白身魚と夏野菜の蒸し煮にマスタードソースを添えましたもの、肉料理は牛フィレにオレンジを使った夏らしい爽やかなメニューですので、こちらのフルーティーなものがよろしゅうございますね」

ワインの栓が抜かれると、早速コースのオードブルが運ばれて来た。季節を先取りし、食用花《エディブル・フラワー》をふんだんに使ったらしいフォアグラのテリーヌだ。

「綺麗。お花を食べるなんて童話みたい」

亜美が嬉しそうにカトラリを手に取った。細身だが健啖家《けんたんか》のようで、見ているこちらも気分がいい。亜美は康平の好ましい視線に気付いたのか、恥ずかしそうに康平を見遣る。

「ごめんなさい。私ったら、すっごく食いしん坊なんです」

テリーヌを美しくスライスすると、それを上品に頬張る。

「たとえば、夜中に突然何かを作りたくなるんです。明日はお仕事だから寝よう、寝ようってするんですけど、そうするとますます目が冴《さ》えて…仕方ないから、ベッドから飛び起きてキッチンに駆け込みます。それでシフォンケーキとか、マドレーヌとか作っちゃう。普通の料理は苦手だけどお菓子作りは得意なんです、私」

「ケーキとかって、卵を泡立てたりするのが大変だって聞いたことあるけど」

「ええ、でもハンドミキサーはあんまり使いません。大きい泡立て器ならそう時間もかからないし。力持ちなんですよ、私」

「でもそんな夜中にお菓子作って、いつ食べるの」

「職場に持って行くんです。シフォンケーキならジャムを添えて、お弁当にして。お昼ご飯に食べちゃいます」

菓子などで腹が膨らむものなのだろうか。だが、甘く柔らかいお菓子を食事代わりに食べる女の子。美しい洋服やアクセサリーを売る彼女の仕事と相俟《あいま》って微笑《ほほえ》ましく思えた。

佐紀は亜美をたいそうな策略家ではないかと言っていたが、果たしてどうだろうか。この甘やかな空気を意識して作っているのだとしたら、それこそ女の子は悪魔だが。

「それで川村さんは――」

「名前の方で呼んでくれませんか？」

オードブルを飾る、ワイン漬けのオリーブを口に運び、亜美がそう言った。真っ直ぐに康平を見ている。

「周りの友達にも亜美って呼ばれてるから。そっちの方が落ち着くんです」

「そう……」

苗字《みょうじ》より名前で呼んで欲しい。

それはつまり、康平との距離をもっともっと縮めてみたいということで、普段の康平なら心の中でガッツポーズの一つも決めるところだろう。

「そういえば、吉木さんのお友達にもイタリアンのお店に勤めてる方がいらっしゃるっておっしゃってましたね。やっぱり大変そうですか？」

「ああ……まあ、あいつはしっかりしてるから、大変なんて言ったりはしないけど――」

いや、俺に言わないだけなのかもしれないけれど――

康平はワイングラスを呷ると溜息をついた。

どうも、今日はデートの際の恋愛モードになれない。目の前にいるのはこんなに可愛い女の子だというのに。運ばれて来る皿のどれもが、砂を載せているかのようで、ろくに味を感じない。

レストランでの食事を終え、席を立つ。会計をスマートに行い、レストランの洒落た前階段を降りて康平は振り返った。

「今日この後、予定ある？」

「いいえ。私、明日はお休みをもらってますし」

亜美がそっと、肩をこちらに寄せて来た。普通のデートコースなら、この後、バーでカクテルを何杯か飲む。薄暗い店内で、ちょっと駆け引きめいた会話を交わせば、二人の距離はより近いものになるだろう。

問題はその後だ。手料理を振る舞いたいからと康平の部屋に誘えば、亜美は恐らく着いて来てくれるだろう。今時、一度目のデートでセックスへ雪崩《なだ》れ込む男女など珍しくもなんともない。

だが康平はまだすべてのレパートリーを習ってはいないので、料理の披露も出来ないし、ここのところ連日残業で部屋は散らかり放題だし——

康平は自分自身に言い訳を始めた。今、隣にいる亜美よりも、ずっともっと、康平の心を占めている問題があるからだ。

康平は体を寄せて来る亜美からそっと体を離し、こう言った。

「この先に、美味い珈琲《コーヒー》を飲ませるカフェがあるんだ。そこに行かないか？　ワインの酔いが醒《さ》めたら、近くの駅まで送って行くよ」

明らかに、亜美が落胆したのが分かった。

少なくとも亜美は、アルコールを交えた大人の時間をもう少し過ごしたいと思ってくれていたらしいが——

このそわそわと落ち着かない気持ちで亜美と会っても、どうせ楽しい時間など過ごせない。

亜美と別れた後、康平は佐紀が勤める店へと向かった。メトロで一度乗り換え、五駅ほど行くとすぐだ。

もうラストオーダーの時間が近く、いつもは満員の店はやや空いて見える。ギャルソンに迎えられてエントランスを抜け、ほの暗い廊下を歩くとウェイティングバーのカウンターと止まり木がいくつか見えてくる。

満席の折に席が空くのを待ったり、酒と軽いつまみだけを求める客が座る場所だ。

康平はそこで足を止めた。

そのカウンターの向こうに、佐紀が立っているのが分かったからだ。傍にある百合《ゆり》の花を象《かたど》ったテーブルランプの円《まろ》やかな光が、カウンターに着いた一人の客と、真剣に会話している佐紀の横顔を照らし出している。

もう遅い時間とはいえ、佐紀が本来の持ち場である厨房から出て来ているのは非常に珍しいことだった。

料理の味に感激した客にフロアに呼ばれることが時折あるが、戦場のように忙しい最中に手を放さなければならなくなるので正直困ると言っていた。

美味いと思ったら、また店に来てくれるだけでいい。

そんな風に話していたのに。

佐紀は康平にはまったく気付かない。止まり木に座っている客に俯き加減で何か尋ねたり、何度かかぶりを振ったりしている。かなりの親密度だ。どうやら個人的な知り合いらしい。

康平は二人を凝視したままその場に突っ立っていた。佐紀がやっとこちらに向けたのは数拍後だ。

「……康平」

どうしてお前が今、ここにいるのかと、心底驚いた顔をする。相手の客――男は、おや、とこちらを振り返る。二人の挙動に、何故か康平は苛立《いらだ》ちを感じた。

どうしてこんなに疎外感を感じるのか分からない。佐紀が「あちら側」に立っていることに、納得出来ない。

「何だよ、来るなんて言ってなかっただろ。それに、お前、今日……」

亜美とデートだったんじゃないのか。

そう聞きたいのだろう。

だが今、佐紀は酷く狼狽《ろうばい》しているようだ。とにかくこの場を何とか収めなければと考えているのが分かる。

「康平、フロア入って。ラストオーダーの時間、もう過ぎてるけど、受け付けるように言っておくから」

厨房の奥から、若いスタッフが駆けて来た。

「佐紀さん、シェフがお待ちです」

「……分かった、すぐに行くから」

ほんの少し、佐紀が逡巡《しゅんじゅん》したのが分かる。康平と、もう一人の男を二人でこの場所に残すことに躊躇《ためら》いがあるのだ。しかし、仕事ならば仕方がない。今まで話していた男に、一声だけかける。

「薫《かおる》、適当に飲んで喰ってって。ばたばたしてごめん」

「今度また連絡するよ」

薫、と呼ばれた男が、答える。低い音色の弦楽器を鳴らしたように心地の良い、けれど明《めい》瞭《りょう》な声だった。

「……ありがとう」

佐紀はそれだけ答えて、厨房へと駆け戻って行った。後には、男と康平が残される。

佐紀にはフロアに行くようにと言われたが、康平はこの男の正体が気になった。

佐紀と、どういった関係なのか。少なくとも康平とは初対面のはずだ。男は長身だ。康平とほぼ同じくらいの身長だろう。それでいて、康平にはない華やかな空気を纏っている。肩に着く長さの鳶《とび》色の髪と、同じ色の瞳が印象的な、たいそう整った容姿の持ち主だった。これほどの美形なら、一度見たら忘れないはずだ。

「まだフロアに行かないなら、隣にどうぞ。一杯どうです?」

男は止まり木に座ったまま、康平に笑いかけた。

「どうも。沢渡《さわたり》と申します」

手渡された名刺には獣医、と記してあった。佐紀の口から、獣医の友人がいると聞いたことはなかった。いや、そもそも佐紀の交友関係はほとんど知らない。そのことでこの前、佐紀と問答になったばかりだ。

康平も名刺入れを取り出そうとスーツの内ポケットに手を入れたが、沢渡に制された。

「俺の方はよく、君の名前を聞かされてるから。佐紀とは高校からの知り合いなんだって?」

――そんなことまで知られているのか。

沢渡は華やかな容姿のままに陽気で人当たりがよく、良い意味でこちらに緊張感を感じさせない。ただ、佐紀や康平より幾つか年上であることを嫌でも察知させる余裕がある。

そのことに、康平はただ居心地の悪さを感じていた。

さっき、佐紀は沢渡のほんの鼻先まで顔を寄せ話していた。そんな親しい関係を持つこの男――沢渡に簡単に心を許せない。

「この店には、よく来られるんですか」

「時々ね。何しろ、この店は酒も飯も最高に美味いから」

それは康平も同感だが。

「でも今日は、佐紀から相談したいことがあるっていう連絡をもらって来たんだ」

「――相談？」

康平は思わず、沢渡の横顔を見た。

「どんな話ですか。佐紀が何かに悩んでるなんて俺は――」

「なんだ、聞いてないのか？　君とは昔からずいぶん仲がいいって聞いてたんだけど」

謎をかけるような言葉の端々にこちらを翻弄《ほんろう》するような気配があって、康平は目の前の相手に強い敵愾心《てきがいしん》を持った。しかし、相手は他人をからかって楽しむのは好きでも、いきなり摑みかかられる面倒は好まないようだ。

真面目《まじめ》で堅物の佐紀と、こんな男がどうして親しいのか、どんな共通点があるのか全く想像がつかなかった。

「言っちゃっていいのかな？　――まあ、どの道ばれることとか。あいつ、イタリアに留学に出ることを考えてるんだよ。イタリア料理の本場に修業に行きたいってね」

沢渡は佐紀とはまったく業種が違うが、外国での生活が長かったそうだ。海外での経験がどんな風に役立っているか、彼に助言を請うたらしい。

康平にではなく、目の前のこの男に。

康平は、何故か足元が崩れるように感じるほど、酷い敗北感を受けた。

「イタリアで修業を？　今更？」

「キャリアは長いけど、あいつはまだ若いし、日本でのキャリアがあるからこそ外国に行って学べることは山程ある。いずれ独立するなら本場での経験は客を寄せるいい箔《はく》になるよ」

「客を寄せるとか箔だとか、あいつはそういう考え方はしません」

「そうかなあ。佐紀は仕事と金に関してはシビアだろう？　これからの将来のために、自己投資は惜しまないと思うな」

そうだろうか。確かに、料理人のビジョンとしては正しいのだろう。だが、この男に同意するのは悔しい気がして康平は押し黙る。

「ただしあっちの一流レストランで高いポジションに立てる日本人はそう多くないらしいけどね。立ったとしてもその地位を維持するのは難しい。何しろ、本場の若い料理人がどんどん下から上がって来る。だけど佐紀は誇示しないまでも相当な腕の持ち主だし、何より気骨がある。もしかしたら十年、十五年帰って来ないこともあるかもしれないね」

そんな重大なことを、今の今まで知らされずにいた。康平にはそれが何よりの衝撃で、今夜亜美とデートしたことなどすっかり忘れ去っていた。

「前回の復習はした？　オードブル二品。それがそこそこだったら、次のパスタとリゾットに行こう」

翌日、仕事が終わると、康平は佐紀のマンションを訪れた。

佐紀は康平が料理の続きを習いに来たと思ったらしい。康平が来るなり、キッチンへと引っ張ってきびきびと康平に指示を出す。

佐紀の様子はいつもと変わらない。沢渡というあの獣医は、康平にイタリア留学のことを話したと、佐紀に報告していないらしい。

「当然の前提だけど、オードブル作ってる間に次の二品の下拵えも同時進行だぞ。湯を大量に沸かして、米研いで、そうしたら余計な空き時間作らずスムーズに――」

スーツの上着も脱がず、その場に立って佐紀を見詰める。

康平の様子に、佐紀もやっと気付いたらしい。

「康平？」

佐紀が康平の右手を摑んで揺らす。

「おい、何ぼーっとしてるんだよ。仕事で疲れてるのか？　だったら今日は、やめとこう、ぼんやりしたまま包丁やお湯使ったら危ない」

「お前に獣医の知り合いがいるなんて、知らなかった」

康平の唐突な呟きに、佐紀がきょとんとした視線を返す。

「いきなり、何の話だよ」

「あの、沢渡とかいう、獣医の話だよ。昨日会った」

「ああ…薫のこと？」

佐紀はそんなことか、と言いたげに肩を竦めた。

「ただの友達。あいつも一人暮らしだから、仕事が空いたときにときどき飯を食いに来る。

それだけだよ」

そのくせ、沢渡の名前が出るなり、康平の目を一切見ようとしなくなった。

「俺は、お前にあんな友達がいるなんて知らなかった」

「別に、俺の交流関係の全部、話す必要ないだろ」

「またそれかよ」

康平の口調はついつい刺々《とげとげ》しいものになる。そうなると、佐紀も退《ひ》かない。

「またって何だよ」

「この前、恋愛関係のことを聞いたときも、お前は話すことなんか何もないって言っただろ。

お前がそんなにイヤなら、俺も詮索するべきじゃないって思ったけど――」

佐紀は、康平が何を苛立っているのかよく分からない様子だ。

――どうして今、その話を持ち出すのかと不思議に思っている。

康平は胸の底に冷え冷えとした苛立ちを感じた。手を伸ばし、ガスコンロのスイッチをオフにする。包丁使いは怪しいが、これくらいはもちろん出来る。

「……何すんだよ」

「お前、俺に話すことがあるんじゃないのか」

「話？」

「お前がイタリア留学を考えてるって。あの人から聞いた」

佐紀が顔を強張《こわば》らせた。康平は思わず佐紀に詰め寄った。

「なんで俺に話さないんだよ」

「…………」

「確かに、俺には留学の経験はないけど、一応商社に勤めてるんだし海外に駐在した先輩や上司から話も聞ける。そうじゃなくてもお前が悩んでるなら力になってやろうと思う。その前に、日本から出ようなんて考えてること、話してくれたって良かったじゃないか。重大なことだろ」

佐紀は不機嫌そうに顔を逸《そ》らした。

「……子供じゃあるまいし」

「子供じゃなくても、親友だろ？　少なくとも俺はそう思ってる」

康平は佐紀の薄い肩を摑み、何のてらいもなくそう告げた。

佐紀は大切な親友だ。本当に、大切な。

真摯《しんし》な思いでそう告げたが、佐紀は真正面の康平を見ようとしない。

「お前にとって俺はそうじゃなかったか？　付き合って来た十年は、俺が思うほど大事なものじゃなかったか？」

こんなときなのに、何故か佐紀は、いつもの皮肉めいた微笑を見せるのだ。

「大事だから言えないことだって、たくさんあるだろ」

「どういう意味だよ」

「イタリアに行くかどうか、悩んでるのはいずれ話すつもりだった。でもお前はお前で忙しそうだったし――」

そこで佐紀はふい、と視線を逸らした。

「彼女もいて、色々あって俺のことどころじゃないだろうから煩わせたくなかった。本格的な話になるまで伏せてようと思ったんだ」

康平にはそんな風に気遣いをするくせに、あの男には遠慮はしないのか。

遠慮をする距離すらない、もっともっと親しい関係なのか。

「あいつと、どういう関係なんだよ」

「――は？」

「俺は、お前が、俺以外の誰かと、あんな風に笑って話してるの、見たことがなかった」

出会った頃から、佐紀の色んな表情は、自分だけが見ているものだと思っていた。

普段は無表情で、客の前では接客用の慇懃《いんぎん》な表情で。けれど怒ったり笑ったりする素のままの佐紀は、康平だけに見せてくれる。どこかでそう信じていた。

けれどそうではなかった。

「俺より親しいのか？　俺より仲がいいのか？」

「――馬鹿馬鹿しい」

吐き捨てるように言って、康平に背を向け、キッチンから出て行こうとする。

「たまたま薫が海外に詳しかった。それだけだ。子供みたいなこと言うなよ」

肩越しに、呆れたような瞳が康平を一瞥《いちべつ》した。

何て憎たらしいことを言うのだろう。どうしてこいつは、俺のこの苛立ちを理解してくれないのだろう。

苛立ち――いや、焦りにも似ている。

高校時代に、違う進路を取るのだと言われたときの、驚きと焦燥とまったく同じだった。

それに気付いた康平は、立ち去ろうとする佐紀の左手首を掴んでいた。あの時とは違う。

もう子供ではない。

佐紀が驚いて振り返る暇すら与えず、足を払ってその場に押し倒す。

「………っ！」

口ではまるで敵《かな》わない。今の佐紀のすべてが憎たらしくて、腹立たしい。そして同時に、この親友に康平の知らない部分が幾つもあるのだと思うと、とても穏やかではいられない。

佐紀とは親友同士だと思っていた。お互いに大切な、信頼できる相手だと思っていた。

そして、あまり社交好きでない佐紀の親友は自分一人だという驕《おご》りもあった。

だがそれは本当に自分たちの正しい姿なのだろうか。事実、佐紀は康平の知らない場所で康平の知らない誰かと一緒に時間を過ごしていた。その焦りに心を煽《あお》られる。どうしようもない、独占欲に。

康平に圧《の》し掛かられた佐紀は、最初は唖然としていたが、すぐに抵抗を始めた。

「ちょ……っ！　何すんだ、どけよバカ！」

水揚げされた魚のように、体を弾ませる。しかし康平は佐紀を捕える手の力を緩めない。

本気で憤っている佐紀をじっと見下ろす。この頬に、この唇に、今まで誰かが触れたのだろうか。こんなに間近でこの美しい造作を見下ろし、触れずにいられることがあるだろうか。

たとえば、あの沢渡という男はどうだろう。なんとなく摑み所のなさそうな、恐らく自分とは正反対の雰囲気を纏った男。

あの男と佐紀が向かい合っているのを見たときの衝撃を思い出した。

途端に体の芯《しん》がかっと熱くなって、一瞬理性が遠ざかる。康平はいっそう佐紀の体を床に押し付け、その唇を奪っていた。

「…………………！」

腕の中で、佐紀の体が一気に硬直する。

鋭い皮肉ばかり吐く唇なのに、重ね合わせてみれば信じられないほど柔らかかった。しなやかで敏捷《びんしょう》そうな体は、抱き竦めれば康平の腕に楽に収まる。右手に当たる肩甲骨の硬さ。薄く、けれど滑らかに付いた筋肉の動き。それはたまらなく扇情的で、康平の体をいっそう熱くする。

「う…っ、ん………！」

同性と体を重ねたことは、康平にはなかったが、それでも本能が叫んでいる。

佐紀の体の隅々に触れてみたい。

佐紀が嫌がっても、拒んでも、このまま抱き伏せて、この頑《かたく》なで何一つ康平の言いなりにはならない親友のすべてを暴いてみたい。

「………こ、……うへい」

だが、佐紀が一方的にされるがままになっているわけがなかった。

上半身は完全に康平に押さえ込まれている。だがその右足が跳ね上がって、膝が康平の腹にめりこんだ。

思わぬ攻撃に、康平は呻《うめ》いた。緩んだ拘束を解き、佐紀が立ち上がる。

「何考えてんだ！　馬鹿野郎！」

呼吸を乱し、手の甲で今、康平と重ね合っていた唇を拭《ぬぐ》う。

いつもは白い頰が、赤く上気している。

はあ、はあ、と荒く息をつきながら、佐紀は震えを堪《こら》えるように両腕で全身を抱き締めている。

「出て行け」

佐紀は怒りを孕んだ口調で、はっきりとこう言った。

「見るな。さっさと出て行けよ！」

「私、串揚げ屋さんって初めてだったんですけど、とっても美味しかったです」

すっかり飽食して、店員に見送られながら亜美がそう言った。亜美との二度目のデートは、やや格式の高い串揚屋で行った。

昨日メールが来て、食事に連れて行って欲しいとねだられたのだ。

目の前で職人が注文の串を揚げ、熱々のものを特製のソースで食べさせてくれる。お任せと言っておけば、何度も注文をすることもなく、会話を遮断されることもない。

だが、こうして亜美と会っていても、康平の頭の隅にあるのは二日前に怒らせた佐紀とのことだった。携帯に電話しても出ない。メールも当然無視だ。

そんな状況でも、女の子に誘われれば恥はかかせられないと誘いを断れない。どこまでも優柔不断だ。

「吉木さん、お疲れなんですか？　何だか今日はぼんやりしてるみたい」

「ああ、ごめん。実はちょっと取り引き先と行き違いがあって――すぐに解決したから問題はないんだけど」

「でも嬉しいです。それなのに時間作って下さって」

夜の始まりの繁華街は、たいそうな人混みだ。康平たちのような男女の二人連れも多い。

「私、今日はこの後、吉木さんの部屋に行きたいな」

この後、どうする？

前回のように康平がそれを尋ねる前に、亜美がそう言った。彼女を見ると、例の強い目で康平を見上げて来る。

マスカラとアイライン、それから多分、付け睫毛で縁取られた目。その装飾を全部取ってしまったら、いったい彼女の素顔はどんな風なのか。

困ったことに、それを知りたいとは今、少しも思わない。

「それに、手料理、食べさせてくれる約束だったでしょう？」

ただでさえ、女性側で年下の亜美にリードを任せているという負い目がある。前回のように、気になることがあるので今日はこれ以上一緒にいられないとはとても言えない雰囲気だ。

気が付いたら、亜美はタクシーを呼び止め、二人、後部座席に並んで座っていた。

「取り合えず自由が丘駅の前まで」

康平はシートに体を預ける。道が混んでいなければ、康平のアパートまで約二十分というところか。その後、隣にいる彼女とどういった関係になるのか。

佐紀を怒らせたままで、いったい自分は何をしようとしているのだろう。

二十分後、タクシーが康平のアパートに横付けされる。

「タクシーのクーラーで体が冷えちゃいました。早く暖まりたいな」

甘えるように、細い腕が、康平のそれに絡んで来る。心地よい柔らかさを持った腕。

何故かその柔らかさから連想したのは、佐紀の指先だった。

いくら細身でも、佐紀は男で柔らかさとは程遠いはずなのに。けれど親友の指は、時に康平を厳しく叱咤しながら、皮肉を言いながら、最後のところでいつもいつも、優しかった。

それは——どうしてなんだろう?

どうしてあいつは十年間も、俺との仲を続けてくれたのだろう。他人になんか興味はないし、寧《むし》ろ人嫌いの癖に、あいつはいつも俺を受け入れてくれた。俺だけは、あいつのテリトリーに入ることを許してくれた。それはつまりあいつは——

亜美を促し、下車しようとしたそのとき、足元から、何故かめきめきという嫌な音が聞こえて、視界ががくんと下がった。

すぐ傍で、亜美の悲鳴が聞こえた。

夜間緊急外来の待合室に康平は一人座っていた。周辺の廊下の灯《あか》りはすべて消され、人気はほとんどない。

そこに、勢い良く足音が近付いてくる。身軽な、小気味の良い足音。

すぐに、光の中に佐紀が現れた。

「康平‼」

康平を認めるなり、一瞬泣き出しそうに見えたのは、気のせいだろうか。佐紀はシートに座る康平の前に跪《ひざまず》くと、震える指で康平の体に触れる。

「怪我は？　怪我――酷いのか？」

康平は苦笑いして、手当てを受けた右足を示した。スリッパ履きの右足には踝《くるぶし》から膝にかけて厳重に包帯が巻かれている。

タクシーが停まったのは、道路の端にある大きな溝にかけられた木板の上だった。康平が足を置いた場所が運悪く傷んでいたらしく、体重をかけた途端、右足で踏み抜いてしまったのだ。

「右足を十針ほど縫った。見た目派手だけど、大怪我じゃないよ」

「十針なんて…大怪我じゃないか！」

常ならずすっかり取り乱している佐紀に、康平はつい声を出して笑ってしまう。不真面目な康平の態度を見て、佐紀は生来の短気さを見せた。

「何笑ってるんだ、馬鹿！」

「ごめんごめん。お前は？　何で俺がここにいるって分かったんだ？」

「何でって……」

佐紀が言い淀《よど》む。

「この前、変な喧嘩《けんか》したし、手を上げたから、……ちゃんと謝っておきたくて。今日会ってるって知らなかったから」

仕事が終わった後、大急ぎで康平のアパートに来たらしい。

「そうしたら救急車がちょうど出てった後で……近所の人が集まってたから。何があったのか聞いたら、お前が足を大怪我してこっちの病院に運ばれて行ったたって」

佐紀は康平の膝に手をかけ、一心にこちらを見上げている。乱暴に唇を奪った康平への怒りについては、今はすっかり忘れてしまっているらしい。

「女の子は？　怪我したとき一緒だったんだろ？」

怪我をした場所に集まっていたという近所の誰かに聞いたのだろう。康平は肩を竦めた。

「川村さんなら、吉木さん格好ワルーイって帰って行ったよ。振られちゃったな」

みっともなく怪我をした康平に、亜美は軽蔑《けいべつ》の眼差しを向けた。

デートに誘ったのも私の方だし、その最中も始終ぼんやりしてるし、私、吉木さんが何を考えてるのか分かんない。っていうか、想像と違ってつまらない人なんですね。

こんな情けない人に関わって時間の無駄でした、ただでさえ仕事で忙しいのに！　とまで言われた。

これまでの甘やかさとは打って変わった辛辣《しんらつ》な口調から考えれば、結局、亜美に関しては佐紀の考察の方が正しかったのかもしれない。ずいぶん罵られたが腹は立たない。至極真っ当な感想だと思うからだ。

本当に、こんなにつまらない男に関わるなんてよっぽどの物好きだけだ。

佐紀は康平当人よりずっと納得のいかないような顔をしている。

「お前、それでいいのかよ。だってその子のこと……」

「別にいいよ。何か違うだろって、最初のデートのときにも思ったんだ。いい子だし、見た目は俺の好みど真ん中なのに、なんか集中出来なかった」

「何でだよ。わざわざ俺に料理まで習いに来て、一生懸命だったじゃないか」

「それを、お前が言うのかよ」

自分でも思いも寄らず、康平の口調は硬いものになっていた。佐紀が困惑した様子で顔を上げる。

お前が言うのか。ここ数日、ずっとずっと俺の心を騒がせ続けたお前には、何も言って欲しくない。

「何……、何怒ってるんだ？」

こちらを伺う佐紀に、康平は答えた。

「親友同士だと思ってた。十年間、ずっとだ」

それが何故か、康平の中でほんの少しずつ形を変え始めた。料理、という佐紀のテリトリーに踏み込んだことがきっかけだったのかもしれない。

誰より近いと思っていたのに。磨き抜かれた調理器具や、それを扱う横顔を見て、もう一歩佐紀に近付いてみれば、十年間、どうして自分たちが「親友」でいられたのか、その理由に気付かされてしまった。

「お前のせいなんだよ」

「は……？」

「お前が悪いんだろ。お前のこと考えてて転んだんだよ。溝に片足突っ込んで深夜番組のお笑いコントみたいにな！」

「何だよそれ……」

佐紀にしてみれば突拍子もない言いがかりだろう。呆気《あっけ》にとられていたが、我に返ると猛然と反発した。

「何で俺のせいなんだよ！　女の子一人モノに出来なかったからって俺にあたるな！　不甲斐なさを俺のせいにするなよ！」

「女の子のことが問題じゃない。お前、――俺のこと好きだろう」

「…………」

佐紀が顔を強張らせる。

「…………何言ってんだよ」

佐紀が体を退けかける。康平は速やかにその両腕を捕らえた。逃がしてはいけない。目を逸らすことも、もう許さない。今を逃して猶予を与えたら、佐紀はまた嘘を吐き続けるだろう。それこそ精魂を注いで、演技を続ける。

康平に真実を知られたくなくて、佐紀も必死だからだ。

「親友としてだけじゃなくて。恋愛対象として俺を見てる。違うか？」

「そんな訳ないだろ。お前は男で、俺も男で、親友同士で……好きだなんて有り得ない」

「そうだよ。お前がそんな風に言うから、親友っていう地位を俺にだけはくれてたから、だから気付かなかったんだ」

康平の恋愛が極端に上手くいかなくなったのは、佐紀が就職してからだ。それは、仕事とプライベートの別をきっちりとつけてしまう癖がついていたからだ。

同僚や後輩の杉浦などは、仕事と恋愛を上手く遣り繰りして楽しんでいる。それなのに、どうして自分だけは、仕事を最優先にしてしまうのか、ずっと不思議だった。

要領もいい。頭も切れる方だと思うし、社交的な性格だと自負している。それなのに、上手くいくのは仕事ばかりで、恋愛の方はとんと上手くいかない。この極端な対比はいったい何が理由なのか。

それは、先に社会に出た佐紀の姿をずっと見ていたからに他ならない。プライベートを犠牲にしても、恋人に嘘を吐いても、仕事をしなければならないと思っていた。佐紀ならそうすると思ったからだ。

そして、多分康平は、佐紀にだけは軽蔑されたくなかった。自分よりずっと早くに大人になった親友に、どうにか追い付きたかった。

「男同士で、親友だ。だから気が付かなかった。——十年間も」

理想の恋人なんて、遠くを必死で探しても見付からないはずだ。その人は、近過ぎて決して見えない場所にいたのだから。しかも、「親友」という言葉を巧みな隠れ蓑《みの》にしていた。

「それに気付いたら、もう気持ちが落ち着かなくなった。当たり前だろ。十年間親友だと思ってた奴が、俺に片思いしてるなんて気付いたら」

佐紀は押し黙っている。否定も肯定もしない。けれど酷く混乱しているのが分かる。

彼の一番の秘密を、康平は暴いてしまったのだから。

薄い肩が、忙しなく上下していた。

「確信がなきゃこんなこと言わない。外れてたら二度とお前に合わす顔がないじゃないか。お前、俺のことが好きなんだろ？」

強引に唇を奪ったときの、激しい拒絶を思い出す。単純に、同性同士の口付けを嫌ったのだと思った。

だが違う。佐紀は、いきなり片思いの相手にキスをされて、動揺していたのだ。

気付かなかった康平が馬鹿なのだ。

「逃げるなよ。逃げたら怪我した足でも、お前のこと追いかけるぞ」

「なんで……」

佐紀は顔を伏せ、弱々しい様子で呟いた。

「何で今更怒られなきゃならないんだ。今まで、ずっと……、女の子に振られただの何だの、ずっとずっと俺に聞かせて、こっちなんて一切見てなかったくせに」

思えば、いつもいつも、目の強い女の子に惹かれていた。

けれど思えば、あれは十年前、人気のない図書室で、康平を見上げた佐紀の目だ。

「何回も何回も、何回も慰めさせて……いつかいい子と出会えるなんて、俺がずっとどんな気持ちで言ってたか、お前をそんなにヘコませる女の子たちにどれだけ嫉妬《しっと》してたか、何も知らないくせに」

「ごめん」

「親友って言われる度に、俺が何回傷ついてきたか、何も知らないくせに」

「……うん」

ぽたぽたと、床に水滴が滴《したた》り落ちる。涙で濡れているであろう頬に触れるときっと驚かせてしまう。だから康平は佐紀の震える指を取る。それはとても冷たい。唇で触れたら、温かくなるかな、とぼんやりと思う。自分はそうする権利を得ただろうか。

「何も知らないで、気付かないでごめん」

だから今から教えて欲しい。

十年間、佐紀は何の見返りもなく康平を慈しみ、傍にいてくれた。何を考え、何を望んでいるのか、後何年かかってもいい。何もかも、教えて欲しいと思った。


「……お前のアパートに来るの、久しぶりだ」

康平に肩を貸す佐紀がそう言った。病院で借りた松葉杖《まつばづえ》を使い、自室のあるアパートの二階へとどうにか上がる。

「最近、仕事でばたついて寝るためだけに帰ってたから、ちょっとすごいぞ」

部屋の灯りをつけると、佐紀はシンクの有り様や床に散らかった衣類を見て確かに……と呟いた。

エアコンを入れ、カーテンを閉めると、佐紀がびくっと体を強張らせたのが分かった。康平のテリトリーに入って、かなり緊張しているようだ。今までも佐紀が康平の部屋に入ったことは何度もあったはずなのに、今は意味が違う。二人の関係が完全に変わってしまったからだ。

「……クーラーきくまで時間かかるんだろ？　お茶か何か入れるよ。台所入っていい？」

「うち、何にも置いてないぜ。しばらく買い物行ってないから」

「じゃあコンビニで買って来る。お前、薬も飲まないといけないだろ」

「後でいい」

本当は、もう帰りたい、という気持ちなのだろう。だが怪我人を一人放置するわけにもいかない。怯《おび》えている佐紀が、可哀想《かわいそう》だと思う。だが、康平の我慢ももうきかない。

康平は不自由な右足を引き摺《ず》り、佐紀を寝室へ連れ込んだ。マットレスに敷布団を敷いた簡単な寝床が置いてある。

初めての夜を過ごすのがこんな場所だなんて、今までの恋人とならば考えられない。

「ちょ……っ、待てよ、お前……！」

怪我人相手に無茶な抵抗が出来ない佐紀の気持ちを読み取り、部屋の灯りも点《つ》けないままマットレスに押し倒す。

「駄目だってば！　足が……」

「平気だって。痛み止め打ってあるから」

「そういう問題じゃなくて……っ」

まだ何か言おうとする唇を康平は自分のそれで塞《ふさ》ぐ。

以前の噛み付くようなキスとは違う。出来る限り丁寧に、お互いの粘膜の柔らかさを知らしめ合うような口付けだ。

「ん……」

微かに緩んだ佐紀の口腔《こうこう》に舌を押し入れると、佐紀は少しの間抵抗したが、やがてそれは優しく受け入れられ、どちらともなく絡め合わされる。

まだ学生だった頃、飲み会の罰ゲームに遭ったことを除き、同性と口付けするのは初めてだ。

けれど、抵抗感はまるでなかった。それどころか、脳裏が痺《しび》れるような甘さすら感じる。官能の甘さだ。

「……っ、………ふ……」

やっと心が明らかになった後で性急かもしれないが、早く佐紀と体を交わしたかった。とても複雑な心の持ち主だから、夜が明ければ何もなかったかのようにするりと逃げられてしまうかもしれない。

だから、この夜のうちに、二人の関係を確実なものにしておきたい。親友、という言葉は、これまでも康平にとって大切なものだったが、それだけでは佐紀を束縛することは出来ないともう分かっている。

だが、焦る康平を、佐紀が押し留める。

濃厚なキスの後で唇を濡らしたまま、康平を壁にもたれるように座らせると、仔猫《こねこ》のように俊敏に、腹の上に乗り上げて来る。

「……怪我人にリード取らせるわけにもいかないだろ」

欲情した、ややかすれた声。

佐紀は潔い素振りで、自分のシャツに手をかけ、ボタンを外す。それを一息に左右に開くと、灯りを点けない薄暗闇の中、剝《む》き出《だ》しの上半身が現れた。

目の前で着替えを見たことがあるが、今は意味が違う。些細な動作が堪らなく扇情的だった。

康平の熱っぽい視線に、佐紀は居心地が悪そうだ。

「……あんまりじろじろ見るなよ」

「見るだろ、普通。もっと見たい、灯り点けるぞ」

だが佐紀は、それを拒んだ。泣き出しそうな声に、さすがに康平も手を止める。

「どうした？」

「………ひくかもしれないから」

「ひく？　何で？　何に？」

「お前、相手はずっと女の子だったろ。……体も、やり方も、全然違うから」

「それくらい分かってるよ。着替えのときに裸だって見たことあるし、別に」

「だから、それだけじゃなくて、違うんだったら。あんまり、綺麗な場所じゃないから
……」

「ああ……」

康平にもようやく、佐紀が何を言わんとするのか分かった。

「大丈夫だよ。あのさ、俺だって別に、清い体ってわけじゃないから」

「そういうことじゃなくて……俺は、多分、そんな場所なのに、お前には信じられないようなことになるから」

同性との経験があることに、引け目を感じているらしい。経験があるだけでなく、快感の覚え方ももちろん分かっている、ということだ。純潔の如何《いかん》など、今更尋ねるつもりはもちろんない。二十七にもなる男が清らかな方が不思議なのだ。

同性との経験にも、拘泥するつもりはない。自分が最初の相手でないというのは確かに悔しいが、それはお互い様だ。

だが今、康平の前で佐紀はそれを酷く恥じているらしい。

「好きな奴がいるのに、我慢出来ないで他の誰かとなんて、どんな淫乱《いんらん》だって」

佐紀に恋愛遍歴を聞いたとき、どうしてあんなに頑なでいたのか、今なら理由が分かる。

自分がどんなに無神経な質問をしたか。そのことも。

康平以外の誰かと体を交わすことに、潔癖な佐紀が悩まなかったはずがない。けれど、一人の寂しさに打ち勝てるほど強くもなかったのだ。そのことを、どうして責めることが出来るだろう。

それなのに、何も知らなかったとはいえ、康平は佐紀に恋愛相談をしていたのだ。

――なんて残酷なことをしていたんだろう。

改めてそう思った。自分は、どれほどの傷を佐紀に与えたのだろう。

目の前に、佐紀の裸身のシルエットが浮かんでいる。薄っすらと発光して見えるのは、それほど肌の色が白いからだ。それをどれほど美しく思うか、ありとあらゆる言葉を使って佐紀に伝えたいけれど。康平は無言のまま、佐紀の二の腕をつかみこちらに引き寄せる。僅かに身を屈《かが》ませ、心臓の辺りに唇を押し当てた。

「あ……っ」

びくん、と佐紀が反応した。滑らかな皮膚は、とても薄く、感じ易《やす》いようだった。唇を鎖骨から首筋、腕へと滑らせ、しっとりとした感触を堪能しながら尋ねる。

「あの沢渡って奴とは?」

「え……?」

佐紀の指先にキスしながら、空いた片手でボトムのボタンを外す。

「あいつ。お前のこと、何でも知ってるみたいな口ぶりだった」

「そんな……薫とはほんとにただの友達だよ。距離の取り方が上手くて、変に気が合うから……」

本当なのかと問い詰めるように、康平は細い指を軽く噛んだ。ひんやりとした佐紀の皮膚の感触が舌先に触れる。

知らなかった。佐紀の指はこんなにも冷たいのだ。

「あ……! ほんとだってば。――お前とのこと、何度か相談したことがあったから。そうやって意味深なこと言って、お前のことからかったんだよ」

強引に下肢の衣服を剝ぐと、佐紀はいっそう体を震えさせる。剝き出しになった体を庇《かば》うように、佐紀はシーツの上で、体を小さく小さく丸める。

「誰と何度寝てもいつも目を瞑《つむ》って、相手はお前なんだって自分に思い込ませた。一生叶いっこないんだから、それくらい許して欲しいって」

そう告白した途端、張り詰めていた佐紀の神経がふつりと途切れるのを康平は感じた。秘密を一つ話す度に、康平の前で、佐紀は弱くなっていく。まるで固い鎧《よろい》を外していくかのようだ。

いつもはまるで女王のように横柄でいるのに、今、佐紀はただ怯えていた。セックスのことなど欠片《かけら》も知らない純潔の少女を抱いているように思う。好きな相手と体を交わすのが初めてだと言うのならば、確かにこれは佐紀にとって初めてのセックスになるのかもしれない。

そう思うと、体の芯に熱の柱が立つような感覚があった。佐紀の初めてが、自分のものになる。

手の甲で唇を押さえ、佐紀は乱れる呼吸を必死で隠している。感情が昂《たか》ぶってしまっているらしい。

「どうしたらいいのか分からない。お前と、本当にこんなことになる日が来るなんて、一度も考えたことがなかった」

「それは俺だってそうだよ」

「お前とは違う」

康平の体の上で、佐紀はただ震えている。泣いているのではないかと思うほどだ。

「お前が気付いたのは今日かもしれなけど、俺はもう十年も……」

長い片恋が実ったことが未《いま》だ夢のようで、けれど体はもうとめどなく、相手を欲しがってしまう。

体中が相手の気配に、体温にこれ以上もなく過敏で、どんな些細《ささい》な刺激でも、それは強烈紀はそれを恐れているらしい。だから、今、康平と体を交わしたら、間違いなく淫《みだ》らに反応してしまう。佐紀はそれを恐れているらしい。

「お前に、そんなところ、見られたくない」

「俺は見てみたい」

「悪趣味だ……」

泣き出しそうな声を聞きながら、康平は佐紀の足の間を探った。佐紀は小さく息を呑んで身を捩《よじ》ったが、康平は許さなかった。そこに触れる権利を、もう自分は持っているはずなのだ。

手のひらに、淡い下ばえと共に、滑らかな手触りを感じた。そこははっきりと熱を持ち、皮膚を張り詰め、屹立《きつりつ》していた。

そこを手のひらで優しく押し包んでみる。

「ああっ」

佐紀が大きく背中をしならせる。康平が驚くくらい、佐紀は激しく反応を見せた。康平のことが欲しいと、佐紀は無言のうちにはっきりと主張している。

康平にはいつも可愛くない口ばかりきく佐紀の体は、素直でとても感じやすいらしい。

「駄目だ、康平……っ」

佐紀が慌てて康平の手を剝ごうとするが、康平は佐紀の耳元で、低く囁《ささや》いた。

「俺のこと、本当に好きなんだ」

「…………………」

同性の情欲に触れても、何の嫌悪を感じない。佐紀の心配は完全な杞憂《きゆう》だ。ただ愛しさだけを感じて、康平は佐紀を上下に扱《しご》いた。同性相手は初めてでも、体の構造は同じなのだから、何をすれば佐紀が悦《よろこ》ぶのかは分かるつもりだ。

「……あ、あ……駄目だってば……」

口では拒みながらも、手のひらの中で、佐紀がじんわりと潤って来るのが分かる。佐紀が、感じている。そう思うと、康平も堪らなくなる。

さっき病院で出されたばかりの傷薬を取り出し、指に取ると、佐紀の足の間に手を割り込ませ、強引に最奥を探る。

「まっ、待てよ、そんないきなり……」

「いつまでも、怖いとか緊張するとか言ってるの待ってたら何も出来ないだろ」

「……あ……」

慣れていない分、康平の方が遥かに強引で大胆なのかもしれない。そうして何が起こるか分かっている分、佐紀は臆病《おくびょう》でいる。目の縁を赤く染め、時折呼吸を震わせる。

堂々と康平を足蹴にする、あの高慢な親友が、今から悪党に純潔を奪われる深窓の姫君にでもなったかのように頼りなく見える。

「男同士ってどんな姿勢でするのが一番いいんだ？　……お前は、どうされるのがいい？」

興奮のあまり、康平の声もすっかり掠れている。薄暗闇の中、膝の上で、佐紀が泣き濡れたような瞳で康平を見下ろしていた。

「ゴムだけ、ちゃんと付けてくれる……？」

「それは、もちろん」

相手の中に入る側のマナーだと思ったので、素直に答える。佐紀はじっと康平を見詰めていたが、やがて口を開く。

「俺のこと、軽蔑するなよ」

「するわけないだろ」

「……ちょっと、目、閉じてて」

消え入りそうなほど小さな声でそう言うと、佐紀が大きく腰を浮かす。避妊具を装着した屹立に、傷薬を塗られ、潤んだ窄まりが押し当てられる。

こちらを拒んで跳ね返すような弾力があり、到底康平を受け入れてくれるとは思えなかった。

「大丈夫なのか、こんな、狭くて固い場所に……」

「……ゆっくり、少しずつだったら、大丈夫だから……」

それでも緊張しているのか、佐紀の声も上ずっている。

「康平……」

佐紀がこくんと喉を鳴らした。

「キス、して……」

軽く啄ばむようなキスを繰り返しながら、佐紀がそっと腰を沈める。狭い器官なのだから、いきなり大きな動きはしない。しかし確実に康平を飲み込み、導いていく。

「ん、もっと、ゆっくり、……あ、あぁ……っ」

表面に塗り込めた潤いを借りて、自分がきつい肉の抵抗をねじ伏せ、割り裂いて、深く侵入するのをまざまざと感じた。――熱い。まるで自身が蕩《とろ》けそうなほどの熱さだ。

根元まで収まると、佐紀の小さな尻《しり》が腿《もも》に触れる。

「腰、支えてて」

康平の両手を腰に導く。こうして触れてみると、頼りないほど華奢で細い腰だ。今、自分が穿《うが》っているとは到底信じられない。

はあ……、と悩ましい吐息を漏らし、佐紀が腰を動かし始める。ぴっちりと自分を押し包む柔肉が、上下に康平を舐めしゃぶり始める。

「ん、……んっ」

康平には、佐紀の感覚が分からない。見てはいないが、酷く狭い場所のはずだ。そこに康平を奥まで受け入れて、いったいどんな感じがするのか。苦しいのか、痛くはないのか。

だが、時折零れる甘い吐息に、この接合で佐紀が悦びを得ていることが、少しずつ分かって来た。康平を食《は》む場所も、どんどん熱を高め、その熱で蕩けるように柔らかくなって来ている。

感じてはいけない。でも、気持ちがいい――

そんな佐紀の葛藤が聞こえてきそうな、慎ましいセックスだった。

多分、佐紀はまだ蕩け切ってはいないのだ。自分の体の上で律動を刻みながら上下する佐紀は、本人が快楽を拒んでいる分、その姿は壮絶に淫靡《いんび》で扇情的だ。

また泣き出しそうな吐息が漏れ、佐紀がこちらを見上げるのが分かった。

「康平、やっぱり……」

やっぱり、このまま続けるのは不安だと、恥ずかしいと、佐紀が腰を捩った。

ここまで来て、そうはいかない。

「いいから、このまま続けて」

「あっ、あ！　ん……っ」

抱いた背中を撫で上げ、康平が少し強い口調で促すと、佐紀は躊躇いがちに動きを再開する。艶やかな髪が暗闇の中きらきらと光って見えた。

「……いいのか？」

佐紀の性器に目を落とすと、食べ頃の果実のように蜜を溢れさせ、熟《う》れ切っているのが分かる。

「うん……」

小声ながら、佐紀ははっきりそう答えた。佐紀が感じている。康平は堪らず、佐紀の耳朶《みみたぶ》を口に含む。佐紀が、驚いた様子で髪を振り立てた。

「駄目だってば。お前は、何もしないで」

「……ちょっとくらい、いいだろ。見てるだけで何もしないなんて無茶だ」

「いいってば。お前は怪我してるし、初めてなんだから」

だが、このまま佐紀だけに任せているというのも不甲斐ない。それに、康平ももっと、佐紀に触ってみたい。すっかり焦《じ》れて、康平は佐紀の動きに合わせ、自分も下から突き上げてみる。

「ああっ！　そんな……っ」

佐紀は他愛もなく乱れた。もう皮肉を口にする余裕もなく、劣情のままに声を上げる。素直に悦びを見せ付けられ、ずっと気になっていた、小さな乳首にも吸い付いてみる。尖《とが》った固い感触が舌先に触れた。

「あっ！　……あ………ん……！」

そんなはずはないのに、甘いような気がする。舌先で軽く転がすと、それはいっそう硬く尖り、連動するように佐紀の締め付けが強くなる。

「今、きゅって締まった。可愛いな、佐紀」

「嘘つき……っ、こんな、男とは、経験ないって……」

「ないよ。でも分かる。好きな奴のことなら」

もう一度、佐紀の深い場所を抉《えぐ》る。声もなく、背中を仰《の》け反らせ、佐紀の体はすっかり汗ばんでいた。

「どっか、……良かった?」

「や……っ、ん、ん――」

「返事しろよ。いつも食わせてもらってばっかりだから、たまにはしっかり俺を食ってもらわないと」

「……バカ!　下品だ!」

やっといつもの佐紀に戻った。

暗闇の中、二人は笑みを交わす。抱き締め合って、もう一度キスをして。

佐紀の動きが、いっそう早くなる。佐紀の内部で、解すのに使った薬が溶けてなじんできたのだろう。それは佐紀をたっぷりと濡らし、接合部から水音が聞こえる。

不思議な感触の果実のような凝《しこ》りを見付け、ぬめった自身の先端でそこを擦り立てると、佐紀の体が戦慄《わなな》く。

「あ……っ、ん………、いい……!」

滑らかに腰を上下させながら、佐紀は恍惚《こうこつ》とした声音で康平に告げた。これまで聞いたこともないような、どうしようもなく甘えた、艶のある声だ。

「すごく、いい――康平……」

打ち震えながら、佐紀が必死に康平にしがみ付いてくる。身の内から湧き起こる快感に押し流されないよう、しっかりと抱きしめて欲しいと訴えている。

――すごい。

セックスが、こんなにいいものだとは知らなかった。

こんなにも身も心も相手に捧げて、体温と体液に溶けて、自分の輪郭が無くなっていく。快感を追う気持ちだけに支配される。理性なんかもうどうでもいい。丸ごと全部許してくれているのだと思う。

「もっとキス、して」

いつもの高慢な、けれど縋るような口調に、康平は言われるまま佐紀と唇を合わせる。佐紀は夢中で康平を貪《むさぼ》っている。

十年間、ずっと空腹だった。その切なさや寂しさを、もっともっと康平に知らせようとするように。どれほど康平を思っていたか、余すことなくそれを伝えるように。

「康平……、康平……」

あえかな声で佐紀が自分を呼ぶ。佐紀が自分を欲しがっている。親友としての康平でなく、恋人としての康平を求めている。

「――――」

やがて、絶頂へと駆け上がっていく恋人の体を、康平は力強く抱き締めた。

夜半、ふと目を覚ますと、佐紀がまだ腕の中にいた。窓の外の闇はまだ深く、腕の中の柔らかさや体温がいっそう大切に感じられる。

こうして寝顔をじっと見詰めていても、また飛び起きて、悪趣味だと怒るような気配はない。激しい交わりに、疲れさせたのかも知れない。あんなに緊張していたのに、無理をさせたと思うけれど、康平は今、とても満ち足りていた。十年間、自分でもそうと気付かず、さまよい続けていた気がする。

けれど今こうして佐紀を腕に抱き、誰よりもただ深い安堵に包まれている。

明日の朝は必ず俺が先に起きよう。

トーストと目玉焼き、珈琲くらいの用意は出来る。イタリア料理のプロにはお気に召さないかもしれないし、あれだけ包丁の使い方を教えたのにこの体たらく、とがっかりされるかもしれないが。

そういえば俺はそもそも料理をするのは好きなんだろうか？
答えは諾とも否ともいえないが――
それが恋人を喜ばせるなら、もちろん、好きになるだろう。

終

嘘つきなドルチェ

佐紀《さき》の指先はいつも冷たい。

料理を作る仕事は生の食材を扱うことが多いので、体温は低い方がいい。器用で働き者のいい指だと思う。

だが、どうしてこんな時にまで冷たいのだろう。恋人が、こんなにも傍《そば》にいるのに。

「……もう少し、強くして、佐紀」

吉木康平《よしきこうへい》が息を詰めながら、佐紀の耳元で熱っぽく囁《ささや》く。二人は今、ベッドの上で体を重ね合い、互いの性器を手で愛撫《あいぶ》し合っている。

康平の体液で濡《ぬ》れた手のひらの中で、熱の塊が固くしなっている。康平の手のひらの中の佐紀も同じ状態になっているはずだ。

「これくらい……？」

手のひらにやや力を入れると、康平は満足そうに息を吐き、佐紀の耳朶《みみたぶ》にキスした。くすぐったさとは明らかに違う、甘い疼《うず》きが佐紀の体を震わせる。それは足の付け根から爪先《つまさき》に何度となく走り抜け、佐紀は康平に訴えた。

「康平、もう……」

「うん、俺《おれ》も」

康平が佐紀の耳に口を寄せ、甘く囁いた。そこからは言葉はもうなく、ただ自分と相手の官能を高めることだけに意識が集中する。恋人の指先は、ただ触れられているだけで何よりも甘美な愛撫だ。限界まで熱を上げた欲求に、息が荒くなり、体が丸くなるくらいに耐えて、とうとう頂点が見える。互いの手の動きが速くなり、ほとんど同時に達することが出来た。

荒い息を吐いて、康平が汗に濡れて前髪が張り付いた佐紀の額にキスをする。

ティッシュペーパーで手のひらに出された生温《なまぬる》いものを始末し、シャワーを浴びて来る、と体を起こす。シーツについたその手首が摑《つか》まれた。

「冷たいな、お前の手」

ベッドの上で互いが達した後、まだ呼吸も整わぬまま、康平が佐紀の指を摑んだ。摑んだまま、頰を寄せる。

「冷たくて気持ちいい」

端整な顔は上気し、前髪が乱れて、若い男の色香が溢《あふ》れ出ている。その熱っぽい眼差《まなざ》しに悪い予感がして、佐紀はベッドを下りようとする。だが間に合わなかった。康平が先に起き上がり、佐紀の肩口をシーツに押し付ける。

狼狽《ろうばい》を決して悟られないよう、佐紀は自分を組み伏せる康平を見上げた。

「……………何だよ」

「お前、明日は仕事休みだよな。このまま続けて構わないだろ」

やっぱりそれか。佐紀は顔を逸《そ》らし、体を捩《よじ》らせた。はっきりと拒否を示す。

「嫌だ。今日、疲れてるから」

素っ気なく突っぱねた。だが、今日の康平はいつもより聞き分けがない。

「全部俺がやるから。お前は寝てるだけでいい」

「嫌だってば」

康平を跳ね除けて、体を起こそうとする。だが、康平はいつになく強引で、佐紀の腕を掴むと体重をかけて組み伏せて来る。佐紀は決して小柄な方ではないが、康平は長身で、しかもしっかりとした骨格に、しなやかな筋肉を纏《まと》った理想的な男の体をしている。それに伸し掛かられると簡単に抵抗は出来ない。

「何でだよ。たまにはさせろよ」

「たまにはって、この前させただろ！」

「一カ月も前じゃないか！」

お互いほとんど裸のまま、わあわあと大騒ぎする。色気も何もあったものではないが、佐紀は必死だった。

今日、康平は珍しく仕事が終わるのが早かったようだし、明日は佐紀の仕事が休みだ。康平に請われる予感はあったのだが、せっかくゆっくり過ごせるなら美味《うま》い物を康平に食べさせてやりたくて、夕食にかなり手をかけてしまった。

イタリアンワインを使った牛肉の煮込みに、八種類の野菜を使ったサラダ、それにデザートのチーズも美しく並べた。「シェフの恋人を持つ醍醐味！」と康平はとても満足してくれたが、そうなると、「準備」をする時間はなかった。

そうこうしている間に、食後の酒を飲んだ康平に求められて、今日も手だけでと約束して、事に及んだわけだ。しかし、危ぶんだ通り、康平はその後の行為まで要求して来たのだ。

佐紀は何とか康平の腕から逃れ、ベッドの隅に逃げる。

「男同士だと、あんまりそういうのはしないいんだって言ってるだろ。俺が特別なわけじゃない！」

康平には、ゲイ同士のセックスでは最後までですることは少ない、と言ってあるのだ。もともとそのためのものではない器官を交接に使うのだから、余程興がのったときにしかセックスはしない。だいたいは手や口でお互いの欲望を処理しあうだけだ。そう話してある。

「嘘吐《うそつ》け！　この前、男同士のAV買って観てみたけど、普通にやってたぞ、最後まで」

「そういう商品なんだからするのは当たり前だろ……って、何見てんだよ、いい歳して。中学生かよ」

「仕方ないだろ。俺はこういう世界の常識がまだよく分かんないんだよ。予習しなきゃ全部お前の言うこと鵜呑《うの》みにするしかなくなるじゃないか」

一瞬、胸が痛むのを感じた。

確かに、康平は「男同士」の世界のことを何も知らない。康平にとっては思いも寄らず立ち入ることになった異世界なのだ。康平はゲイではないのだから当たり前だ。

「とにかく、今日は疲れてるから。予約になかったややこしい客が二組も来て、ものすごく忙しかったんだ。気乗りしないときにやっても、お前もつまらないと思うし」

「それは分かるけど……」

「次は必ずするから。今日は勘弁して」

決して冷たい口調にならないよう、おもねるように康平に頼む。自分に非があるのは分かっている。だから、せめて傷つけるようなことはしたくなかった。

康平はいったん体を離し、やれやれと肩を竦《すく》める。

「分かった。次は何と言っても絶対に続けるからな」

「うん」

佐紀の体を抱く康平の腕に力が籠《こも》り、額に口付けられる。

許してはくれたが、それでも康平は少し不満そうだ。それはそうだろう。恋人同士だというのに、体は繋《つな》げず、愛撫し合うだけで満足しろと言う方がおかしい。

これまでずっと女性を恋愛の対象にしてきた康平は、当然男女のセックスしか体験がない。お互いの体を交わして悦《よろこ》びを得ることが康平にとってはセックスなのだし、世の中の人々の大半はそうなのだろう。つまり、先程のように佐紀にねだっていたのは、康平が男同士のセックスの現実をよく分かっていないということだ。何も知らないから、無邪気に欲しがることが出来る。

恋人同士の交際が始まって半年。それなのに、体を繋いだのはたったの七回。毎日のように二人で夜を過ごしているにも関わらず、だ。

仕事が終わると連絡し合って、たいてい佐紀の部屋で過ごす。合鍵《あいかぎ》はお互いのものを持ち合っているので待ち合わせは部屋の中だ。康平の部屋のときもあるが、キッチン設備があまり整っていないので、思いぞんぶん料理を振る舞ってやれずつまらないからだ。

美味い食事をたくさん拵《こしら》えてやりたいし、仕事で疲れているだろうから、居心地のいい部屋で寛《くつろ》いで欲しい。体が疲れたと言ったらマッサージや、風呂に入って洗髪だってしてやるときがある。康平にしてやりたいことはたくさんあった。康平に喜んでもらいたい。一緒にいると幸せだと思って欲しい。だけど、セックスの相手だけはおいそれとは出来ない。

何故《なぜ》かと言えば——

現実的な問題として、直截《ちょくせつ》に言えば綺麗《きれい》な行為ではないからだ。もっといえば、不潔で、不自然な行為だ。男同士の交接で使う場所は、排泄《はいせつ》をするための器官でもある。消毒成分が入った潤滑《じゅんかつ》用《よう》のジェルはもちろん、避妊具も絶対的に必要だ。それに、受け入れる側の佐紀には事前に体の準備もしておかなければならない。薬局で買ったグリセリンが入った道具も使って体内を洗浄する。そんなことをしていると康平に知られたくないから、シャワーのときに気配を消してそっと行う。佐紀は真剣そのものだが、客観的に見ればかなり滑稽《こっけい》な行為だろう。だが、仕方がない。康平が汚れるようなことになるとは限らないけれど——万一、万々が一にでも、一番嫌なものを見られでもしたらどうしたらいいのだ。

体内の準備が済んだら、入口はジェルと指を使って、少し解《ほぐ》しておく。挿入してからも、康平を受け入れているその場所が「つらいから」と言ってなるべく短時間で終わらせるように頼んでいる。康平がその場所に触れる時間が少しでも短くなるよう、佐紀は知恵を絞っていた。快感に集中出来るはずもない。そもそも、行為に没頭している浅ましい様子を見られるのも嫌だった。

康平に片思いをしている間も、決して清い生活をしていた訳ではない。他人との交合で味わう快楽ももちろん知っている。そんな場所で感じてしまう自分を康平に見られるのは死んでも嫌だ。初めて交わしたときは戸惑いと恐れで必死だったが、それ以上に康平も行為に溺《おぼ》れて細かいことは気付いていないと思う。

だから少し冷静になった今、こんな不自然な行為で感じるなんてと佐紀に幻滅して、我に返った康平は、やはり同性と付き合うことは無理だと思うかも知れない。康平に、男同士のセックスの現実を知って欲しくない。

だからなるべくなら、準備万端の構えで、しかも短い時間でしか康平と体を交わすことはしたくない。こんな低レベルなことで悩んでいるなんて、康平に知られたくないけれど。

「……口でしようか？」

下から覗《のぞ》き込むと、康平はほんの一瞬悩んだようだ。この前初めてそうしたとき、康平は佐紀の髪を掴んで達した。初めて経験するようなあまりの感覚に我を忘れた、と感想を漏《も》らしたのだ。自慢することでも何でもないが、唇と舌だけで康平を満足させる技術はある。今日も喜んでくれるかと思ったが、康平はブランケットを肩まで引っ張ってかぶりを振る。

「いいよ、俺だけしてもらっても意味ないし。お前、それも俺にはさせないじゃんか」

当たり前だ。康平にそんなことをさせられるはずがなかった。康平が口を尖《とが》らせているのを見て、佐紀はほっとした。拗《す》ねているのなら、怒っているのではないということだからだ。

だからこんなからかいを口にしてみる。

「だって、お前にさせると、噛《か》まれそうで怖い」

「お前はそんな風に言うけど、俺はけっこう器用なんだぞ……料理は下手だけどさ。やらせてみたら絶対すぐに上手くなる」

そんなことは分かっている。康平は昔から何をさせても上手だった。勉強もスポーツも出来たし、人付き合いも巧みだ。クラスメイトだったから、佐紀もよく分かっている。以前、料理を教えたこともあったが、自分より上手くなられては困るので、あれ以来康平に調理器具は触らせていない。

だが、康平に口での愛撫を頼んだとしても、多分、自分は快感を得ることは出来ないだろう。ただ罪悪感を感じるばかりだろうと、佐紀には予想がついた。

けれど、どんなに言葉を連ねても、この「恋人」は理解してくれないに違いない。

愛しているから、大切だからセックスが出来ないこともあるのだと。

「俺はもう満足したから。康平がまだいけるんだったら——」

「佐紀、そうじゃなくてさ」

「する。もう一回出来るんだろ？」

康平の体に半ば伸し掛かって、足の間に手を伸ばす。だが、そこに触れる直前に、やんわりと指先を摑まれる。

「いいよ。疲れてる相手にそこまでさせる気にならないって。シャワー浴びて来いよ、酒の用意しておくから」

「それなら俺がするよ」

「いいから。料理は下手でも俺だってそれくらいなら出来る」

ごめん、と謝りそうになって、佐紀は慌てて口を噤《つぐ》んだ。

謝ったら、嘘をついていることを自分で認めてしまう気がする。皮肉でも何でもなく、康平は本当に佐紀の身体を気遣っているのだ。

育ちがよく、何に対しても鷹揚《おうよう》な康平は人の言動の裏を読むことをしない。仕事の場面ではもちろん違うのだろうが、プライベート、特に恋人といるときにはただ素直に心を見せ合おうとする。

恋人が嘘を吐くなどと、夢にも思っていない。何故なら、彼は決して恋人に嘘を吐いたりしないからだ。

「明日の朝、パンケーキ焼くから」

「ん？」

半分うとうとしていた康平が、はっとしたように目を開けた。佐紀はさっき、冷たい、と言われたその指で、康平の髪を撫《な》でる。前髪を下していると康平はひどく幼く見える。恋人だけが知る彼の秘密だ。

「パンケーキ。メイプルシロップもバターも用意してあるから」

綺麗なきつね色に焼き上げたパンケーキがびしゃびしゃになるくらいシロップを含ませて、濃厚なバターをたっぷり蕩《とろ》けさせて。辛党で普段は付き合い程度でしかドルチェの類《たぐい》を口にしない康平だが、酔っ払った後と、朝食にならば甘い物を出しても喜んで口にする。

それから新鮮なフルーツと、ベビーリーフとナッツのサラダに卵を焼いて。シンプルなスクランブルド・エッグがいいだろうか。飲み物は、コーヒーと生ジュースを二種類。世界で一番美しい朝食を用意してみせる。

康平が喜ぶなら、本当は何でもしたい。

料理だけではなくて、佐紀と一緒にいることで、康平にはただただ満ち足りていて欲しいと思う。それは本当なのに。

「やった。お前のパンケーキ、ふわふわでほんと美味いもんなあ。行列が出来てるどの店より絶対美味いよ」

「へーえ、行列が出来るパンケーキ屋なんて、誰と行ったんだか」

「バカ。地方から出て来てる取引相手連れて行くんだよ。東京でこれが流行《はや》ってるって教えると、役職に就いてる年配の人にも喜んでもらえるんだ。お前の飯を毎日みたいに食ってるのに、外食なんて別に――……」

もう耐えられないらしく、深く呼吸してそのまま寝入ってしまった。これならもう、寝酒の用意は必要ないだろう。

眠る恋人の胸に、そっと額をのせる。若く健康で、仕事に邁進《まいしん》する康平の眠りはいつも深い。簡単には目を覚まさないことを知っているから、彼の意識のない間だけ、こうして康平に甘えることが出来る。佐紀が何の不安もなくいられるひと時だ。

――不安。

何が不安だと言うのだろう。十年も思い続けた相手と恋人同士になれて、毎日のように顔を合わせる。食事を共にし、体に触れることを許されている。康平は少しもストレスを感じていないようで、以前と同じくのびのびと振る舞い、食欲も旺盛《おうせい》だし、会社でも難なく仕事をこなしているようだ。そうして佐紀に、毎日笑顔を見せてくれる。

以前なら考えもしなかった、こんな幸福に満たされているのに。

どうして指が冷たいままなのだろう。

どうして、康平と体を交わすのがこんなにも怖いのだろう？　恋が叶《かな》えば、自動的に幸福になるのだとずっと思っていたのに。

康平の寝顔に触れようと指を伸ばしかけ、やめた。

冷たいままのこの指先で康平に触れることは、今、どうしてか躊躇《ためら》われた。


「佐紀さん、白子のフリット、よく出てますよ」

腕に皿を抱えたホール係が佐紀にそう報告した。佐紀はフライパンから目を離さず、忙《せわ》しなく尋ねた。

「下げて来た皿は？」

「ここに。皆さん、ソースまできれいに食べ切ってます」

会話を聞いていた後輩の本多《ほんだ》が口を挟む。

「あの皿、色合いがすごく綺麗ですもんね。他のテーブルに運んで行くのを見て、メインが終わったお客様も、あれを食べてみたいって単品でオーダーなさるそうですよ」

空になった皿を見せられて、佐紀は思わず微笑《ほほえ》む。プロの料理人ならば自分の仕事が一番誇らしくなる瞬間だ。作った料理が一口も残されていないというのは、本当に嬉《うれ》しい。それが細かなレシピから自分で考案した皿ならば尚更《なおさら》だ。

表面だけをかりっと揚げるタイミングが難しく、試作にはたいそう苦労した。結局小麦粉を何種類も調合し、ドライではなく生のハーブを使うことで解決した。

ナイフを入れると、旬の旨味《うまみ》をたっぷりと含んだ白子が溢れ出す。白と春菊の鮮やかな緑の対比は目にも美しい。春が待ち遠しい冬最中の今、この店で一番人気のメニューだ。

プライベートとは裏腹に、佐紀の仕事は順調だった。

ここ『ステッラ・ポラーレ』は一流どころのリストランテとして広い層に知られている。三十歳を前にして、この店の副料理長を任され、考案したレシピは次々にメニューブックに載せられている。名店『ステッラ・ポラーレ』のメニューブックに自分が考案したレシピが載る、ということは、料理人として非常に名誉なことだ。料理人としての自分の格が上がっていくことを意味する。

恩師の紹介で入ったこの店に務めてもう六年。高校を卒業してすぐの十八歳で料理の世界に入り、他の店も経験して、紆余曲折《うよきょくせつ》もありながら、自分なりにどうにか腕に自信が持てるようになって来た。弟二人と妹を養い、ずっと働き通しだった母にも楽をさせてやれてると思う。最近は、引き抜きの話を受けることもあるが、佐紀にはそのつもりはまったくない。

今のオーナーシェフはキャリア五十年という大先輩でもある。自分の技術には厳しいが温厚で考え方も柔軟な人で、孫のような年齢の佐紀の意見もどんどん取り入れてくれる。とても尊敬出来る人物だ——基本的には。

「佐紀さん」

先ほどのホール係が立ち戻って、佐紀の傍にやって来た。佐紀の作業に目を配りながら発言する。最後の仕上げの時に話しかけられることを、佐紀が何より嫌うのを知っているからだ。

「佐紀さん、お客様がお呼びです。鮭のガランティーヌと、白子のフリットを作ったシェフにぜひ挨拶《あいさつ》がしたいと」

「挨拶？　遠慮するよ、手が放せないし。いつも通りオーナーに行ってもらって」

「それが、今日はご不在なんです」

「ああ……そうか」

佐紀は溜息《ためいき》をついてフライパンを置いた。傍の布巾で手を拭く。

「どの部屋？　名前は？」

「二階の奥です。麻生《あそう》様がご利用になられてます」

螺旋《らせん》階段を上って二階の、さらに一番奥まった、突き当りにある部屋だ。

ということは、佐紀を呼び出したのはこの時間で一番の上客ということになる。そこは著名人が訪れたときに使う部屋だからだ。だが、麻生という名前には聞き覚えがなかった。少なくとも佐紀が副料理長になってからの来訪はないはずだ。

「本多、このストーブ今、十二番テーブルのセコンド進めてるんだ。芝海老《しばえび》に火が通ったところだから、いったん上げて次の白身に入って。ソースのタイミングに気を付けろよ、いつもよりちょっと身が固くて味が入りにくい」

「絡めて八秒でいいですか？」

「うん、それくらい」

「大丈夫ですか？　佐紀さん。ただでさえ忙しい時間なのに、断った方がいいんじゃ――」

「いいよ、客に恥はかかせられないし。不在なら不在でフォローはきっちりしとかないと、後でオーナーに文句が言えないから」

心配そうな本多に片手を上げて応え、厨房《ちゅうぼう》を出る。戦場のような厨房に比べ、フロアの何と静かな、穏やかなことだろう。ソースや油があちこちに飛んだコックコートが何とも場違いだ。顔見知りの客もいたので途中会釈《えしゃく》しながら二階へ続く螺旋階段を上る。

ディナータイムしか営業していないこの店は、開業四十年、イタリアンの名店として知られている。何度も改装は繰り返されているが、内装も、二階建ての外観も開店当時のままだ。それほど凝った造りでもないし、特別豪華でも何でもない。昨今流行の店と比べると、もしかすると見劣りするのかもしれない。だが、長い時間をかけて作り上げられたこの店独特の雰囲気がある。

音楽は流していない。レストランに別の芸術は必要ないというのが、オーナーの主義だからだ。店の者は客の美食だけに殉じればいい。そうすれば自ずと理想のレストランが出来上がるはずだ。そういったオーナーの美意識は本当に素晴らしいと思う。料理人としては尊敬しているし、感謝もしている。だが、オーナーの現在の女癖の悪さだけは包み隠さず堂々と白眼視している。

多分、オーナーは最近熱を上げている三十歳年下の恋人とデートの最中だろう。

二年ほど前、肺を患って手術を受けたオーナーは突然女遊びに目覚めた。決して命に関わるような病態ではなかったのだが、それまで健康そのものだった人なので、体を病んだことが衝撃だったらしい。これまでは仕事一辺倒だった、これからは男としての人生を楽しみたい。そう言って大っぴらに女性との交際を始めた。ここ一年は店に来ない日も多々あり、厨房を取り仕切るスタッフの負担も一気に増えた。

それは佐紀にとっては腕を上げる好機だったし、オーナーが全く頼りにならない状況だからこそ、今の副料理長のポジションに昇格出来たのだ。

ノックの後の応《こた》えを聞き、扉を開けると室内には上座に男が一人と、彼と向き合うように女性が二人、座っていた。

テーブルの上にはセコンド・ピアットの肉料理が供されている。子羊肉が薔薇色《ばらいろ》の切り口を見せ、やはり火を入れるのはあのタイミングで良かった、と思った。

「物憂いね」

「……は？」

佐紀ははっとして顔を上げる。

「ずいぶん味が物憂げだ。何か悩み事でも？」

「いいえ、別に……」

悩み事ならある。しかし、それを名前しか知らない初対面の人間、それも客相手にいきなり話すのもおかしな話だ。

麻生、という名の男性客は、三十代半ばだろうか。有名店であるこのレストランには芸能人やモデルが訪れることも多く、煌《きら》びやかな容姿の客を佐紀も多々見て来たが、この男の容姿は一際目を引くものだった。

座っていても上背があると分かる堂々とした肩を包むスーツは、堅気の仕事に就いているならやや伊達《だて》な色合いだ。それが非常に様になっているのは、彼が纏う雰囲気が洗練されているからだ。そして、恐らく西洋の血が入っているのだと思う。髪も瞳も、一般的な日本人のそれより遥《はる》かに淡い色合いで、甘い艶《つや》を持っていた。それでいて、顔立ちは精悍《せいかん》に整っている。雰囲気の華やかさと外見の男らしさを併せ持つ、稀有《けう》な美貌《びぼう》だった。

麻生は外見に相応《ふさわ》しい麗々しい仕草でワイングラスに口をつける。

「悪かったね、一番忙しい時間だろうに。普段はシェフを呼び立てて仕事の邪魔をするなんてことはしないんだ。でも今日はどうしても、君の顔が見たかった」

甘い笑顔を浮かべ、佐紀を見詰める。麻生のワインが無くなったので、佐紀は速やかにグラスに注《つ》ぎ足す。

「いいえ、料理をご堪能いただけたらなら何よりです」

「とても美味しかったよ。鮭のガランティーヌが最高だった。色彩が鮮烈で、食べる前から衝撃を受けたよ」

「ありがとうございます」

「料理に使う色合いだから、他のシェフは暗いものやきついものは敬遠してなかなか冒険したがらないけど、君は思い切りがいいね」

「皿の色と合わせれば材料に強い色を使ってもそれほど主張しません。どの色を使うかは、飽くまで皿を込みで考えたバランスだと思います」

テーブルの左右に控えた女たちは無駄口を叩《たた》かず、美しく微笑して麻生と佐紀の会話を聞いている。料理の説明のときにいちいち高い声を上げる女がいるが、佐紀はそれが大嫌いだった。控えめで場の空気の読み方を熟知している彼女たちの様子から、水商売の女たちだと分かる。それも超一流の。客に相当の信用と財力がなければ、店から連れ出すことが叶わない女たちだ。そういった女たちを連れているこの男は何者なのか。若く見えるが、かなりの地位にあることは、その纏う雰囲気から容易に知れた。

手渡された名刺に目をやると、建築士、と記されている。名のアルファベッドを掲げたオフィスを構えているらしい。雰囲気からもっと軟派な仕事をしているに違いないと思ったので硬派な職業が意外だった。

「今日のコースは、全部君が考えたの？」

「はい。オーナーからのアドバイスはいただいていますが」

「棗《なつめ》のアヒージョは？　中華料理の素材なんて、ここのオーナーは好んでは使わないだろう。古き良き昔のシェフだからね」

「それも、――私が。今回のコースは先に、色彩を決めて、それから色に材料を当て嵌《は》める形で考案したんです」

「ふうん。色彩って？」

「外国の写真集を見ていて――その国で織られて、染められた布ばかりを集めた写真集だったんですが、その中の一枚が印象に残ったので。受けたインパクトをぜひ、自分の皿で再現したいと思った次第です」

麻生はゆったりと頷《うなず》いた。

「先月発売になった、アフリカ大陸にある小国の布をコレクションした写真集だね」

彼が正確に言い当てたので、佐紀は驚いて顔を上げた。麻生は微笑して話し続ける。

「確か、神殿の装飾や儀式に使われる布だったはずだ。あの国の宗教は恐ろしく厳格だから、神官たちが素材の布を一枚たりとも国外に出すのを許さなくて、撮影したフォトグラファーもたいそう苦労したらしい」

確かに、佐紀がこのコースを作るために参考にした写真集は、麻生が言う通り、アフリカ大陸にあるさる国の布ばかりを集めた一冊だ。そこに何百枚と掲載された布の、神に捧げられるという一枚の色合いが佐紀の目を奪った。植物から抽出した色素を使って染め抜いたくすんだ色合いで、華やかさは全くないが、素朴な温もりを感じさせる。上手く参考にすれば、上品なコース料理が作れるのではないかと思った。

しかしその布が織られた国は日本ではあまりポピュラーではないし、カメラマンもまだ無名だ。写真集そのものも、毎週通うブックショップで偶然見かけたものだった。何か強く心を摑まれ、そのまま購入したのだ。

その一枚だけを記憶している人間が、自分以外にいるとは想像もしていなかった。

「あの国独特の取り合わせだ。一つ一つの風合いはくすんでるのに、何色か合せると途端に映える。よくまあ、あれを料理で上手く再現したもんだ」

二人の女性にもゆったりと目を配る。

「まったく素晴らしいね。何がヒントになるやら分からないから、クリエイターは常に博覧強記であるべきだ。建築家も同じ」

そうしてワイングラスを掲げる。

「君の才能と努力に」

ワイングラスに口をつけながら、女性たちに向かって片目を瞑《つむ》って見せた。

「シェフの腕が良くて、皿に色々な仕掛けをしてくれると実に有り難い。女性を口説くときに、料理は何よりの小道具になる。綺麗なものにうっとりしてる女性は無防備で落としやすいからね」

「まあ、こんなに美味《おい》しいお料理をいただきながら、そんなことを考えていらしたの。悪い方ね」

女性たちはくすくすと笑ったが、佐紀は無表情を崩さない。

なんだ、ただの女好きか。シェフを呼びつけて、女性たちに知識や物慣れたアピールをしたかったたに違いない。ここは名店と言われるレストランではあるが、美食よりも恋愛に重きを置く手合いには、料理を楽しむだけでなく恋の駆け引きにも利用される。そういった手合いを真正面からまともに相手をする謂《いわ》れもない。

「お褒めに与《あずか》り光栄です。まだチーズが続きますので、どうぞお楽しみ下さい」

「ああ、ちょっと待って。君は、独立するつもりはないの？」

あまりにも軽やかな口調だったので、デザートチーズの種類を尋ねられたのかと思った。

「……は？」

「店を出さないか？　俺と一緒に。金銭面その他のお膳立《ぜんだ》てはすべて俺が引き受ける。君はただ料理を作るだけでいい」

つまりはスカウトだ。佐紀は唖然《あぜん》とする。

「これだけの腕だ、まさかこの先も雇われのままでいいだなんて君自身思ってないだろう。君の名前を冠する店を出そうよ。イタリアンでもフレンチでも、創作料理でも。何でも君が望むままに。俺はその手助けが出来る」

料理人は修業の場を求めて次々に職場を替えることが多い。シェフは料理を扱う職人で、現場に立たなければ腕を磨くことが出来ない。よりよい鍛錬の場を求めて店を渡り歩くのは珍しい話ではなく、そんな状況を前提にスカウトの話が来ることもある。

しかしここは佐紀が勤めている職場だ。独立するということはこの『ステッラ・ポラーレ』を辞めるということで、客がここで食事をしながらする話ではない。

「ありがとうございます。ですがまだまだ修業中の身分で、当分は独立するつもりはありません」

「なぜ？　君ほどの腕があれば、今だって何をしても成功するよ」

「他人の評価は関係ありません。自分が納得出来る皿を作り上げるまでが修業です。何にせよ、自分の店舗を持つことが成功とは考えていません。好きな皿を作ることが出来ればそれで満足です」

「俺は昔は、この店の常連でね」

麻生が徐《おもむろ》に話し出す。

「子供の頃《ころ》に祖父に連れられて来て以来、オーナーが作る料理の大ファンだった。俺が来ると決まってクラップフェンを揚げてくれた。ドルチェは普段作らないと言っていたが、ヨーロッパを周遊したとき、ウィーンで覚えたらしい」

長らくの愛着のある店だが、ここしばらくこの店には来ていなかったと言う。理由は分かるだろうと問われたが、佐紀は答えなかった。

「二年ぶりにここへ来たのは、最近生きのいい副料理長が活躍してるって聞いたからだ。噂《うわさ》に違《たが》わぬ皿を楽しませてもらったよ。それに、俺は技術を磨くばかりじゃなく、知識を広げる努力を惜しまない職人が好きでね。仕事もしないで女に現《うつつ》を抜かすような耄碌《もうろく》したじいさんに、君は相応しくない」

麻生はこの時、わざと佐紀を怒らせようとしていた。しかしそれは後になって気付くことで佐紀はまんまと彼の策に乗ってしまうのだ。

「俺は料理人です。働く場所は自分で決めます」

客相手と分かっていながら、つい語調が強くなる。自分が気が弱い方ではなく、しかもかなり喧嘩《けんか》っ早いことは自覚している。康平にもよく窘《たしな》められるからだ。

「君は自分の価値が分かってない。俺が開く店に来てくれるなら、来年に星二つ、再来年には星三つを取れるよう手配しておくよ」

「馬鹿馬鹿しい。うちの店名をご存知ないんですか」

『ステッラ・ポラーレ』は北極星を意味する。初めて星三つの評価を受けた時には「星四つの店」と称賛されたと聞く。

だが、佐紀がこの店で働いているのは星の数が問題なのではない。確かに、オーナーの今の素行には問題があるが、やはり恩人として感謝しているし、尊敬しているからだ。自分の上に立つ人間への敬愛の情があるからこそ、仕事に全力を注ぐことが出来る。

この男は、それが分かっていない。非常識には非常識で答えるまでだ。

佐紀は渡された名刺をテーブルに叩き置いた。大きな音が上がったが、麻生は顔色一つ変えず、佐紀を見上げている。佐紀はにっこりと笑って慇懃《いんぎん》に告げる。

「まだ仕事の最中ですので、失礼します」

丁重に頭を下げ、その場を辞した。これが大変な判断ミスだったと、佐紀は後で気付く。自分に楯突《たてつ》く人間を面白がり、いっそう執着するタイプが存在するのだと、佐紀は失念していた。

「俺は諦《あきら》めないよ。君はきっと、俺のもとへ来ることになる」

麻生の声が聞こえたが、答えずに佐紀は扉を閉めた。

礼を欠き、勝手なことばかり言っていた麻生に対して佐紀の方も少しばかり――かなり大人げない対応をとってしまった。

――仕事中にイラつくなんて、今までなかったのに。疲れが溜まっているのかもしれない。溜息をついてロッカーで着替えを済ませる。食材の廃棄や掃除などの閉店作業は後輩たちの仕事になっているので、佐紀は挨拶をして先に店を出た。

オートロックになっているマンションの入口に近付き、鞄《かばん》から鍵を取り出そうとして、佐紀は驚いた。すぐ隣が小さな公園になっていて、そのベンチにスーツ姿の康平が座っているのに気付いたのだ。

佐紀は慌てて駆け寄る。

「何やってんだよ、寒かったろ？　中に入ってれば良かったのに……」

「何か、じっと待ってらんなくてさ」

「何が？」

そう言ってから、佐紀はひやりとした。

いつも最悪の結果ばかりを思っているせいか、不意の出来事が起きると何か悪いことがあったに違いないと考えてしまう。

「とにかく、部屋に入れて貰うよ。奮発して、いいワイン買ったんだ」

ほら、と見せられた赤ワインの銘柄を見て、佐紀はほっとした。どうやら悪いことが起こったわけではないらしい。だが、いったい何があったというのだろう。奮発したというだけあって、若いサラリーマンがおいそれと手を出すようなワインではなかった。

「さっぱりした白でも良かったけど、気分的に濃い赤だったんだ。贅沢《ぜいたく》したい気分。明日は朝、少し遅めでいいから時間をかけてゆっくり飲みたくてさ」

ずいぶん声が弾んでいる。

これは何かあったな。それもとびきりいいことだ。

何だろう？　自分の部屋に到着すると、急いでエアコンを入れ、佐紀はキッチンから声を掛ける。康平はソファに座ってワインの栓を抜いている。

「ワイン飲むなら何か作ろうか？　オーナーから分けて貰ったイタリアチーズがあるんだけど」

「今はいいよ。それより佐紀、ちょっとこっち来て」

康平のすぐ隣のクッションをぽんぽんと叩いている。

一瞬、先日のことが脳裏を掠《かす》めたが、それをまた蒸し返すのも憚《はばか》られた。

康平のすぐ隣のクッションに腰を下ろし、言われるままにワイングラスに口をつける。

「実は、新しい仕事が決まった」

「新しい仕事？」

「そう。うちの取引先で、海外の食材を扱う会社があるんだけど、そこから新しい事業展開を依頼されてたんだ。で、社内で企画案の募集があって、俺の案が採用された。レストランのチェーン店を展開することになったんだ」

「すごいじゃないか……！」

チェーンと言っても、家族連れ向けのリーズナブルなものではない。店の名前がブランドになるような、ハイクラスのレストランだと言う。

そういえば、ここ何ヶ月か康平は本当に多忙で、お互いの部屋で一緒にいるときも仕事をしていることがあった。資料を広げていたので手に取ると、料理の一覧表だったり人気の高いレストランのパンフレットだったりで、どんな仕事なのだろうと気になっていたのだ。

「当面は東京の一店舗だけなんだけど、いずれ全国にも展開する予定だ。もちろん、組織の最上層には上役の名前が上がるけど、実際の責任者は俺になる。俺が実務をまとめるんだ」

その表情は、いつもこの部屋で寛ぐときのものではなかった。佐紀が普段見ることのない、仕事の最中の顔だ。

「出資者を集めて、店舗のスタイルを考えて、営業面から法律面から、今任せて貰ってる仕事と並行だからもう死ぬほど忙しくなる……だけど、こんなに大きな仕事を任されたのは初めてだ。頑張るよ」

康平はあまり自分の仕事のことを話さない。佐紀が尋ねれば説明はしてくれるが、「聞いて面白いようなことばっかりじゃないから」と言って詳しいことはあまり話そうとしない。

ただ、会話から時折垣間《かいま》見えるのは、商社の仕事は信じ難いほど多岐に渡るということだ。様々なルートから様々な業務を持ちかけられる、それに一つ一つ対応しなければならない。そして今回のプロジェクトのように、金は出すから、儲《もう》けられるような事業を考えろという仕事が多々ある。会社への信用があっての依頼なのだから、失敗は許されない。絶対的に利益を出すことが求められるのだから相当に過酷な仕事となるだろうが、これで成功すれば出世が望めるということなのだろう。

「俺はお前みたいに技術があるわけじゃないから、確実に業績を積み上げておきたい。入社して六年目、いい頃合いと思う。――で、お前に頼みがあるんだ」

「俺に？」

佐紀は首を傾《かし》げる。康平の仕事で、佐紀が関わりを持てるような場面があるとは思えなかった。

「お前に、今回のプロジェクトのアドバイザーを引き受けて欲しい」

「……え？」

康平の言葉を聞いて、佐紀は慌てた。ワイングラスをテーブルに置き、康平に向き直る。

「ちょっと待ってくれよ！　アドバイザーって……俺がお前に何を助言するんだよ！」

「コンセプトと、そのコンセプトに基づいたメニューを考えて欲しい」

あまりの大仕事に佐紀は絶句した。コンセプト――つまり、その店がどうやって、どんな客を喜ばせるか、というテーマだ。飲食チェーン店のまさに根幹にあたる部分だ。それは無理だと言おうとした佐紀を康平は素早く制した。まずは聞いて欲しいと前置きされる。

「出資者は、飲食業なら何でもいいっていう考えだけど、俺は従来のチェーンと同じようにはしたくない。店の名前がブランドになるような、高級志向の店舗展開にしたい。その大前提として、絶対的に料理が美味い店を作りたいんだ」

まずは東京に一店舗。それから関西に一店舗。そこではこのレストラン独自のメニューを客に食べさせたい。それでレストランのブランドを立ち上げる。

例えば、有閑のセレブたちに食の話題を提供するハイクラスのレストランを作るのか、遠方の外国でしかとれない食材を使い、客に旅行気分を味わわせるのか、女性の美に捧げる料理を出すのか。そこを佐紀に決めて欲しいということだ。

「俺としては普通の人たちにイタリア料理の美味さとか、奥の深さを知ってもらいたい、っていうのが一番なんだけど」

彩りが豊かで、素材が豊富で、都会の洗練と家庭料理の温かみを併せ持つ。それが康平が考えるイタリアンだという。国の大部分を海に面するイタリアの料理は、日本の家庭料理に通じる部分が多い。だから佐紀も、職業としてはイタリアンの料理人《クオーコ》を選んだのかもしれない。

「そういうこと、俺はお前に教えてもらったから。今度は俺がそれを世の中に教えたい……

って言ったらエラそうだけど。別にイタリアンに拘《こだわ》ることはない。お前独自の創作料理でもいいんだし」

「だけど、俺なんか、お前の仕事に役に立てるかどうか分からない。自信がないよ」

「あんな美味い料理を作れるやつが何言ってるんだか」

康平は笑って佐紀のワインを注ぎ足す。だが佐紀もきっちり自分の意見を言わなければ気が済まない性質だ。第一、安請け合いして無責任な結果になったときに申し訳が立たない。直接迷惑を受けるのは康平なのだから。

「料理を作る能力と、コンセプトやメニューを考える能力は全然違うよ。俺はただの料理人だ。いずれ全国に展開するような店のコンセプトを考えるなんて絶対無理だ」

「でも今の店でだってコースを一から組み立てたりしてるじゃないか」

「それはそうだけど、うちの店はオーナーの持ち物で、そもそもイタリアンっていうカテゴリでメニューを考えてるんだ。一から全部立ち上げるっていうのは難しいよ」

一店舗のメニューという制限があるから逆にやりやすいのだ。完全に自由な、無制限の条件で同じことをしろと言われると難易度が格段に上がる。

「だから、店作りを経験してる人の方がいい。俺は厨房でフライパン振ってるだけの人間だ。もちろん、その料理が美味くなるように知識も技術も磨いてるつもりだけど、どうしたら客が呼べるかとかは分からないんだ」

「それは専門の人を別に呼んであるんだ。お前が考えてくれた料理が絶対に売れるように対策する。無理を言ってるのは分かってる。だけど、俺はお前に頼みたいんだ。お前が美味いと思うものなら間違いない」

そこで康平は表情を改めた。目の辺りに力が籠る。自分がまとめる仕事への誇りと愛情。それがはっきりと表れていた。ビジネスの時にはこんな顔をするのかと胸の内が引き締まる。

「お前の仕事には一切差し支えないようにする。こう言ったら失礼だけど、ギャラも悪くないと思う。ぜひ引き受けて欲しい」

胡坐《あぐら》をかいた膝《ひざ》に手を置き、深々と佐紀に頭を下げて見せる。生真面目《きまじめ》というか、融通が利かないというか――

恋人の後頭部を見下し、佐紀は微笑した。

佐紀は覚悟を決める。

「やらせてもらうよ」

「本当か？」

康平が顔を上げた。

「ほんと。俺の仕事がお前の役に立てるなら、すごく嬉しい」

「よかった！　佐紀、ありがと！」

持っていた資料を放り出しかねない勢いで佐紀を抱き締める。

正直、自分に康平が言っているような役割を果たせるかどうか、自信はまったくない。だが、出来うる限り力は尽くそうと思った。

「そうだ、プロジェクトの責任者になったなら、昇進するってことじゃないの？　何かお祝いしなきゃな」

「いいって。まだ成功したわけじゃないし。年単位のスパンの仕事の立ち上げがようやく決まったってだけだよ」

「今までの功績が認められたってことだろ、実績がない奴《やつ》のプランなんか誰も取り上げないよ。充分な成功じゃないか。お前が自分でワイン買ったんなら、何か形に残るものの方がいいかな。万年筆とかどう？」

佐紀まですっかりはしゃいでしまう。

康平がどれほど自分の仕事に尽力していたか、ずっと間近で見ていた。楽々と物事をこなす康平は、周囲から見ると要領ばかりよくて努力を軽んじるタイプと見られがちだ。優れた容姿や、社交的で闊達《かったつ》な性格も災いしているかもしれない。

だが、それはとんでもない誤解だ。

十年も彼のことばかり見ていたので当然だが、康平がどれくらい努力家か、佐紀はよく知っていた。康平は卑怯《ひきょう》を嫌う。

一言でいえば誠実なのだ。楽だとか、損だとか考えることをそもそもしない。何より責任感が高く、一番しんどいところを自分で引き受けてしまう。それで恩着せがましい事や、恨み言も一切口にしない。

要領なんか、多分、ものすごく悪いんだ。だから『八方美人』なんて罵《ののし》ってやったこともあったけど——

そんな康平だから好きになったのだ。今だって出来ることなら何だってしてやりたいと思う。

笑顔でいる佐紀の隣に、康平が座った。髪に触れられて、唇を奪われてしまう。下唇を悪戯《いたずら》するように何度か吸われて、すぐに舌が口腔《こうこう》に滑り込み、粘膜を絡ませ合う甘いやり取りが続く。

「ん……」

「何かくれるならこっちの方がいい」

康平が何を望んでいるのかはもちろん分かっている。だが、昨日の夜のベッドでの問答を思い出すと体が固くなる。

「……康平」

強くは拒絶出来ない。ずっとこのまま触れ合っていたいと思うのも本当なのだ。

けれど、頭のどこかで警鐘が鳴り響く。康平と視線を合わせぬまま、康平の腕に手をかけて遠ざけようとする。佐紀の様子に気付き、康平は苦笑した。

「分かってる。無茶しないから、このままいさせろよ」

それを聞くとほっとして、康平の腕の中にいることが出来た。

祝いの品は、来週にでも一緒に買い物に行こうと算段しているうちに、店で不愉快なスカウトがあったことなどすっかり忘れてしまっていた。


料理人の勤務形態は過酷で、平均的な給与も決して良くはない。技術職なので、キャリアが浅い駆け出しの間はアルバイト程度の収入しかないし、休日などあって無きがごとしだ。職場も男性が多いせいか、かなり乱暴で力仕事も多い。

どうにか週一日の休みを得られるようになったのは、今の職場に移って副料理長という立場に立ってからだった。

週休二日、九時五時の勤務形態で働く康平とはなかなか休みが合わない。だから特に約束をせずとも毎日のように康平は佐紀の部屋を訪れているのだ。もっとも、康平が定時で帰って来ることなどほとんどないのだが。

康平がいないこの休日、世間は平日だ。佐紀は自宅で溜まっていた家事を済ませた後、ショートコートを羽織って街に出る。休日の定番の過ごし方になっている買い物に出掛けることにした。

佐紀のマンションは勤務先に近い都心にある。繁華街が近くにあるが、治安も良く非常に恵まれた場所だ。食材や日用品は二十四時間開店している海外資本のマーケットで購入する。やや値が張るが、質がいいし品物も揃《そろ》っているので不満はない。

ランチをとるために、カフェに入った。落ち着いた風合の木材と白い壁が映えるスタイリッシュな店構えだ。

マクロビオティックを謳《うた》っているだけあって、肉や魚を一切使っていない。野菜もすべて有機栽培だという。木製の丸皿の上に、岩塩がかかった葉野菜のサラダに、大豆から作られたハンバーグ、根菜の煮物、固い玄米パンが載せられている。野菜の味をそのまま食べさせようという趣向なのか、ほとんど調理も味付けもされていない料理は少しも美味いとは思わなかった。

そのせいか、この店はたいていいつも空いている。それで外出の際には度々この店を利用しているのだ。

料理人をしている割に、佐紀は食べることにはあまり興味がない。食事のすべては生きるためにエネルギーを補給出来さえすればそれでいいと思っている。自分が食べるよりは、美味い物を人に食べさせる方が遥かに好きだ。好きな人が、自分が作った美味い物を食べて喜んでいる。その様子を見るだけで幸福になる。もちろん一番嬉しいのは、康平が食べてくれた時だ。

仕事が終わって、疲れて帰って来た康平が佐紀の作った肴《さかな》を食べながら酒を飲み、寛いでいるのを見たときや、たまたま二人の休日が重なって、遅めの朝食を一緒に食べているとき。康平はとても幸福そうな顔をして、佐紀が作った料理を食べる。

ものすごくくだらない、些細《さ さい》なことかもしれないが、佐紀はその瞬間が好きだ。料理人になって良かった、と本当に思っている。

カフェを出て、すぐ傍にあるブックショップに入った。

いつもはぶらぶらと方々のフロアを見てまわるが、今日は目的がある。

康平から頼まれている、プロジェクトのコンセプトだ。高級レストランチェーンのコンセプト。それを決めなければならない。そのために少しでも勉強しておかなければ。今の自分の知識や経験だけでは、康平の力にはなれない。

このブックショップは、洋書の在庫が豊富なので気に入っている店だ。高い天井まで届くような書架がずらりと並び、客はところどころに設置された梯子《はしご》に上って、目に留まった本を手に取ることが出来る。

今日はバレエダンサーたちの衣装や小道具を集めた一冊を手に取った。この前のアフリカの布の写真集を見て以来、最近佐紀は布や織物の本を眺めるのが好きだ。とにかく、料理に活用出来るようなあらゆる知識を手に入れたい。自分は平凡な人間だと分かっている。斬新な発想を生み出す素質もない。だからひたすら勉強するしかない。

「やっぱり君か。偶然だね」

その声を聞いて、佐紀はその場に立ち尽くした。

もう会いたくないと思っていたのに。

顔を強張《こわば》らせる佐紀とは反対に、麻生は上機嫌だ。相変わらず快活な様子で、事の次第を説明する。

「というのは嘘で、ここで今日張ってれば、きっと君に会えるだろうと思ってたんだ。二週間前だったかな、同じ時間に君はここに来ただろう。それから、この本棚から抜き出した例の本を買った」

麻生が傍《かたわ》らの本棚から、手元も見ずに一冊の本を引き出した。この前、麻生が店に来たときに供したコース料理の参考になった、例のアフリカの写真集だ。

「実は、この店のこのコーナーで、何度か君を見かけたことがあった。決まって水曜日の昼過ぎだ。美術系の学生か、若いクリエーターか編集者、そんなところだろうと思っていたら、意外にも料理人だったというわけだ」

ふいと顔を寄せられた。彼には敵愾心《てきがいしん》しかないはずなのに、睨み付けることも出来ずに佐紀は麻生の瞳を見詰めてしまう。白昼堂々、これほど間近で見せつけられると、つい思考が停止してしまう。美しいものをもっと見ていたいという誘惑に駆られてしまうからだ。

それほど、目の前にいる男の容姿は美しかった。男としてこれ以上のものはないと思うほど完璧だった。薄茶色い色合いの髪や瞳の色はごく繊細なのに、長身は引き絞られ、鍛えられた体の存在を思わせる。そして佐紀を見る眼差しの鋭さは自分に自信のある男のものだ。

その完璧な容姿を持つ男は、明朗な笑顔を浮かべ、佐紀に向かって話し続ける。

「ただでさえ目を惹《ひ》く容姿の君が、変わった本を買って行った。その二週間後の昨日、久々に訪れたレストランで、どこかで見かけた彩りの皿が運ばれて来た。もしやと思って挨拶をしたいと料理人を呼び出してみれば、現れたのが君だったというわけだ。これはもう運命だと思ったよ」

だからルール違反と分かっていながら、強引にスカウトの話を仕掛けたのだという。

このブックショップで見掛けた佐紀と、昨日の料理を色合いだけで結びつけたのだとしたら、麻生の推理力は相当に確かなのだろう。

だがそこまで聞いて、佐紀ははっと我に返った。すっかり麻生のペースに巻き込まれていた。

「俺は昔から運が良くてね。欲しいと思ったものが必ず手に入るし、もう一度会いたいと思った人間には必ず思った通りに再会出来るんだ。もちろん待つ努力は必要だけど」

「……ずいぶん暇なんですね」

「そうでもない。でも君のために費やすなら時間は惜しくない」

「もっと有効な使い方をされた方がいいと思います。少なくとも、俺は迷惑です」

「顔に似合わず毒舌《どくぜつ》だね、君は」

「そうですか」

ついと肩を避《よ》けて、麻生の傍を通り過ぎようとした。その手首を取られて、強引に引かれる。

「毒のない人間のどこが面白いもんか。特に何かを作る人間には、毒か華がなけりゃ話にもならない。君には毒も華もある。素晴らしいことに、その魅力を自分が作る皿に反映させる力も持ってる」

手放しで褒められているのは分かる。だが、信頼出来ない相手に褒められたとて、有り難くもなんともない。

「お話しすることは何もありません。失礼します」

「そっちはなくてもこっちにはあるんだ」

「でしたら店でどうぞ。食事をしにいらして下さるなら歓迎します」

もっとも、応対するのは佐紀以外の他のスタッフが、だが。挨拶がしたいと呼ばれても、厨房から出ずに済む言い訳はいくらでもある。

「仕事の話がしたいわけじゃない。公私両方の君が欲しい。片方だけじゃ意味がないんだ」

「意味が分かりません」

「だったら君が理解するまで口説くよ」

目の前に長い腕が伸ばされ、行く手を遮《さえぎ》る。

佐紀は溜息を吐いた。

佐紀より年上のはずなのに、まるで駄々っ子だ。酔っ払って正体を失くしているときの康平よりずっと性質が悪い。

「俺は興味の無いものを理解しようと思いません。今持っているものだけで充分です」

「そう、君のそういうところが多分、気に入ったんだ」

麻生の目が、悪戯っぽく光った。

あ、と思った時にはもう遅かった。

気に入ったという言葉通り、好意を寄せる相手にしかしない行動を麻生はとったのだ。摑まれた手首を引かれ、よろめいた姿勢を立て直す間もなく、佐紀は麻生に唇を奪われていた。

「な……！」

公私両方の君が欲しい、とはつまりこういう意味だったのだ。

佐紀は思い切り麻生を突き飛ばし、脱兎《だっと》のごとくその場を逃げ出した。

康平との正式な交際が始まってから、めっきり夜遊びをしなくなった。以前は深夜に仕事が終わって、それから夜の街にふらりと出ることもあったのに、最近はそれがない。

寝ずに待っていても、結局康平が帰って来られなかった夜はたくさんあるが、待っていたその時間でさえ佐紀には幸福なものだったので、少しもつらいと思わなかった。

それでも、食事や睡眠とは別のところで、何かが満たされていないと生活は上手く回らないのかも知れない。他人の体でないと満たされない感覚が確かにあるのだ。

真っ暗なリビングのソファで携帯電話を片手にぼんやりと座り込んでいると、康平からメールが届いた。

今日は仕事の都合でそちらには行けない、ということだ。

康平の仕事が上手くいっている、ということは佐紀にももちろん嬉しいことだが、これからこうやって会えないことも増えていくのだろう。新しいプロジェクト――しかも、康平が実質上のリーダーとなる仕事だ。絶対に負担にはなりたくない。佐紀自身の仕事もあるし、考えることは山ほどある。だけど、会えなくなるのは寂しい。絶対に口にはしないけれど、やっぱり寂しい。

でも今日は――

佐紀は死ぬほど擦《こす》って痺《しび》れたように感じる唇に触れた。別に、今更誰かに触れられたとて、清い体でもあるまいし。

だが、自分の意志でそうしたのと、強引に触れられたのでは意味が違う。他人の悪意という汚れがついた気がする。しかも、恋人がいる以上、今の佐紀は自分だけのものではない。佐紀が触れたものには、康平も触れることになる。康平を汚すことになるのが嫌だった。

他の誰かに触れた、汚い唇で康平に触れることにならなくて、本当に良かった。

「佐紀」

待ち合わせをしていたコーヒーショップに康平が入って来た。片手を上げるとこちらに気付いて笑顔を見せる。

朝着て出かけたままのスーツ姿だ。康平はオーソドックスな形のスーツが好みで、着崩しを嫌う。ネクタイだけは流行のものを取り入れ、今日は雪の降りそうな季節に合わせた清涼な水色を、結び目が少し高くなるようにして締めてある。朝に見送る際に見たはずなのに、背景が違うととても新鮮に感じる。

「悪かったな、うちの社まで来てもらって」

「大丈夫、昼下がりまでに店に行けるなら仕事に支障はないし。寒かったろ、何か飲む?」

「いいよ、あっちに飲み物用意してあるから。お前は?　腹は空いてない?」

大丈夫、と告げるとじゃあ行こうか、と誘われる。首に社員証をかけたままなのは、このショップが会社の敷地内にあるからだ。周囲の席でも、ノート型PCやタブレットを開きサラリーマンやOLたちが打ち合わせをしている。

今日、佐紀は例のプロジェクトの打ち合わせのため、康平の職場へとやって来た。最初は、打ち合わせを兼ねてどこかのレストランで康平の上司を交え、食事をしようと言ってくれていたのだが、佐紀の勤務時間を考えるとなかなか時間が合わない。康平の社のミーティングルームを使うことも出来ると聞いて、佐紀はそちらでの打ち合わせを希望した。社外持ち出し禁止の資料も見られるというし、何より康平が仕事をしている場所を見られる貴重な機会だ。

社への来客は、本来は社屋二階の総合受付を通過し、それぞれの部署へと案内されるそうだが、康平が直接顔合わせが行われる部屋まで案内してくれるという。初めてこの敷地に訪れた客が迷わずに目的の場所に行きつくのはたいそう難しいらしい。敷地内、と言ってもどこまでが会社の敷地なのか、佐紀にはまったく判然としない。初めて訪れる大企業のオフィスは、佐紀にはまるで異世界だった。

康平が勤める会社の本社ビルは周囲のビルと競い合うようにして天を衝《つ》く、威風堂々とした外観で、下階は関連会社・子会社のオフィスになっているらしい。

方々に渡された高架歩道や地下通路は他の社屋と繋がっている。コンビニエンスストアや、先程待ち合わせに使った外資のコーヒーショップ、スポーツジムに公園、宿泊施設まであるという。まるで一つの街のような様相だ。旧財閥系の大企業なのだから、その規模は相当なものだろうと思ってはいたが、ここまでとは想像していなかった。康平が六年務め、毎日通う会社だが、佐紀は一度も訪れたことがなかったのだ。

康平のすべてを知っているなんて、そんなおこがましいことを考えたことはなかったけれど。彼は、佐紀が知らない内側にこんな世界を抱えていたのだ。

「すごい職場だな。お前、こんなところで仕事してるんだなあ……」

「そうかあ？　無闇やたらと広いとは思うけど。自分の仕事に関係ない場所には入ったこともないし、六年もいるからもう新鮮味ないなあ」

そう言って佐紀を促す。

コーヒーショップを出た後は、康平に導かれるままに社内の方々を見せてもらった。

窓が一つもなく、モニタが壁一面に並ぶ部屋は二十四時間海外と取引を続けており、殺気立った表情の白人女性がすぐ傍らを通り抜けて行く。それとは反対に、やたらと観葉植物が置かれた部署では年配の男性がのんびりと新聞を読んでいる。佐紀が一番興味があるのはもちろん社員食堂だが、敷地内に十数ヶ所あると言う。一番近い食堂へ連れて行ってもらうと、メニューは豊富でビュッフェも選ぶことが出来る。

他の部署へ康平が顔を覗かせる度、そこで働くスタッフたちが康平に声を掛ける。行く道道で擦れ違うセキュリティスタッフや施設をクリーニングする年配の女性まで笑顔で挨拶する。自分が毎日通う社屋には新鮮味がない、と言いながらも、顔はずいぶん広いようだ。

やはりここでも康平は上手くやっているのだな、と佐紀は嬉しくなった。

やがてエレベーターは最上階近くにまで上昇する。濃紺のカーペットが延々と敷かれた長い廊下を歩く。左右に扉が続き、ミーティングが行われるという一室に案内された。今日はただの顔合わせと聞かされていたのに立派な応接室だ。広く、窓も大きく、客を持て成すための立派な調度が設《しつら》えてある。

社の命運に関わるような賓客ならともかく、自分程度の人間が通されるような部屋なのだろうか。恐らく、康平が奮発して取り合ってくれたのだろう。

「じきにうちの上司たちが挨拶に来ると思うけど。堅苦しいことは何もないから、楽にしてたらいいよ。あの『ステッラ・ポラーレ』の副料理長だって聞いたら寧《むし》ろ上司たちの方が萎《い》縮《しゅく》すると思うけど」

「それほどの立場じゃないよ。まだまだ修業中の立場だってば」

「俺がこのプロジェクトで勝ち抜けたのってお前のお陰《かげ》なのかも。東京で一番席が取りにくいイタリアンの予約、何回もお前に助けてもらってるからさ」

康平に頼まれて、予約席を何度か手配したことがあるのだ。大した労ではないが、康平はとても感謝してくれている。

「だけど、ほんとに良かったのか？　打ち合わせだって言ったら、お前のところほどじゃなくてもいい店押さえたのに」

「お前が働いてる場所を見る方がずっといい」

そっか、と康平が微笑む。

手が伸ばされ、そっと指を取られる。いつも冷たいその指先が、康平の体温でじんわりと温かくなる。部屋には誰もいないと言っても、自分の職場にいるというのに大胆な行動だ。

康平を見上げると、優しい眼差しでこちらを見ていた。

「今回の仕事、自分の提案が採用されて嬉しかったっていうのも勿論《もちろん》あるんだけど、それ以上に、ほっとした。お前に少しだけ追い付いたような気がするんだ」

「俺に？」

「お前は仕事に誇りを持って、毎日努力してるだろ。地位も順当に上がってるし。俺だって手を抜いて来たつもりはないけど、大きな企業な分、俺の代わりはいくらだっているんだって毎日思い知らされてる」

「そんな訳ないだろ。このプロジェクトだって、考えたのがお前だから出る説得力があったと思う。今までの実績があったから認められたんだよ。お前じゃなきゃ駄目だったんだ」

「だけどやっぱりお前は違うんだよ。俺はお前のこと、尊敬してるし本当に誇りに思ってる」

「…………」

「そうそう、どっちにしろ、他の分野のアドバイザーとか、他の業種のスーパーバイザーたちと一席設けるつもりでいるんだ。俺にも店を決める権限くらいはあるから、どこで何が食べたいか、考えといてくれよ。お前に頼んでるコンセプトの参考にしてもらいたいし」

「ありがと、考えとく。勉強させてもらうよ」

「そう。たまには俺の格好いいところ見て貰わないとな」

胸の違和感を抑え込み、佐紀はどうにか笑顔を作った。

佐紀の仕事について、康平がそんな風に考えているなんて知らなかった。これ以上なく褒められて、本来なら嬉しくてならないはずなのに、胃の奥がずしんと重くなったのを感じていた。

その時、控えめなノックの後で、扉が開いた。

まだ若い女性が顔を覗かせて、一度会釈をする。近付いた康平に何か耳打ちする。康平は表情を改め、何度か頷いた。同じ仕事をしている同僚なのだろうか。いかにも商社勤務という様子の、華やかで美しい女性だった。ソファに座る佐紀はその様子を眺めていたが、だんだん落ち着きがなくなって来る。

康平の女性の趣味は昔から分かり易い。優しくて華奢《きゃしゃ》で美しい。スーツと同じく、オーソドックスな——つまり「男」と対比しやすい「女」が好みなのだ。

絶対叶わないと思っていた片思いが実り、康平との交際が始まってから、もうそういったことで不安になるのはよそうと思っていたのに。

康平が振り返る。佐紀は姿勢を正し、顔を上げた。今、何を考えていたか康平に気取られたくなかった。

「今回のプロジェクトの建築面を引き受けて下さってる方が今日いらしてるんだ。いきなりで悪いけど、よかったら顔合わせといて」

このプロジェクトの重要な部分に関わる人だと言う。社交というものとあまり関係ない仕事をしている佐紀だが、康平に恥をかかせないよう、なるべく愛想よくしておこう——そうして扉の向こうから現れた長身に、佐紀は立ち竦んだ。

「オフィスAOの麻生崇《たかし》です。『ステッラ・ポラーレ』の副料理長だそうだね。僕はあそこの料理のファンでね、つい最近も食べに行きましたよ」

差し出された名刺をどうやって受け取ったのか覚えていない。佐紀は目の前の美貌を呆然《ぼうぜん》と見上げているしかなかった。

「料理の業界でも有名な方だからもちろん、佐紀も知ってると思うけど」

昨日、麻生のプロフィールについては調べた。神出鬼没で、唇をいきなり奪うような輩《やから》の素性くらいは把握しておかないと、今後の対策が取れないからだ。

麻生の出自を調べるのは容易だった。その来歴も血統も異彩を放つものだ。

麻生崇。三十六歳になるという。

明治時代、英国人建築士だった麻生の曽祖父は日本を訪れた。日本に西洋文化が雪崩《なだ》れ込んだ時世、最新の西洋式建造物を作るための人材として時の政府に招聘《しょうへい》されたのだ。関西で有名な迎賓館や、やんごとなき人々が使う高級ホテルも麻生の曽祖父の手によるものだという。彼は日本人女性と結婚し、子供をもうけ、この国で生涯を終えることとなった。狭い土地を巡って権謀術数をやり合うためか、日本では土地に関係する仕事を請け負う人間は政財界・官僚とのパイプが太くなる。麻生の曽祖父はそちらの方面にも才覚があったらしく、彼が得た富と権力はその後、一族に脈々と受け継がれていくことになる。

事実、麻生の一族には建築分野の関係者だけでなく、政治家や官僚、法律家が多い。現在の家長である麻生の父親も現与党の幹部だ。そして麻生は父と同じ道は取らず、曽祖父と同じ建築家となった。

曽祖父の名前と一族の権力を存分に利用出来るという意味で、麻生は最も合理的な職業を選んだということになる。まさに天上人だ。

一方、麻生崇の個人名は美食家としても著名らしい。方々の雑誌で麻生のコメントを見かけることがあるし、雑誌の連載も持っているほどだ。一度麻生のエッセイに名前を取り上げられ、褒められた店や料理人は向こう五年は安泰を保証されると言われている。

康平は首から下げた携帯電話に連絡があったらしい。少しここで待っていて欲しい、と言われ、応接室に麻生と二人、取り残されてしまった。

「やあ、また会ったね。君は不本意だろうけど」

佐紀は言葉を失って、数瞬立ち尽くしてしまった。

「どうして、あなたがここにいるんですか」

「君に会いたくて」

そして肩を竦める。

「というのは嘘で、仕事の一環だ。聞いた通り、俺もこのプロジェクトの建築部分を請け負うんでね」

表情を強張らせる佐紀に対して、麻生の態度は飄々《ひょうひょう》としたものだ。ジャケットのポケットに手を突っ込み、笑みを浮かべている。

「実は最初に声がかかったのは俺じゃないんだ。俺の知人に話が来たんだけど、偶然その資料を見る機会があって、そこに君の名前があったから頼み込んで譲ってもらったんだよ。じゃなきゃこんな地味で面倒な仕事、誰が関わるもんか」

地味で面倒、と聞いて、佐紀はむっとした。自分で名乗りを上げておいて何という言い様だろう。

海外資本をメインにし、しかも自分が表舞台に立つ華々しい仕事ばかり手掛けて来た麻生には、もしかしたら国内を限定とするこのプロジェクトは地味で目立たないと思うかもしれない。

だが、社会に出てまだ六年にしかならない康平が取り仕切るには大変な大仕事なのだ。

佐紀は悔しくてならない。麻生の血筋を考えれば、彼の名前があるだけでプロジェクトの格が上がるのは言うまでもなく、康平は麻生がこの仕事を受けたことに素直に感謝しているに違いない。

「今回のプロジェクトのリーダー、さっきの子は吉木って言ったっけ。若いのにずいぶん出来るらしいね。この企画が決まる前の他の案も幾つか見てみたけど、あの子の案は別格だ。人柄もいい。一緒に何かやったら面白いに違いないっていう明るさがある」

そして、ソファに座って長い足を悠々と組む。ジャケットは着ているもののノーネクタイで、ごくラフな雰囲気だ。それなのに彼からただならぬ存在感を感じるのは、立ち居振る舞いが堂々としているからだろう。

佐紀は警戒心を解かず、無言で彼の挙動を見下していた。

早く康平が戻って来ないだろうか――

「まだ知られていない美味い物を日本に広めたいっていう気概は悪くない。流行を作りたければ、上流階級をまず狙《ねら》って大衆化を待つのが一番手っ取り早い。その意味で高級チェーンレストランっていうのはいいアイデアだ。だが、俺としては気が進まないな」

事前に配布されていたプロジェクト概要の資料をぱらぱらと捲《めく》り、ぽんと机の上に放り出す。

「もともと俺は、美味い食べ物は独占したいタイプでね。美味い料理を世間に知らしめるなんて馬鹿《ばか》なボランティア、成功しようがするまいが知ったことじゃない」

さすがに聞き捨てならなくて、佐紀は麻生を睨《にら》んだ。康平をあの子、などと子ども扱いするのも気に入らない。

「立派な試みだと思いますけど」

「そう？　じゃあ、君の意見を聞かせてよ」

「例えば、俺が勤めてるイタリアンレストランにしても、それがどれだけ繁盛しても、日本の家庭に浸透してるイタリアンはせいぜいピザとパスタくらいです。まだまだ日本に知られるべきイタリア料理はいくらでもあるのに」

「そうは言っても、一般家庭に海外の料理を広めるのは難しいよ。人間は、結局自分の故郷の味が一番好きだし作りやすいんだ。それに、日本の家庭の台所じゃあ日本の家庭料理が一番作りやすい。君も料理人ならそれは知ってるだろう」

「……それは……」

「君はどちらかと言うと、俺と同じ考えのはずだ。それでも君があの子に肩入れするのはあの子が君にとって特別だから、かい？」

佐紀は言葉を失う。

特別？　どういう意味だ。

麻生は、康平とはすでに話し合いを持っていたらしい。その時に何か聞いたのだろうか？もともとは高校の同級生だ、ということくらいは話しているかもしれない。だがまさか、恋人同士だなどと、話してはいないはずだ。

「俺は、毎日毎食、美味いものだけを喰うのが夢なんだけど、どう思う？」

佐紀の動揺に気付かない様子で、麻生は座っているソファから佐紀を見上げた。

蜂蜜色《はちみついろ》の、美しい目。そこに何か危険が潜んでいるようにはとても思えない。

「どう思う？　返事は？」

「……いいんじゃないですか」

「いいに決まってる。そこを聞きたいわけじゃなくて、実現するかどうかって話だ」

「あなたなら、どこの店のどんなシェフでも引き抜いて食事くらい作らせることが出来るでしょう」

「ところがそうでもない。料理が上手いシェフはいくらでもいる。だけど、美味い飯は最愛の恋人と共にじゃなければ何の意味もない」

「料理は料理人に作らせて、恋人と一緒に食べればいいじゃないですか」

「馬鹿を言うな。神聖な食事の場だ。第三者に入って来て欲しくない。だからこそ俺は自分が食事をするためのレストランを作りたいんだ」

つまり、恋人が腕の立つ料理人であることが理想だと言うのだ。その夢を果たすために必要なのが佐紀なのだと言う。

なぜ、この人がこれほど自分に固執するのか、少しも分からない。

「俺なんかより優れた料理人はいくらでもいるはずです。俺に執着する理由が分かりません」

「確かに、ただ優秀なって言うなら、君以上の料理人はいるだろうね。経験や勘がものを言う仕事だから、キャリアを積んだ年長のシェフの方が、ずっとすごい料理を作るだろう」

佐紀はむっとする。自分のキャリアについて、傲慢《ごうまん》になっているつもりはない。だが、お前より上の料理人はいくらでもいると目の前で言われるのはやはり面白くない。

だが麻生はどこ吹く風だ。佐紀の顔を覗き込むと、にやりと笑う。

「だけど、俺は公私に渡るパートナーを探してるんだ。君くらい意欲が高くて、それに見合う技術と才能がある人間が欲しい。何より、見た目が好みだ。気が強いのもいい。最高だ。そんなパートナーと一緒に暮らしたら、毎日楽しく健やかに生きられると思わないか？」

「俺には、あなたの口に合うものを作れるように思いません。作りたくもないです」

「男が言う美味い飯っていうのは、意中の相手が作った飯っていうことさ。というわけで君、明日から俺の昼飯作ってよ。昼飯用の弁当」

「は……？」

佐紀は唖然とする。昼食用の弁当。弁当、という呑気な言葉を聞くのも久しぶりだ。

「弁当って…何で俺が、あなたの昼食を用意しないといけないんですか」

「来て貰えば分かると思うけど、残念ながらうちのオフィスには大したキッチン設備がない。君に腕を振るってもらう場所がないんだ。かと言って、俺も一応仕事があるんで、毎日昼前に職場を離れるわけにもいかない」

心底残念そうに説明する。麻生のオフィスとやらに調理設備があれば、佐紀に出張コックをやらせかねない勢いだ。言葉も出ないまま、佐紀は麻生を見詰めていた。

麻生は、佐紀の反応が心外なように肩を竦める。

「これでも譲歩してるつもりだよ。夕食を作りに来いとは言わない。君は仕事だろうから」

「だからって、どうして俺があなたに弁当なんか……」

康平にだって作ったことがないのに。

「彼の方は、弁当を作ってくれなんてねだらないのかな」

佐紀は再び表情を強張らせた。

「恋人なんだろう？　あの子が」

「…………」

目を見開いたまま、声が出せない。

「このプロジェクトについて、初めてあの子と打ち合わせた時、君の名前が出た。老舗《しにせ》レストラン『ステッラ・ポラーレ』の副料理長にコンセプトを任せてある——その口調ですぐに分かったよ、恋人の話をしてるんだって」

「何を馬鹿な……康平、……吉木は確かに高校時代以来の友人で、大切にしています。だけど男同士だ。恋人な訳がないでしょう」

語尾が震えそうになる。佐紀の抗弁を、麻生は黙って聞いていた。黙って——微笑している。

——知っている。

根拠ない脅しではない。彼は、康平と佐紀が恋人同士であることについて既に、何か確証を得ている。どういった方法でかは知るべくもないが、何か手を回してあるのだろう。だから今回のこの仕事を引き受けたのだ。佐紀の弱点に近付くために。

気付かないうちに、どんどん搦《から》め捕られていく。何ら悪意がないような、笑顔と甘い口調で、いつの間にか自分がどれほど危うい場所へ追いやられているか、佐紀はようやく気付いた。気取られないよう、だが確実に少しずつ人を追い詰めていく。これがこの人のやり方なのだ。

「可哀想《かわいそう》に」

伸びて来た腕を避けることも逃げることも出来ず、佐紀は後頭部を麻生の手のひらに包みこまれていた。

「こんなに怯《おび》えて、こんなに小さくなって可哀想に。俺なら、君の望むことは何でも叶えてやれるのに」

その声には、純粋な憐憫《れんびん》と慈愛の情が浮かんでいた。

彼は気付いているのだ。康平との関係に、佐紀が途方もない不安を感じていることに。

恋をしているのに、いつも不安ばかり抱えている。その不安を取り除くことは、誰にも
——他ならない康平にも絶対出来はしない。

佐紀は麻生の手を振り払った。

「あなたが俺の、何を知っているのか、知りたくもないし確かめもしません。ばらされても、俺は痛くも痒《かゆ》くもありません。今の店を出ても自分を喰わせていく技量はあります」

「裏打ちのある自信を見せつけられるのはいいね。実に爽快《そうかい》な気分になる。——でも」

ゆったりと笑うと、彼はいっそうのこと美しく、恐ろしく見えた。

「同性愛者だとばれて、困るのは君じゃなくて彼の方だ」

「何を……」

いつも冷たい指先が、いっそう凍えるのを感じた。

分かっていたはずなのに。

ずっと分かっていた。いつかこんなことになるだろうと思っていたのだ。

自分たちの関係は、きっと不幸を呼ぶだろうと。自分にではなく、康平を窮地に立たせるだろうと。

だが今は、動揺しているときではなかった。そんなもの、後で一人になってしていればい

い。

　佐紀は顔を上げて麻生を睨んだ。

「馬鹿げた邪推です。恋人同士だとか同性愛だとか、言っても笑われるだけですよ」

「それは君の職業だから通じる理屈だ。彼みたいに、大規模で古い体質の会社に勤めている人間には、同性愛の噂なんて最悪の一撃だ」

　大きな組織に属したことのない佐紀にも、もちろんそれは分かっていた。「普通」の人たちには、同性愛、という概念すら身近ではないはずだ。

「くだらない。俺が相手をしなかったからですか？　嫌がらせにホモ疑惑なんて幼稚園児レベルだ」

「そうとも。ホモって言葉が意地悪で済むのは幼稚園までだ」

「………………」

「ふられた意趣返しに性的指向をばらすなんてつまらない真似《まね》、本当にはしないさ。でも君を欲しがる気持ちに偽りはないと、それだけは分かってもらいたいな」

　まるで研ぎ澄まされた刃物が指先に触れたみたいだ。

　いつも冷たい指先が、氷のように凍えていた。

どうしてこんなことになったのだろう。

そう考えながら、佐紀はピーマンのきんぴらを作っている。

弟と妹がまだ小さかった頃には毎日弁当を作っていたから、おかず作りなど大して苦でもない。あの頃は節約の意味もあって、近所のスーパーで値が下がった野菜を買って来ては嵩《かさ》増《ま》しのこんにゃくと合わせてきんぴらを作ったものだ。

材料費は安く、しかし栄養価が高く、温かい食事を毎日必死で作った。食べ物で人が出来上がると言うなら、貧しい食事は貧しい人間を作るような気がしたのだ。

だが麻生に凝ったものを作る義理はない。形ばかり作ればいいのだ。

仕事なら、初めて店を訪れる客の嗜好は徹底的にリサーチするのだが、麻生に好き嫌いがあるのかどうか何も知らない。知っていたところで工夫などしてやるものか。

ピーマンのきんぴらに、卵焼きを詰める。あとはプチトマトと、おにぎりを大きめに握って誤魔化そう。

「おはよ…」

康平が欠伸《あくび》をしながら入って来た。昨日もずいぶん遅い帰宅だった。今日は直接取引先に行くとかで、少し遅めの出勤だと聞いている。

「おはよ。朝ごはんどうする？　すぐ出来るから、野菜ジュース先に出そうか？」

「んー、今日はコーヒーの方がいいかな……」

前髪が下りているので、まだ学生のようにも見えてしまう。言うと本気で嫌がるので、絶対に言わないが。

「あれ、弁当？　珍しいな。何で？　いつも賄《まかな》いじゃなかったっけ」

佐紀の職場では、昼下がりの時間に昼食とも夕食とも言えない賄いを出している。キャリアの浅い新人たちが持ち回りで作るのでそう美味いことはないが、それぞれ工夫がしてあり毎日食べていてなかなか面白い。後輩の本多などは、この前チーズフォンデュを用意して好評を得ていた。

佐紀は用意していた嘘を口にする。

「ここのところあんまり胃の調子が良くなくて、賄いの飯がちょっと重いんだ」

「大丈夫かよ、まさか風邪《かぜ》で熱があるとか？」

康平の手のひらが、佐紀の額に添えられる。温かく、さらりとした手の感触が気持ち良かった。

「ただでさえ忙しいのに、俺が余分に仕事頼んでるもんなあ」

「それは大丈夫。メニューを決めるのなんてまだまだ先だろ。うちの店のこと考えながら、同時進行で充分出来るって判断したから引き受けたんだし。オーナーにも報告したら仕事の幅が広がる機会だって喜んでくれたよ」

味見をし、微調整しながら、整然と片付けられた調味料の棚をちらりと見る。適当に魚《ぎょ》醬《しょう》でも入れてやろうか。

「美味そうだな。ちょっと摘まんでいい？」

「あ、こら！　行儀悪いぞ」

「美味い！　なんか懐かしい味がする。いいよなあ、お前の弟妹《きょうだい》。お前が作る飯、小さい頃から毎日食ってたんだもんなあ」

「当時は今みたいな技術はなかったよ。俺もアルバイトがあったから、惣菜《そうざい》やらカップラーメンで済ますときもあったし……」

四人兄弟で囲んだ小さな食卓を思い出した。二人の弟はよく喧嘩したし、慌ただしかったが賑《にぎ》やかな生活だった。

幼かった弟妹も、今はそれぞれアルバイトをこなし、学校の成績もかなり優秀だ。上の弟が大学に入るとき、自分たちのために進学を諦めた佐紀に申し訳ない、とわざわざ上京して頭を下げに来た。だが佐紀はそれは違うと諭《さと》した。

大学進学に未練などなかった。今も、高校を卒業してすぐに社会に出たことに、何一つ後悔していないし、弟たちの犠牲になったなどと考えたこともない。

「最近、下の弟が料理に凝っててさ。携帯に時々、画像が送られて来るんだ。ケーキなんかは俺よりずっと上手いよ」

「それってお前の影響だろ？　やっぱり小さい頃からお前の料理食ってたから、口が肥えてるんだよ」

「でも、俺はドルチェは苦手なんだ。弟に負けるっていうのもさあ……」

「んー、いいって苦手が一つくらいあったって。他の料理がこんなに美味いなら」

そう言ってまだまだ手を伸ばして摘まもうとするので、佐紀は慌てて康平を押し留める。

「ダメだってば！　食べるならちゃんと康平のも作るから」

「俺の分も？　いいのか？」

康平が声を弾ませる。

「まだ時間はあるから、他にもおかず作れば量は充分足りるし」

「手作りの弁当なんて久しぶり！　高校以来じゃないかな。あのさ、手間じゃなかったらあれ作って入れて欲しいんだけど。えーと、ほら、あれ、卵と豚肉で作るやつ」

「ポークピカタ？」

「そうそう！　ケチャップ付けて！」

「卵焼き焼くつもりだったんだけど。甘くないのを、半熟で」

「弁当の定番じゃないか。それも食べたいな」

「じゃあ両方作るよ」

「いいのかな、プロに朝から昼飯作ってなんてねだって」

と佐紀への気遣いも忘れない。もちろんいいに決まってる。佐紀には決して立ち入ることの出来ない康平の昼休みに自分が作った弁当を食べてくれる。それは殊《こと》の外《ほか》の喜びだった。

「いいよ。料理作るの好きで仕事してるんだから」

「やった。じゃあ急いで支度しよう」

歌いだすようにそう言って、洗面所に向かう。佐紀は慌てて冷蔵庫を開けた。康平が食べるとなると、いい加減な弁当は作られない。ピーマンのきんぴらも、慌てて味を付け直す。康平も食べるんだったらもっと丁寧《ていねい》に作れば良かった。

弁当箱だって透明のタッパーに詰めるしかない。残念だが今は仕方がない。朝食の準備も手を抜きたくない。

やがて、出勤の時間になり、まだ温かい弁当の包みを手渡すと、康平は本当に嬉しそうに笑顔を作った。

「自分じゃ絶対作れないし、だからって社食も外食も飽きてるし。昼飯楽しみだと、仕事捗《はかど》るんだよな」

「こんなんで良かったら、毎日作るよ」

苦笑しながら、ふと浮かんだ疑問を口にした。

「昼食って、弁当だとどこで食べるんだ？　食堂とかって、持ち込んだもの食べて大丈夫なのか？」

「デスクランチかな。ＰＣで報告書作りながら」

「食事くらい、ちゃんと落ち着いてとれよ。仲のいい同僚とか、女の子だっているんだろ」

「冗談だろ。あんな姦《かしま》しい奴らと落ち着いて一緒に飯なんか食えるかよ。女なんか男の俺より食う奴ばっかりだから、こんな美味そうな弁当持ってるのばれたら絶対に強奪される」

そんなに大した中身じゃないのにな…と気恥ずかしくなったが、康平はいつでも屈託がない。

「サンキュ！　じゃあ行って来る！」

小学生のように元気に、玄関から出て行った。

その様子が佐紀には堪《たま》らなく嬉しかった。自分が作った弁当を持った康平を送り出す――まだ自分たちが「長年の親友」であった頃に夢見た一幕だったからだ。恥ずかしいので康平には絶対に言わないが。

しかし、これから一仕事しなければならないことを思い出すと、一気に気持ちが滅入った。


名刺を捨ててしまったので、麻生のオフィスの所在地が分からない。しかし、ＰＣを開き、嫌々ながら彼の名前で検索すると、スタイリッシュなホームページが現れ、すぐに住所が知れた。

大企業が名前を連ねる都心ではないが、近年大開発を受けた臨海の人工都市で、超一流と呼び名の高いクリエイターのオフィスや美術館が多いことで有名な街の、特等地とも言えるエリアに麻生のオフィスはあった。

近くまで乗り付けたタクシーを降りると、冬の午前の弱々しい日光が降り注いで、周囲の木立が薄い影を灰色の石の地面に落としていた。靴音が高く響き、それは何度か訪れたヨーロッパの街並みを想起させる。

この街が出来たのは近年だというのに、その雰囲気は完全にクラシックだ。それも、安っぽい作り物の匂《にお》いがまったくしない。ずっと以前からこの場所にあり、時間に育まれ築き上げられた重厚な気配がそこにあった。この街の景観を守るため、京都の文化条例よりもはるかに厳しい規律が出来上がっていると聞く。時間を歪《ゆが》め、細部まで精緻《せいち》にこの街を造るため、まずは海を埋め立てることから始めなければならなかったという。その壮大なプロジェクトに麻生の一族や、彼の事務所が大きく関わっていたことは佐紀もう、もちろん知っている。麻生本人だけでなく、麻生の一族の力が注ぎ込まれたであろうことも想像が出来る。つまり、自分の好みの街一つを作り上げるだけの権力や財力を麻生は持っているのだ。

街が出来上がった今、麻生のオフィスは宮殿でも巨大な城でもなく、五階建ての石造りのビルにあった。

古めかしく硬質な街のランドスケープと完全に調和した、古典主義的な建物だ。ヨーロッパの定石と同じく、一階部分がホールになっていて、植物の美しい彫刻が施された石の列柱が規則正しく並ぶ。果てが薄明るいのは、中庭があるからだろう。この東京では、高さよりも、敷地の広さの方が遥かに価値があり、贅沢だ。それがふんだんに使われている。麻生が自分の仕事場を置くために、その美意識の粋を凝らしたに違いがなかった。

最上階へ行くためエレベーターに向かう。木製とアンティークの金属扉が二重扉になっており、箱が到着すると螺子《ねじ》で巻き取られるようにゆっくりと扉が開く。ここで仕事をする人たちは急ぐことはないのだろうか——

「驚いた。本当に来たのか」

秘書だという男性に案内され、麻生の仕事部屋に入った。

デスクについて書類とPCモニタを見比べていた麻生に驚いたような顔をされて、佐紀はかなり本気でむっとしてしまった。そっぽ向いて、作って来た弁当を差し出した。

「あなたが作れって言ったんでしょう」

「はいはい、君は変なところで律儀だよねえ。朝倉、コーヒー二つ頼む」

秘書にそう言って、自分はデスクを離れ、傍のソファセットに移った。

普段の言動から、有閑貴族のように優雅な生活を送っているに違いないと思ったのに、職業人としての彼は本当に多忙であるようだ。室内は雑然としていて、様々な書類が山積みとなり、正体の知れない金属の道具や紙の模型やらが山と積まれている。

それでも不思議に居心地がいいと思うのは、クリエイティブな業種に相応しい解放感があるからだ。天井も高く、張り巡らされた大きな窓の採光の妙なのか、室内はまろやかな光が溢れ、物の輪郭がうっすらと発光して見える。

「君が作った料理を食べた人間は多いだろうけど、デリバリーをさせたのは俺くらいだろう」

どんなおかずが入っているのかとわくわくしながら弁当箱の蓋《ふた》を開くとき、人は多分無意識のうちにお腹《なか》を空かせた子供に戻るのだろう。その無防備な様子を見るのは決して嫌いではないけれど。

麻生は弁当の内容を見るなり、傍の内線電話を手に取った。相手は先程の秘書らしい。

「コーヒーは取り消し。緑茶で頼むよ」

その通り、佐紀が今日拵えた弁当はごく普通の家庭的なもので、コーヒーと一緒に食べるようなハイカラなものではない。

やがて、秘書が茶を運んで来た。若い男性だ。古い形の度が強そうな眼鏡《めがね》をかけ、無表情だ。きちんと茶托《ちゃたく》を扱い、定石通りやや温めの玉露が完璧な翡翠色《ひすいいろ》を見せていた。愛想笑い程度の無駄口すら叩かず、速やかに部屋を出て行く秘書の後姿を見送り、佐紀は少し意外な気持ちだった。麻生の立場ならば、綺麗な若い女をいくらでも置くことが出来るだろうに。

「何を考えてるか分かるよ。俺は余程遊び人だと思われてるんだな。常に仕事重視で、実は勤勉な働き者なんだけど」

「別に何も思ってないですけど」

お前のことなど知ったことかと言外に言ってみたつもりだが、しかし、麻生はお構いなしだ。

「美意識を鍛えるには周囲に美しいものしか置かないのが鉄則だ。だけど、俺はその鍛錬は充分やって来たつもりだし、仕事の効率が最優先だ。秘書兼アシスタント兼雑用係にはあれが一番使えそうだから雇い入れた次第さ」

フォークとナイフに慣れた西洋人の不器用さは一切ない、麻生の流れるように美しい箸《はし》使いを佐紀は眺めていた。

「美味い。日本の食卓の、優しい味だ」

それが佐紀の弁当を食べた麻生の感想だった。大変な美食家で、あちこちの雑誌で美食記を掲載しているのに、意外にひねりのない一言だ。佐紀は無愛想に、そうですか、と呟《つぶや》いた。

昼になったら、康平も美味い、と食べてくれるだろうか。

「意外に、家庭料理も美味く作るプロの料理人って少ないんだよなあ。庶民的な食材だと、技術が仇《あだ》になるのかな。健康のことも考えないといけないだろうしね」

「家庭料理と違って店で求められるのは味と見た目です。その時に、客の健康のことなんか何も考えていません。健康に悪いバターや塩もたっぷり使います。彩りに必要だと思えば体に悪そうな食材も使います。客の健康管理はシェフの仕事じゃありませんから」

「そうだろうね。プロであればあるほど、美しい皿を作り上げるためならどんな犠牲も払うだろう」

「それに、家に帰ってまで料理のことを考えたくありませんから」

実際、佐紀が一人のときの食生活は酷《ひど》いものだ。食べるのが面倒で、一食抜くくらいのことは度々だし、一日くらいなら食べなくても平気だ。もちろん、栄養価のことなどまったく考えていない。

「ふうん。恋人の前だと猫を被ってるわけか」

ずばりと言い当てられて、佐紀は押し黙る。

「恋人の前で自分を偽らなければならないのは、最悪の不幸だと思うけどね。彼と一緒にいたって気が休まらないだろうに」

「あなたには関係ないことです」

素っ気なく言いながら、そこまで見抜かれていることに佐紀は驚愕《きょうがく》していた。

麻生と知り合って、向かい合って話し合うようになったのはここ数日のことだと言うのに。

その彼は、佐紀の康平への気持ちをほぼ完璧に推察している。そこまで自分の気持ちはあからさまなのだろうか。

佐紀は最早敵意を隠さず、麻生を睨みつけた。

「何が目的なんですか」

「目的なら、一番最初から包み隠さず話してるつもりだけど」

「あんまりバカバカし過ぎて、再確認がしたいんです」

「それなら何度でも言うよ。俺は君が欲しい。公私に関わらず、全部を自分の物にしたい。多少の時間はかかっても構わない」

プラスティックで作られた、家庭用の弁当箱を片手にそう宣言した。

「分かりました」

佐紀はソファから立ち上がった。

「時間がかかっても構わないっていうのはあなたの都合です。俺があなたに靡《なび》くことはないんだってあなたが気付くまで、相手をするのは面倒だ。さっさと済ませます」

彼の、長い足の間に立つ。何を済ますのか、麻生も尋ねなかった。膝を折ったときにも屈辱など少しも感じない。ことが大きくならないよう、許せることだけさっさと許しておく。それだけだ。

ベルトの留め金に触れようとした瞬間、後ろ髪を摑まれて、上向かされる。

「据え膳は迷わずいただく方なんだけど、俺は天邪鬼《あまのじゃく》でね」

脇《わき》の下に手が差し入れられ、幼児にするように立ち上がらされた。

「心身は一つじゃない。人間は思ってもいないことを口に出来る生き物だ。こうやって跪《ひざまず》かせても、君は簡単に手に入る部分しか許さないよ」

佐紀が簡単に手渡そうとする部分は、麻生にとって何の価値もない部分だ。

「君の気持ちが変わるのを、一生待つとは言えない。俺の方にも事情があってね——それでもまだ時間はある。建築に携わる仕事をやってると、どうしても気が長くなっていけない」

そう言ってソファから立ち上がる。

近付いたのは印刷機だ。建築専門のものなのかずいぶん大型だ。その排出口から一枚、大判の用紙を取り上げる。

「例のプロジェクトと並行して進めてる仕事の図案がさっき上がってね。さっそくプリントアウトしたところだ。見るか？　俺の最新の仕事になる」

「……見せて貰ってもよく分からないと思います。知識もありませんし」

「専門的な図面とは違うよ。施工主のイメージに沿って描いた、立体的なイラストだ。ちゃんと色も付けてある。建物の規模としてはあちらの仕事と同じくらいかな」

彼の仕事に、別に興味はない。だが、康平のためには見ておいた方がいいのかも知れない。

半ば渋々用紙を受け取って、しかし佐紀は一瞬で圧倒されていた。

施工主は、音楽にあまり関心がない佐紀ですら知っているオーストリア人のオペラ歌手だ。大勢いる孫たちを招いて毎年の夏と冬を過ごすための別荘だという。それに相応しい、優しい温もりを感じさせる佇《たたず》まいだ。

目で促されて、佐紀は口を開いた。

「見たこともない、綺麗な建物だと思います……個人向けのデザインもされるんですか？」

「俺のもともとの専門はそっちだよ。家の関係で、政府関連や海外の仕事が多く入るだけで、個人が生活する家を造りたくて今の仕事に就いた」

この人が関わった建築物を、佐紀も幾つかは知っている。

インターネットで見ることが出来たし、この街も、今佐紀がいるこの建物にしても麻生の感性が溢れ出ているのだろうと思う。

だが、軽佻浮薄《けいちょうふはく》なこの人と、現実のものとなった美しい建物とがどうしても結びつかない。

「今の段階ではリスクや無理は度外視して、まずは施工主の希望通りの図案を仕上げた。プロとして夢を形にしたままでだ。これから、必死で帳尻《ちょうじり》を合わせていく」

「問題があるんですか？　こんなに綺麗なのに」

「ファザードのステンドグラス部分がね。施工主には古い技巧を使って実現して欲しいと言われてるのに、建材も揃わないし、技術者たちがもう高齢で職人が簡単には集まらない。さあ、どうしたものか」

まだ解決の糸口は何も見付かっていないという。しかし、麻生は楽しそうだ。

どんな問題があるにしても、それを乗り越えて理想が実現したときの喜びを、とうに知り尽くしている表情だった。

「あのプロジェクトのためには、もっと手の込んだ案を用意してる。美味い物を喰うっていう目的がなくても、一度でいいから中に入ってみたい。世界中の誰もがそんな風に思うデザインを提供するよ」

この男に屈したくないと思う一方、彼の仕事は確かなのだと、改めて思う。

康平には、麻生が必要なのだ。

そのためには、穏便にこの男との関係を続けるしかない。彼を決して怒らせてはならない。

「しかしこの弁当は美味いなあ。君の店でも弁当を売り出せばいいのに」

呑気《のんき》な言葉に佐紀は溜息を吐く。

とにかく、麻生が飽きるのを待つしかなさそうだ。


その日の仕事は散々だった。

オーダーを聞き間違えて材料を無駄にしたり、急いで料理を作り直すために、別のフライパンを取ろうとしたら、今度は頭上の戸棚で頭を打つ。

「珍しいですね、ミスなんて。調子悪いんですか？」

ミスなど滅多にしない佐紀の様子に、後輩の本多が心配そうな顔を見せた。後輩たちを指示する立場にある佐紀は、頭を押さえながらバツが悪い。

「別に……。ちょっとぼんやりして」

「怪我はないですか？　救急キット持って来ます？」

「大丈夫。打っただけだから」

怪我をしたとしても、消毒薬の類は一切使えない。万が一にも匂いや味が料理に移ると取り返しがつかない。

佐紀は溜息を吐いて作業台に手をつく。時間は二十二時過ぎで、そろそろオーダーが一段落し、厨房も手が空いて来るころだ。だがこの後も明日のための仕込みがある。

「少し疲れてるんじゃないですか？　休憩取って下さい。今の時間ならもう大丈夫なはずです」

本多は先輩の佐紀にもそれほど遠慮はせずに物を言う。それも出過ぎた真似というでもなく、スマートなものだ。

先輩に休憩を勧めるなどと、昔ならば立場を弁《わきま》えない発言だとして拳骨《げんこつ》を食らっていたかもしれない。佐紀がこの道に入った頃は——と言っても数年前で、本多とも十歳と変わらない——上下関係はもっと厳密なものだったように思う。

本多だけでなく、最近の新人たちの傾向だが、業界の上下関係を蔑《ないがしろ》にしているのではなく、彼らの流儀で効率良く、円滑に物事を進めようとしているのだろう。本多にしてもいかにも最近の若者らしく、仕事も遊びも要領よく軽々とこなしている。

「そうか。じゃあちょっと休ませて貰う」

そう言って、本多が運んで来たパイプ椅子《いす》に座る。ずっと立ちっ放しで突っ張っていた膝裏の筋肉がじんと痺れた。

帳面とペンを片手に調味料のストックを調べ始めた本多が、ふとこちらを振り返る。

「佐紀さん、以前うちにいた、畑山《はたやま》さんって覚えてます？」

「畑山？」

記憶を辿《たど》って、ああ、と呟く。

「覚えてるよ。畑山が、何？」

「広尾に新しい店をオープンされみたいです。ほら、ここ見て下さいよ」

そう言って、どこに隠していたのか一冊の雑誌を佐紀に手渡した。イベントやエンターテイメントを知らせる一般向けの情報誌だ。その一ページに、佐紀のかつての後輩が笑顔で掲載されていた。

彼の新天地はたいそう立派な建物だ。広尾、という土地のイメージからすると、ずいぶん派手なように思うが、佐紀が知る畑山の性格にはよく合っているように思う。

「ふうん……独立したのか」

「けっこういい場所ですよね。この店を辞めてからまだ一年ほどしか経《た》ってないのに、畑山さんってすごいコネがあったんですね」

　本多は気が良く仕事が出来るので重宝しているが、ゴシップ好きなのが玉に瑕《きず》だ。そしてこの業界には、面白おかしい人間関係の噂が流布している。食欲、という人間の原始的な欲求を満たす仕事をしているからだろうか。

「いきなりうちを辞めてからどうしてるんだろうって話してたんですけど。オーナーにはちゃんと挨拶はされたんでしょうか」

「さあ、どうだろう」

「佐紀さんが知らないならきっと、挨拶なんてしてないんですよ。あの時、勝負に勝った佐紀さんですらまだこの店にいるっていうのに、そういうのどうなんでしょうね。俺、今だから言うけど、畑山さんって嫌いでした。俺たちには横柄なのに、オーナーや上のシェフにはへつらって、ホールも厨房も、スタッフは全員、昇進するのは絶対に佐紀さんだって思ってたんです。あんな勝負するまでもなく、技術でも人格でも、上に立つんだったら佐紀さんに決まってるじゃないですか」

　話が好ましくない流れになって来た。

　後輩に慕われるのは悪いことではないし、数多くいるスタッフに支持されているのは正直、嬉しい。だが、そこに誰かを貶《おとし》める言葉を伴うならもう聞くべきではないと思う。

「本多、噂話はもういいから。明日の賄い、お前じゃなかったっけ？　もう準備出来てるのか？　今日の残り物の確認きっちりしておけよ。この前みたいなぼんやりしたソテー食べさせたら賄いのメンバーから外すから」

「はい！　作業を続けます！」

大慌てで背筋を伸ばし、冷蔵庫の前へ駆けて行った本多が放り投げた雑誌を、佐紀は手に取った。件のページを開く。特に感想はない。

かつての後輩の花道なのだから、上手くいけばいいとは思うが、それ以上は何も思わない
——酷い人間だと思うが、仕方がない。

一年前の冬だった。オーナーの悪い遊びが顕著となり、不在が続いた頃だ。厨房スタッフから志願者を募り、副料理長を一人増員することになった。オーナーが指定した材料を使い、一皿披露する。直後に試食会が行われ、多数決の上、得票が多かった者が副料理長に昇格することが決められていた。

勝負をすることになったのが佐紀と畑山だった。畑山は佐紀より二歳年上だったが、キャリアは佐紀の方が長かったので、佐紀の方が先輩という扱いだった。そのことも、畑山には面白くなかったのかもしれない。

定年のない料理人の世界で二歳の年齢差などないも同然で、年長者ぶるつもりはないが、客観的な評価を下せば畑山はセンスも腕も悪くはなかったし、料理人としての意識も高かった。才能があったし、口ばかりでなく努力もきちんとするタイプだった。

ただ、無暗にプライドが高く、また、派手好みで自己顕示欲も高い。我の弱い料理人などいはしないが、畑山のプライドは自分が作る皿ではなく、自分の足元にばかり向けられていた。つまり、自分が他者よりどれほど優れているか誇示することばかりに気を取られていたのだ。

そういった人間は、扱いが容易《たやす》い。本多はああ言っていたが、佐紀はそれまで、良くも悪くも畑山を特別に意識したことがなかった。仕事だけはきちんとする後輩だったから、怒ったこともなかったし、ましてや恨みもなかった。ただ、あの勝負には、必ず勝たなければいけなかった。

結果として、勝ったのは佐紀だった。

自分の料理に絶対的な自信があった畑山は、敗者の立場に甘んじて『ステッラ・ポラーレ』で働き続けることはせず、早々に退職を決めてしまった。

だが、今は畑山のことなど、別にどうでも良かった。去った者のことをどうこう思う余裕などない。

今、佐紀の頭を占めているのはまったく別の問題だ。

「……明日の弁当のおかず、何にしよう」

海苔《のり》を巻き込んだ卵焼きを作る夢を見ていた。

麻生の弁当を作り始めて十日ほどが経っていた。仕事は相変わらず忙しい。それでも弁当を拵えるくらい、大した負担ではないはずなのに、毎日上機嫌で弁当を受け取る麻生がいつ何をするか分からないと考えると、気持ちが落ち着かない。康平も例のプロジェクトの始動で酷く多忙そうだ。弁当を持たせた朝以降はろくろく顔を合わせない日が続いた。

はっと目が覚めて、ベッドの隣の空白に慌てて体を起こす。あるべきものが傍にないとき、いるべき人間が隣にいないとき、堪らなく心許《こころもと》ない気持ちになる。たとえ眠っていても、いつ失うとも知れない不安からは逃れられないからだ。

窓の外はまだ薄暗く、雨の気配がする。触れたシーツはほんのりと温かい。

康平がベッドを出て、まだそう時間が経っていないことが分かる。

「……康平？」

ベッドから出てリビングに向かうと、キッチンでグラスから水を飲む康平の後姿が見えた。

佐紀に気付くとにこりと笑う。

「ごめん、起こしたか。まだ寝てろよ、早いだろ」

いつもなら幸福な気持ちになるはずの康平の笑顔なのに、何か不安になる。起きたばかりなのに、その表情は疲れ切っていた。

佐紀はテーブルの上に置かれた紙製の小箱に気付いた。市販の風邪薬だ。

「風邪…？　調子悪いのか？」

「熱があるっぽい。解熱剤飲んだところ」

「ぽいなんて言ってないでちゃんと計れよ。熱があったら大変じゃないか」

「いや、いい。熱があったって今日は休めないから。大事なミーティングがあるんだ」

仕事があるのだと言われたら、休んではいられないことは無論佐紀にも分かる。

だが、触れた康平の腕は熱かった。佐紀は慌てて康平の額を探る。

「すごい熱じゃないか……！」

熱があるっぽい、などと呑気なことを言ってられる熱さではなかった。笑って話していられるのが不思議なくらいだ。本人だって尋常じゃないことは分かっているはずだ。

佐紀は携帯電話を手に取り、タクシー会社の番号を表示した。

「救急病院ならこの時間でも診《み》てくれるだろ。待ってろ、タクシーを」

「佐紀、いいから」

「すぐに来るから、お前はそれまでベッドに横になってろよ。タオル冷やして持って行くから――」

「いい！　大丈夫だって、佐紀」

康平が佐紀の携帯電話を取り上げる。佐紀は康平本人よりも取り乱していた。

「自分の体のことだから、限界は分かってるよ。社会人になってこれくらいのこと、何度でもあったし、まだ大丈夫だ」

「……でも……」

「俺は大丈夫だから。少し落ち着いてくれよ」

「……じゃあ、じゃあちょっとでも横になってろよ。まだ出掛ける時間じゃないだろ？」

「いいんだ。会議の準備がある。もう行かないとまずい」

佐紀に笑いかけて、クローゼットがある部屋へと足を向ける。着替えをするためだ。熱が高いはずなのに、足取りはしっかりしていた。康平の頭の中にあるのはもう仕事のことだけなのだ。佐紀がこれ以上止めても無駄なのだと分かる。

リビングまで康平を追いかけて、しかしその場に立ち尽くしてしまう。康平の体調不良に、いったいどうして気付かなかったのだろう。

昨日、帰宅したらもう康平は眠っていた。珍しく早く帰って来たのだな、と声はかけず、自分もベッドの隣に入った。仕事や麻生とのことで頭がいっぱいで、康平の様子には目を配っていなかったのだ。

そういえばここのところ、ちゃんと向き合って会話をした記憶がない。いったいいつから一緒に食事をしていないだろう。

多忙なのはお互い様だから、せめて朝食だけは一緒にとろう。別に約束したわけではないけれど、いつの間にかそれが二人の決まり事になっていた。

そうだ。麻生との問題が起きる以前は、何の約束をしていなくとも、なるべく向き合って食事をとる、その努力はしていた。だがいつの間にか疎《おろそ》かになっている。麻生の動向が気懸りで、集中力に欠けているのだ。

少しずつ、二人のリズムが狂い始めている。

「情けないな、忙しいからって体調崩すなんて。お前だって忙しくても風邪なんかひいたりしないのに」

「俺は基本的に肉体労働なんだから体力だけはあるんだよ。お前は最近になって生活リズム変わったんだから無理ない」

「お前は体調不良で休んだことなんか、ないだろ」

「あるよ、それくらい。何年か前、インフルエンザで酷い熱が出て……体調以前に、ウィルスに感染してると職場には入れて貰えないから」

「だけど、お前がいなくて職場の人たちは皆困ったろ。俺は、今休んでも誰にも困って貰えないんだ」

康平が何を言わんとしているのか、佐紀にも分かった。

だから、康平を見詰めるまなざしからも力が抜けてしまう。

「プロジェクトもまだ初期段階だから、誰でも俺の代わりが出来る。それだけじゃなくて、体調管理も出来ない無責任な人間だって印象が付くとこれからやり難《にく》くなる。これは俺が発案したプロジェクトだ。だったら熱があっても今はやるしかない」

誇りを持って仕事をしてるお前を尊敬している。

康平はそう言ってくれた。そして康平は、自分にも仕事への厳しい姿勢を課そうとしているのだ。

「やっぱり、何とかならないのか。せめて午前中だけの半休もらうとか」

「駄目だ。昨日の遅くにオフィスAOから連絡があって、昼までに返事を出さなきゃいけない。俺だけで決められたらいいんだけど、プロジェクトの根幹だから、上と話し合ってからじゃないと」

佐紀はさっと青褪《あおざ》めた。

「オフィスAOって、……建築家の、麻生さんの？」

「そう。建築デザインの分野は麻生さんに頼んであるって話したろ？」

「麻生さんと、何かあったのか？」

「何かって？」

康平は不思議そうだ。

「何も問題ないけど。仕事の遣り取りをしてるだけだ。ただ、麻生さんのスケジュールの関係で早目に進行させたいって言われてるから、ちょっと気が急《せ》いた。恥ずかしい話だけど、俺が提出した書類の法律的な部分に不備があってさ、突き返し《リジェクト》があったんだ。建築部門は法律の関係が煩雑《はんざつ》だから、専門家や弁護士を招いて、今度こそ手落ちがないかチェックしないと」

「……それ、言いがかりじゃないのか？」

「え？」

「別に大した問題でもないのに、言いがかりでお前の仕事を増やしてるだけじゃないのか？」

顔を蒼白《そうはく》にして言い募る佐紀に、康平は苦笑した。

「馬鹿だな、麻生さんはそんな人じゃないよ。だいたい何で言い掛かりなんかつけてくるんだ？　そんなことしたって麻生さんには何の利益にもならないよ」

康平は何も疑っていないようだ。何も知らないのだから、麻生の意図を疑うはずがなかった。

だが、佐紀には分かった。――絶対にわざとだ。麻生が、康平に嫌がらせをしているに違いない。その理由は明白だった。

だが、今そのことについて問答しても仕方がない。

「ごめん、体つらいのに、無理に話させた。仕事が休めないのは分かったから――駅までは送るよ。それくらいいいだろ？」

「頑固だよな、お前も」

笑って、鏡を見もせず正確な手付きでネクタイを締める。佐紀がとても好きな仕草だ。そしてそれ以上に大好きな笑顔をまた見せてくれる。

「でも嬉しい。自分以外の人間が自分のことを本気で心配してくれるって、本当に幸せだ」

「ごめん、口うるさくて」

「逆の立場だったら、俺もお前を止めてるよ」

上着を着て、コートに袖《そで》を通す。そこにあるのは重い責任にも決して負けない、完璧な社会人の表情だ。

「難しいかも知れないけど、いつか、上手く合わせて一緒に休み取って、近場でいいから旅行に行ってさ。温泉に入って美味いもの喰って……考えてみたら、そういうことしたことなかったよな。お前の部屋に来るのがあんまり居心地良くて、外に出ること、考えたことなかったなあ」

佐紀もパジャマの上から外出の用意を済ませ、康平と共に玄関に向かう。

「旅行のことはいつでもいいいから。まずはその風邪治してから考えろよ」

「正論だ」

康平は笑った。その笑顔を見て、他愛のない約束をして、それが自分にとってどんなに大切か、改めて思い知らされる。

康平には何も教えない。

何も教える必要はない。悩むのは自分一人でいい。佐紀は康平の背中から抱き付き、キスを乞《こ》うた。扉一枚、外と隔てただけの玄関先だが、康平に触れたかった。

「ダメだ。うつるだろ」

そう言って、胸の辺りにまわっていた佐紀の指を取り、軽くキスする。おまじないのような優しいキスに、佐紀はたまらなく幸せになる。どんな贅沢も、どんな希少な美食も敵《かな》わない。

この幸せを守るためならどんなことでもしようと思った。


運ばれて来た皿は一見ごくシンプルだった。

浅めの真っ白な皿にジロール茸で出汁《だし》をとった琥珀色《こはくいろ》のソースが湛《たた》えられ、そこに甘鯛の大きな蒸し煮がごろりという様子で大胆に転がされている。ナイフを入れると、水のように半透明の切り口が覗いた。

一口大に切り取って口に運ぶ。

一瞬にして頭の奥が冴《さ》え渡るような清涼感が喉《のど》の奥まで広がった。爽《さわ》やかな味わいとは裏腹に、半生の身肉はまったりと舌に絡み付く。フランス料理の技法にはそれほど詳しいわけではないが、この季節の鯛の淡泊な白身にどうやってここまでの風味を絡めたのか。ほんの一瞬で火が通ってしまう繊細な白身をこんな風に仕上げるとはいったいどんな技術なのか。

麻生と食事をするようになる以前から、料理の達人たちが作った皿を味わう幸運には何度も見舞われているが、その度に不思議でならない。

客が食べるものをいちいち味見が出来るわけではない。ポーションを崩す訳にはいかない。絶対的な制約があるのに、それなのにどうしてこれほど完璧な調理が出来るのだろう。魔法を使ったとしか思えないのは、自分がまだまだ未熟者だからなのか。

「料理の秘訣が知りたいなら、シェフを呼ぶよ」

その意図でわざわざ、佐紀の休日に合わせてこの名店に連れて来てくれたのだろう。だが、それを有り難く思う筋合もない。

「結構です。仕事の邪魔になります。経験上よく知ってる」

麻生に呼ばれたときも迷惑だったと言外に含める。麻生は少しも気にした様子もなく、優雅に食事を続けている。

美食家として知られる彼は、意外なほど恬淡《てんたん》と皿と向き合う。美味に心酔するという訳ではなく、的確な距離をもって味を判断している様子だ。

世の中に賛美するべき芸術はごまんとあるけれど、その美しさを、その感動を体に取り入れられるのは唯一料理だけ。その価値を本当の意味で独占出来るのは料理だけだ。だから美食は素晴らしく、地の果てまで追い求める価値がある。

どこかのインタビューで、そう答えていた。

「麻生さんの、好物は何なんですか」

「美味い物なら何でも。食を愛する者として、好き嫌いは特にない」

「人間の肉すら食べたことがありそうですね」

「あるよ。君はないの？」

「…………」

冗談だろうか？　だが、この男が言うと冗談に聞こえない。

「あなたの仕事はどうなんですか」

いつもながらの鷹揚な態度に佐紀は苛々《いらいら》する。今だって、別に麻生と食事などしたくない――振る舞われる料理がどれほど美味いにしてもだ。

「仕事だけじゃなくて、俺と毎日食事していて、平気なんですか。専門の仕事だけじゃなくて、美食のエッセイだって書いてるんでしょう。よく時間がありますね」

「そのネタの仕込みで今日この店に来たんだ。エッセイは趣味みたいなものだから気楽にやってる。仕事は順調だよ。何の問題もない」

「悩み事はないんですか？」

麻生は手にしていたナイフとフォークを置いた。それから佐紀に向かって微笑する。

「別にないな。毎日美味いものを食べて健やかに過ごしてるよ。しかも最愛の人と一緒に」

押し黙る佐紀に、からかうように尋ねる。

「で？　何が知りたい？　遠回しじゃなくストレートに聞けよ、君らしくない」

「あなたこそ、俺に黙ってることがあるんじゃないですか」

「たくさんあるけど。どれのことだろう」

ない、と隠し立てをするわけでもなく、悪びれもしない。その態度に、一瞬にして頭に血が上った。

「康平に、嫌がらせをしてるでしょう」

「嫌がらせ？」

そう言って、飲み物を一口飲む。

一杯目はグラスワインを飲んでいたが、この後仕事があるからと言って二杯目からはガス入りのミネラルウォーターに切り替えている。

少し考えて合点がいったらしい。面白そうに佐紀を促す。

「面白い。どうぞ、続けて」

「一昨日《おととい》の朝、康平は熱があって、ひどく体調が悪かったんです。休むように言ったけど、重要なミーティングがあるからって出社しました。あなたの事務所からリジェクトがあったって」

「ああ、ちょっと問題があってね。こっちで是正しても良かったんだけど、それじゃあ今後に差し支えるだろう。だから突き返しておいたんだよ」

「問題？」

「法律上の問題だ。建築物には莫大な法規制が付き纏うんだよ。その不備があった。法律にはいくらでも抜け道があるのに、それを調べる努力を怠ってる。体調不良はあちらの都合。熱があろうとここで進捗が滞るとこちらも困る」

「抜け道って、違法だってことでしょう。そんなもの、やれって言う方が間違ってるんじゃないですか。もっと真っ当な――」

「可愛い意見だ」

麻生は笑ってグラスに口をつける。その優雅な態度にかっと頬《ほお》が熱くなる。

「本当に第二案が必要なんですか？」

佐紀は麻生を睨んだ。

「……ただの言い掛かりじゃないんですか」

「どうして俺がそんなことを？」

ぬけぬけとそんな風に問うて来る麻生に、臓腑《ぞうふ》が煮えくり返る思いがした。康平のために抗議しなければ気が済まない。あの朝の状態を見ているのだから尚更だ。

「俺が、あなたに抵抗ばかりしてるからその報復なんじゃないんですか」

「君を独占してる奴への腹いせなら別な方法を考えるよ、仕事上で足を引っ張るなんて子供染みた真似はしない」

「でも、あなただったら今の康平を失脚させることくらい簡単じゃないですか」

「くだらない」

麻生は珍しく、皮肉めいた表情を見せた。目を眇《すが》めると、顔立ちが整っている分、酷く酷薄に見えた。一筋の瑕疵《かし》なく美しい人間は、ただ表情と言動だけで他者を傷付け打ちのめすことが出来る。麻生は自分が持っている武器を知り尽くした人間だった。いつもは佐紀をからかって、嘘か本当か分からないような言動で弄《もてあそ》んでばかりいる彼の本来の姿はこちらなのだと思い知らされる。

「俺はプロだ。引き受けた仕事には全力を尽くす。くだらない嫌がらせをして、手間を増やすなんて馬鹿な真似はしないよ」

その言葉は、佐紀を居竦ませるほどの迫力に満ちていた。そこに康平と佐紀を自分の権力で翻弄《ほんろう》してやろうという意図などまったくないのだと思い知らされる。仕事に関係することに嫌がらせなどと子供染みたことを言った自分が恥ずかしくなる。

それに、麻生に八つ当たりしたという自覚もある。

康平が無理をしているのは、佐紀のことを買い被っているからだ。佐紀が自分の職に強いプライドと責任を持っていると思い込んでいる。

だとしたら、康平が無理をしているのは自分のせいなのかも知れない――

麻生は何もなかったような顔で、俯《うつむ》いたままの佐紀に尋ねた。

「君の方は？　メニューコンセプトは君の担当なんだろう？　進んでるの」

いつもの柔和な様子に戻り、佐紀を促す。

自分たち二人の間で、空気を支配しているのは当然麻生だ。彼と佐紀の差は歴然としている。生まれ育ちの問題だけでなく、人生の経験値があまりにも違い過ぎる。

「……いいえ、どんな料理を提案したらいいのか、よく分からなくなってしまって」

「そうは言っても、少しくらいアイデアは思い付いてるだろう？　どんなコンセプトにするかだとか。聞かせてよ」

決してからかうような口調ではなかった。佐紀は食事をする手を止める。出来れば、麻生の意見を聞いてみたい気持ちがあったからだ。

康平から与えられた課題は思いの外大きく、どうにかして彼の助けになりたいという思いとは裏腹に、これというアイデアは思い付かなかった。

勤めているレストランで、季節ごとの皿を考えることくらいはしているし、自信もある。しかし、一店舗丸ごとのメニューを、しかも店のコンセプトからすべてと言われてしまうと、どこから手を付けていいのか分からず途方に暮れてしまう。

じっとこちらを見ている麻生の目は見ず、呟くように言ってみた。

「料理でヨーロッパを一周、とか」

それを聞いて、麻生はふっと唇だけで微笑した。

「それはまた、可愛らしいアイデアだ。旅行好きの女性は喜ぶかもな」

「……つまらないでしょうか」

「企画に合ってない」

一刀両断に切り捨てられ、佐紀は赤面した。

稚拙なアイデアだと自分でも分かっていたが、こうもきっぱり言われてしまうと立つ瀬がない。赤面して押し黙っていると、麻生は可笑《おか》しそうに笑った。

「そう素直に反応するなよ。いじめたみたいな気持ちになる」

「自分でも才能ないなって思ってましたから」

「駄目だと言ってるんじゃない。もうちょっと企画の意図を考えてごらん。彼が君に求めてるのは表面的な奇抜さじゃない。料理人にしか出来ない発想があるんじゃないか？」

「俺の仕事は料理を作ることだけど、俺自身は面白味がない人間です。娯楽に興味がないから今何が流行ってるのか、何が面白いのかとかよく分かりません」

自分を貶めるような言葉を口にするのは好きではない。しかも麻生の前で弱音など吐きたくない。

だが、正直参っていた。康平の助けになりたいと思う反面、今の自分の限界もはっきりと分かる。

「康平は俺を買い被ってるんです。俺なんて厨房でフライパン振ってるだけの人間なのに。レストランのメニューなんて考えられるわけがない。誰か、専門の人に頼んだ方が絶対にいいのに」

「フライパンを振ってるだけって君は簡単に言うけど、それをやり続けられる人間は貴重なんだよ。料理を作ることは、料理を作って来た人間にしか分からない。実際問題、人に何かを作って食べさせたことのない人間が飲食業の企画を立てるなんておかしな話だ。俺の立場上坊やを褒めるのは面白くないけど、君にメニューのアイデアを頼んだのは現実に即した適切な判断だ」

彼が康平を褒めるのを、佐紀は意外な気持ちで聞いていた。

意外に公平なところがあるのかもしれない。油断するつもりはないが、アドバイスを貰って有り難かったのは本当だ。

「どうして『ヨーロッパ』一周、に？　君はイタリアンのシェフなんだから、イタリア料理に集中して考えればいいのに」

「その方が大勢の人を取り込めると思ったんです。イタリアン好きも、フレンチ好きも、東欧の料理にもファンが多いって聞きます」

「そうだな、確かにリトアニアのツェペリナイや、セルビアのブレクなんかは日本でも受けるだろね。でも、俺はイタリアンの方が好きだよ」

「……そうですか」

「イタリアに行ったことは？」

「店の研修で五回ほど」

「住んだことは？」

「ありません。長くても一ヶ月程度です」

そのことに、特に劣等感を感じたことはない。以前はイタリア留学を考えたこともあったが、日本を離れるには至らなかった。

日本のイタリアンは母国を凌《しの》ぐほど質が高いと言われている。この国で働きながら、充分に美味い、そして日本人好みのイタリア料理を食べることが出来る。

「だったら尚のことイタリア料理に集中して考えた方がいいよ。ずっと日本にいたなら、日本人が外国の料理をどう見てるかよく分かるだろう。新しいことを始めるときは、自分が一番見知ってることから始めるのが定石だ」

「でも目新しさがないと、集客出来ないんじゃないですか」

「それは君が考えることじゃない。商品を売れる方法を考えるのは君の恋人だ。君は自分の力を尽くして、君が最良と考えるメニューを作りだしたらいいだけだ。まあ俺は、君が作った料理にならいつだって最高の評価を出すよ」

冗談だとは分かっていても、けっこうだと跳ね付ける気力が今はなかった。麻生の評価などなくとも客は呼べると強気には言えない。

「イタリアに長くいたことはないって言ったけど、留学するつもりはないのか？　いい修業先を紹介出来るよ」

「予定はありません。今後は分かりませんが」

「まあ、君ほどの腕を持ってる人間が今更留学して何を勉強するんだってもんだろうけどね。行っても学ばない奴は何も学ばずに帰って来る。言葉すらろくに話せないまま行くもんだから、勤め先を探すどころかホテルから出ることすら出来ないらしい。そうなるともう、立派な引きこもりだ。もともと男には冷たい国だからね」

「それくらいだったら帰って来たらいいのに」

「簡単にはいかないよ。ヨーロッパまで渡って何も学んでないのは誰より自分が分かってるだろうから」

麻生の意見はいつもながら厳しかった。佐紀には甘い表情ばかり見せるが、その反面努力をしようとしない他者は一顧だにせず切り捨てるのだと思う。

勉強といえば、昔のことを思い出して、ふと笑ってしまった。麻生がそれに気付く。

「どうした？」

「いいえ、別に……ただ、高校時代のことを思い出して」

「話して聞かせてよ」

麻生に促される。いつものからかうような口調ではなく、本当に興味があるらしい。

「……高校生の頃、俺はいつも、ろくに勉強もしないで本ばっかり読んでました。料理の本はもちろんですが、雑誌も文庫本も手当り次第なんでも」

「当時から勉強家だったんだな」

「そうじゃなくて、アルバイトしていた店で、お客様との会話に必要だったからです。それに、友達もろくにいなかったから暇だったので――高校三年生の夏休みの前に、国語の授業で課題が出たんです。日本の作家を調べるっていうレポートで」

「夏休みの宿題っていうやつかい？」

「ええ。出席番号順、三人ずつのグループワークで、その先生は毎年三年生の課題にするんですけど、受験勉強で皆忙しいからとにかく不評で」

テーマにする作家は自分たちで選んで構わないのをいいことに、夏目漱石や志賀直哉など、ポピュラーな作家の研究論文をネットで適当に拾って、文章を繋ぎ合わせてレポートとして提出する。優秀作は文部科学省主催の学生コンクールに応募するという話だったが、その水準に達しているものはほとんどなかった。半年後に大学受験を控えた高校生が真面目にこなすような課題ではなかったからだ。

佐紀は大学受験の予定はなかったが、アルバイトで忙しかったし、グループの残り二人は予備校通いで課題に時間を取られることを嫌がり、夏休みに入る前に適当にテーマを決め、さっさと終わらせてしまった。

ところが、康平のグループの一人が、クラスでも一番の文学少年だった。彼は誰も聞いたことがないような、マイナーな作家をテーマにしたいと主張した。けれどその作家についてはネットでいくら検索しても研究論文など出て来ない。一から自分たちで文章を組み立てなければならないので大変な手間になるが、高校の卒業記念に絶対にコンクールに応募して賞を取りたいのだと頑張っていた。

ところが、言い出したそのクラスメイトが夏休み直前に交通事故で怪我を負い、一ヶ月の入院を余儀なくされた。これ幸いとテーマを変え、他のグループと同じように容易なレポートを作ることだって出来たはずだ。だが康平はそうしなかった。

どうしてもやりたいと言うなら、病院から指示を出してくれ。足りない資料は俺が集めるから。入院中のクラスメイトにそう言って励ました。

結果、康平たちが書いたレポートはコンクールで立派な賞を受けたのだ。

「康平は夏休み中その作家にかかりきりで、いつの間にかすっかりファンになったたって言ってました」

当分、本は読みたくない…とも言っていたが。

「馬鹿な奴だなって思ったんですけど、康平のことがもっと好きになった。自分が損をしても、人が喜ぶことが出来るなんてすごいなって。昔からそういうところがあったんです。そのことを話すと、大したことじゃないって照れて怒るんですけど」

今も、当時の康平のことを思い出す。

窓際の席で、行儀悪く机の上に座って、その癖上履きはちゃんと脱いで前の椅子の背もたれに足を乗せていた。あの真っ白いシャツ。

豊かな家庭で何の憂いもなく育てられた子供だけが持つ健やかな笑顔が佐紀は大好きだった。

佐紀の恋人は今の康平だ。だが、あの頃の康平のことも胸が締め付けられるほど愛しい。

可愛いとか、慈しみたいとか、そんな風に思う。

「あの子は頭も要領もいいから、大した手間じゃなかったんだろう。自分が損をする訳じゃないから、他人に親切にすることにもハードルが低いんだよ」

「あなたは、康平のことを分かってません。あいつは、あんまり駆け引きはしないタイプです。特に友達とは……楽しかったな、あの頃は」

「今は楽しくない？」

麻生がそう尋ねた。

「その思い人と相思相愛になって、恋人同士になって、同じ部屋で暮らす仲だって言うのに？」

佐紀は言葉を失った。

俯いて、そして視線の先にある自分の指先に気付く。

それは大して気に留める必要もないはずの、けれど何故か、いつも心のどこかに引っ掛かっている、小さな不安だった。

「……指先が」

佐紀はそう呟いた。

「指先が、ずっと冷たいんです。前はそれほど気にならなかったのに」

「緊張してるからだろう」

ミネラルウォーターを飲みながら、麻生が呆気《あっけ》なく正解を差し出す。

「恋人と一緒にいても、君は指が冷たくなるくらい緊張してる。リラックスなんかしてない。君は自分でも気付かないところで疲れ果ててる。それだけのことだ」

佐紀は、先程のように麻生に言い返すことが出来なかった。

疲れ果ててる。

その言葉に、酷く実感があった。

疲れている――康平の前で自分を取り繕うことに。いつ、本当の自分が康平に曝《さら》け出されてしまうか、怖くて仕方がない。

俯いたままでいる佐紀に、麻生は軽やかな笑顔を見せた。

「食事が終わったら、面白い場所に連れて行くよ。暗い気持ちにさせたお詫《わ》びにね」

「ここは……？」

車を降りると、しばらく木々の間を歩く仕掛けになっていた。遠くに大勢の人の気配を感じる。闇と重なる木々の隙間《すきま》から、光がちらちらと覗いて見えた。

それほど離れていないはずなのに、なかなか目当ての建物に行き当たらない。何が待っているのか、訪問者に期待と不安を抱《いだ》かせ続ける仕組みになっているのだ。

「おいで。きっと気に入るよ」

やがて、手を差し伸べて導かれ、佐紀は目当ての建物を見上げた。

夜空に仄白《ほのじろ》くカーブを浮かび上がらせるその巨大な白い建物は何重ものライトアップを受けてノアの方舟の如く堂々たる威容を見せていた。

日本を代表するとも言われているこの美術館に、北欧から多数の近代絵画が招かれてる。それはテレビや雑誌のコマーシャルで佐紀も知っていた。一般公開に先立って、今夜ここで関係者を招き、パーティーが行われているのだ。

「色彩から料理を思い付くんだって言ってたろ。例のプロジェクトの料理のことでずいぶん悩んでるみたいだから、参考になればと思ってね」

絵画が展示されているメイン会場から離れたホールに、パーティー会場が設営されていた。用意されているのは簡単な酒や料理だったが、有名な政治家や芸能人が何人もいて、カメラのフラッシュが焚《た》かれる。

その中にいて、麻生の存在はいっそう華やかだ。その人物がいるだけでイベントの格が上がる場合があるが、麻生はまさにその類の人間だった。

「もしも、君との店が実現したら」

佐紀を傍に置き、フラッシュに笑顔を向けながら、麻生が囁く。どんなに大勢の人間といても、麻生の意識は今、佐紀一人に向けられている。

「美術館も顔負けの絵画を揃えるよ。もちろん絵画だけじゃない。調度も最高のものを用意させる」

だが無軌道に高価なものばかり揃えるのではなく、そこには一貫した主義――麻生の美意識に適《かな》った物だけを選ぶ。開店のための準備には時間も金も惜しみなくかけよう。有名な作家たちはもちろん、まだ無名の芸術家たちの作品を見つけ出すために、しばらくヨーロッパの田舎町を旅してまわるのもいいだろう。メニューの考案のために世界中のレストランに連れて行くし、何なら佐紀の仕事のサポートのために技術のある料理人を呼び寄せてもいい。

ただただ、美食を味わうためのレストランを造るために。

「もっとも、一番の贅沢は君の料理と君自身だけど」

唇を耳元に寄せかけた麻生を思わず突き飛ばしていた。目の前に、見慣れた背中を見付けたからだ。

「康平……!?」

ワイングラスを片手に女性と向き合って話していた康平が振り返る。相手の女性も、驚いたように佐紀を見詰めている。二十代初めの年若い女性だ。長い髪を巻き、裾が広がったワンピースという出《い》で立《た》ちで、康平の仕事の相手のようには見えない。

「……康平、何でここに」

「お前こそ、どうして——」

そう言って佐紀と、隣に立つ麻生を見比べる。康平は麻生に対し、速やかに目で挨拶をすると、佐紀に顔を寄せ、小さな声で尋ねた。

「いつの間に親しくなったんだ？」

「この前の顔合わせから、色々あって。お前にも話そうと思ってたんだけど」

お互い仕事が忙しくて、あんまり話せなかったから。康平が熱を出した一昨日の朝から、まともに口をきくのも久しぶりなのだ。それくらい、ここ数日は擦れ違いの生活が続いていた。それはもちろん言い訳で、康平と佐紀の仲をネタに脅されているなどと今、ここで言えるはずもなかった。

「ここには麻生さんに連れて来てもらった。お前に頼まれてるコンセプトのヒントになるかも知れないって」

康平は納得出来ない様子だったが、表情を改めた。

「詳しいことは部屋に帰ってから聞くから。後で」

康平に、年配の男性が近付いて来たのだ。麻生に連れられて来た佐紀とは違い、恐らく康平は仕事でここにいるのだ。

麻生の話によれば、今夜ここには東京中の有名人が集まる。そういった集まりは種々の異業種交流に利用される。康平の社にも招待状が届き、康平は自分のプロジェクトの人脈を広げるためにこのパーティーに訪れたに違いない。

体調が回復しているのには心底安堵したけれど――

頭が痛い。

美しい絵画を見せてくれようとした麻生には感謝するべきなのかも知れないが、今日はもう、そんな気持ちになれない。タクシーを呼んで帰る、と麻生に告げようと彼の姿を探した途端、再び佐紀は足を止めた。相手も佐紀に気付いた。

「こんばんは、ご無沙汰《ぶさた》してます」

視線の先にいるのは、『ステッラ・ポラーレ』で働いていたかつての後輩、畑山だった。以前はなかった顎《あご》ひげなどを生やして、様子がずいぶん変わっている。それでもすぐにそれと気が付いたのは、先日本多と畑山のことについて会話したばかりだったから、その面影《おもかげ》が脳裏にあったからかもしれない。

佐紀は表情を改め、畑山に向かって挨拶の言葉を投げかけた。

「久しぶりだな。元気でやってるのか？」

「お陰様で」

慇懃に言って、畑山も頭を下げる。ここでトラブルを起こしたくない。大して思い入れもない相手と面倒を起こすなんて馬鹿馬鹿しい。

「最近、店を出したんです。雇われシェフの立場ですけど、全権任されてるんであれこれ全部自分で決めて、自由にやらせてもらってますよ」

「ああ、広尾だろ。いい所じゃないか」

佐紀がそう言った途端、眇められた目の鋭さに、この男は何も変わっていないのだと、すぐに知れた。同じ職場にいた頃から、畑山は佐紀へのライバル心を隠そうとしなかった。

「知ってたんですか？」

「雑誌を見たんだ」

教えるより先に知られてしまったら、アドバンテージを取られたように感じる。隠しておきたい自分の弱味を、知られたくない相手に勝手に暴《あば》かれたような気持ちになっているらしい。つまり、全権任されている、と誇らしげに言ってみせても、自由度はさほどでもないのだろう。

勝負に負けたからと勝手に職場を辞めてその様《ざま》か、などと、佐紀には畑山を笑うことは出来ない。何故なら――

「佐紀くん？」

知り合いとの話を終えた麻生がこちらに戻って来た。佐紀の強張った表情に、何かを悟ったらしい。

「どうした？」

「いいえ、別に……」

「麻生さんですか？　建築家の」

当然、畑山は麻生を見知っていたらしい。自分の胸元に手をやったが、麻生はさっと手を差し出した。名刺の交換をさり気なく躱《かわ》し、西洋式に握手だけを交わし合う。

「麻生さんのご高名はかねがね伺っております。いつか自分のレストランのデザインをお願い出来ればと思ってるんですが」

「素晴らしい新店舗をオープンされたと伺っていますよ。僕の出る幕ではないでしょう。さあ、行こうか」

佐紀の腕を取り、さっさと歩き出す。

「知り合いかい？」

肩越しにそっと見遣ると、畑山はまだこちらを見ていた。

「以前、同じ職場にいた後輩です…あいつのこと、どうしてご存知なんですか？」

「美味い飯の情報は下町から宮中晩餐会《ばんさんかい》まで必ず俺の手元に入って来る。一番印象に残るのは、最高に美味い店、それから最悪に不味《まず》い店だ。あの男の店がどっちの店として紹介されたかは言うまでもないだろ。東京じゃ、不味さで印象に残る料理を出す方がずっと難しいものなのに」

畑山のいる店は、出資者が同じような飲食店を何店舗も出しており、実態は質の悪いチェーン店だという。康平が企画したプロジェクトが失敗したら、そういった店になるだろうと麻生は言った。

「あの男にしても、あんまりいい手合いじゃあなさそうだ」

「俺も似たようなものですから」

そう言って、足を止めた。展示されている美しい作品とは裏腹に、不意の出来事が続いて佐紀の気分は滅入る一方だ。

「飲み物取って来ます。同じものでいいですか？」

「ああ、頼むよ」

そう応えた麻生は、またすぐにどこからか声を掛けられ、談笑に応じている。あれだけ知り合いの多い人なのだから、何も自分に構う必要はないと思う。

目で、康平の姿を探した。

年配の男性たちと歓談しているのを見付けた。

すらりと伸びた背筋に、開いた肩の辺りには仕事中の適度な緊張感が漂っている。時折浮かぶ笑顔はいかにも若々しく健康的だ。それでいて、真剣な表情でいると、一気に頼りがいのある男の顔になる。装っているのではなく、それが康平の本質だと佐紀は知っている。どこから見ても、一流の社会人だ。

部屋で一緒にいるときは多少なりともだらしない姿を見たりもするが――そんな康平も、もちろん佐紀は大好きなのだが――この華やかな場所に出ても、何の遜色《そんしょく》もない。とても、佐紀が話しかけられる雰囲気ではなかった。

麻生のことだけでも頭が痛いのに、この場所には康平がいて、さらに畑山までいる。秘密を多く抱えていては、生きるのは難しくなるばかりだ。

そんなことを考えながら、賑《にぎ》やかなホールを出て、人気《ひとけ》のない場所を探した。とりあえず、一人になって頭を冷やそう。するとすぐに非常階段に行き当たった。エスカレーターもエレベーターも設置されているので、非常階段を使う人は少ないのだろう。美術館という場所柄、内部デザインに影響を与えないように出来るだけ質素に目立たぬよう作り上げられたような、文字通り非常用という素っ気ない階段だ。おかげで、最上階の七階を越えると華やかな賑わいも間遠に感じる。

開け放しの防火扉の向こうは七階まで吹き抜けのホールのバルコニーになっている。傍に背を凭《もた》せ掛け、溜息を吐いたところで、真横から伸びた腕にいきなり突き飛ばされた。転倒し、バルコニーに転がり出た。佐紀は唖然とその相手を見上げた。

「相変わらず、澄ました顔してるんだな」

打ち付けた肩の痛みと驚きに佐紀は咄嗟《とっさ》に言葉を発することが出来ない。

「本当に久しぶりなのに、あんたの顔を見ると相変わらずイライラするよ」

畑山はそう言って、佐紀を睨み下ろしている。胸倉を摑んで引き起こされ、何度か殴られた挙句、バルコニーの手摺《てす》りに背中を打ちつけられる。喉元が詰まり、苦しい息で佐紀は畑山に尋ねた。

「……何の真似だ」

「あんたがやったことをやり返してるだけだ。油断してるところを裏から手を回して小細工する。覚えがあるだろ？」

畑山が何を言っているのか、佐紀にはすぐに分かった。だが返事をしないでいると、畑山はバルコニーの支柱を蹴《け》り付けた。

「何黙ってんだよ」

「何のことを言われてるのか、分からない」

「とぼけるな。俺があの店を辞める前にあんたとやり合って皿を作った話だ」

「あれは、オーナーが立ち会った上での正当な勝負だったはずだ。お前も納得したから店を辞めたんだろう」

「まだ俺が何も気付いてないとでも思ってるのか？　あんたが小細工してあのクソ女を呼びさえしなけりゃ、勝ってたのは俺だったはずだ」

佐紀は何も言い返さず、押し黙る。殴って気が済むならそうしたらいい。だが、明日も仕事があることを考えると、怪我をすることは避けたかった。腕や指をやられるよりは、顔を殴られた方がずっといい――

そんな風に考えている自分に気付いて、佐紀は一瞬笑い出しそうになった。

「…何笑ってんだよ」

「別に」

本当に、ただただ可笑しかったのだ。畑山が、ではない。あんなに『ステッラ・ポラーレ』のオーナーに憧《あこが》れて、副料理長になりたがっていた畑山を出し抜いて、その立場を得たのは自分だった。

それなのに、自分はあまり幸福にはなっていない。

立場を得ても、佐紀自身は自分の成長を認められないでいる。そのことに気付いたからだ。だったら、あの時の勝ちは畑山に譲ってやるべきだった。

「あの勝負のことを、今蒸し返したって何の意味もない。お前だって、いきなり店を辞めたりして、オーナーがどれくらい迷惑だったか分かってるのか。きちんと筋を通さないで、勝手ばっかりやって開業して、それでも順調に行ってるんだろ。恨み言を言われる筋合いはない」

「独立だって？　何も知らない癖に偉そうな口叩くなよ」

畑山が顔を寄せる。酒の匂いはしない。畑山は素面《しらふ》のまま、憤りを佐紀にぶつけていた。

「独立なんて上辺の体裁だけで、実際は金持ちの道楽に付き合わされてるんだ。俺の意見なんか何も通りゃしない。店のオーナーの言うまま、どこの国の何の材料だか訳の分からない皿を作ってるだけだ。それもこれも、あの出来レースのおかげだ」

「出来レースなんかじゃなかった。お前の被害妄想《もうそう》だ」

「違うね。あんたに入れ揚げたクソ女から聞いたんだ。今更言い逃れなんかするなよ」

女性に対してずいぶんな言いようだが、「クソ女」とはオーナーの以前の恋人のことだろう。女遊びが重症化して来た頃に付き合っていた女性で、元女優だったという。名前ももう思い出せないが、四十歳そこそこの美しい人だった。

「あんた、ゲイなんだって？」

佐紀ははっとして顔を上げた。

「店にばらして、あんたが二度と厨房に立てないようにしてやろうかと思ったけど、店の奴らは皆気付いてる。特に厨房の連中はあんたを崇拝してるから、今更あんたのセクシャリティを吹聴《ふいちょう》したって意味がない。あんたにしたって、どうせ料理なんて特別作りたいって思ってるわけじゃないんだろ」

畑山のその言葉に、佐紀は少なからず驚いた。

自分の性的指向を、特別に隠したことはない。後輩の本多たちに気付かれているだろうこともとうに知っていた。

だが、仕事が特に好きではない、ということは、誰にも気付かれていないと思っていたのに。本当はいつも隠し持っていたその気持ちを、これまで誰にも話したことがなかったからだ。家族にも、康平にすら――話せるはずがなかった。

「この一年、ずっとあんたのことが忘れられなかった」

畑山の目には異様な光がちらついていた。佐紀とは違う意味で、畑山はあの勝負に真剣に臨んだのだ。年下のライバルとしてずっと敵視していた佐紀に負けたくない、そう思っていたのかもしれない。

「男好きの変態――あの建築家にだって色目使ったんだろ。あんたには料理を作る資格なんかない。二度と厨房に立てないようにしてやる」

「お前の気が済むようにしたらいい」

佐紀はそう言った。怯えも恐れも感じなかった。自分がどんな目に遭っても自業自得だし、そして自分にこうまで拘るかつての後輩が、いっそ哀れだった。

畑山は虚を突かれたような表情で佐紀を見下していたが、不意に我に返った。忌々しそうに舌打ちする。

「冗談だろ。俺にはそっちの趣味はないんでね。知り合いに声を掛けたんだ。あんたのお陰で色々悪い遊びを覚えたよ」

「……くだらない」

このまま、自動車でどこかに連れ去るつもりなのか。そこで「そっちの趣味の知り合い」に佐紀を凌辱させる手配をしているのだろう。畑山はもともと性質《たち》のいい男ではなかったが、少し会わない間に、悪趣味の度合いが増している。それも仕方がないのかも知れない。欲しいものが手に入らないと、人は少しずつ歪んでいく。それは佐紀にもよく分かった。

「来いよ、怪我したくなけりゃ大人しくしてろ」

畑山に上腕を摑まれたその時、耳を突き刺すような大音響で、サイレンが鳴り響いた。耳の奥が痺れるような金属音が空気を震わせる。

自分が息を呑む音も、動転した畑山が「何事だ」と繰り返す声も、何も聞こえない。火災なのか、盗難なのか、それとも誤報なのかは分からないが、それでもただ事ではないことだとは分かる。じきに、ホールにいる大勢の人間が避難のために移動するであろうことも、容易に予測できた。

「……くそ！」

逃げ出そうとした畑山が不意に現れた長身によって、手摺りに押し付けられるのを佐紀は見ていた。

麻生は片手で畑山の喉元を摑んでいる。畑山もそれほど小柄というわけではないのに、その上半身は手摺りの向こう側へと追いやられ、両足は空に浮いてばたついていた。しかし麻生は大儀そうでもなく、いとも簡単に畑山を抑え込んでいる。

「どうする？　君が選べよ。ここで徹底的に叩きのめしておかないと、バカは何を思い立つか分からないぞ」

不自然な姿勢に、畑山は悲鳴を上げることも出来ず、ただ麻生のなすがままだ。この状況で、すべてを決定するのは麻生に見えた。しかし、彼はこう言うのだ。

「君が決めろ。このまま、この男を解放するかしないか。殺すか、殺さないか」

不意に放たれたあまりに不吉な言葉に、佐紀は戦慄《せんりつ》して声を失う。

「な――」

「殺せ。後始末ならしてやる」

何の躊躇いも情けもないその口調に、ぞっとした。

佐紀が頼んだなら、麻生は本当に、畑山を落下させるつもりでいるのだ。真っ青になってもがいている畑山の様子に、七階という高さを思い出した。そして、真下のホールの床の硬さ。美しく磨き上げられていたが、冷たく硬く、女性客のヒールが高い音を鳴らしていた。あそこに激突したら、どんなに運が良くても怪我だけでは済まない。

「やめて下さい！」

佐紀は咄嗟に、麻生の腕にしがみ付いていた。

「放して下さい！　こんなことをする必要はない！」

「そうかい？　君を殴《なぐ》ったんだ。万死に値する」

「構わないから……もう、やめて下さい」

取り縋って哀願する佐紀に、麻生は肩を竦めると畑山を解放した。畑山はふらふらと床に四つん這いになり、しばらく喉を押さえて咳《せ》き込んでいたが、何か呟くと佐紀を顧みもせずに踊り場から逃げ出した。

「逃げ足は速いな。まあ、この場合は的確な判断か」

麻生はそう言って、胸元から何か取り出す。携帯電話くらいの大きさの機械だ。そのボタンの一つを押すと、鳴り響いていたサイレンがぴたりと止まった。

「……何ですか、それ」

「セキュリティシステムのリモコンだ。ここの責任者から末端の警備員まで、全員一人残らず持ってるよ。特に、今展示してあるのは損傷したら外交問題に発展しかねないような超一級品だ。セキュリティも些細《ささい》なことで大音響が鳴るような厳戒態勢だよ」

「そうじゃなくて、どうしてあなたがそんな物を持ってるんですか」

「こんな小道具の入手くらい簡単なもんだ。ここの設計にはうちの事務所が噛んでるんだ。

どこをどうすればサイレンが鳴るかくらいは把握してるよ」

「そんなこと、言わなかったじゃないですか」

単に、佐紀の仕事の参考になればと思って連れて来たとだけ、麻生は言ったのだ。

「関係者だって言っただろ。いちいち自分から誇示するなんてみっともない真似出来ないよ。君の歓心を得られるならまだしも」

いつものように飄々とした麻生の様子に、佐紀は脱力しているしかない。畑山から脅されていた状況から助け出してくれたのには感謝出来る。しかし、彼のペースにはついてはいけない。

「残念ながら、俺は見た目だけの優男で腕っぷしにはとんと自信がない。しかも相手は料理人だろ、真っ向から体力で争って勝てるわけがない」

「せっかくの美術展なのに、セキュリティに問題があるんじゃ明日のオープンに影響が出るんじゃないですか」

「うちのスタッフが今から総出でチェックし直すよ。何があったかは説明出来ないけど、俺が悪さをしたで言い訳がつくさ。で、君は他人の心配をしてる余裕はあるのかい？　その形《なり》を、君の恋人に見られたら困るんじゃないか」

佐紀ははっと自分の姿を顧みた。

摑み上げられたシャツは皺《しわ》がより、汚れているしボタンも飛んでいる。一見してトラブルがあったのは明白だし、打ち付けた肩や腕も痛んだ。

康平に見られないように裏口から出て行くという手もあるのだろう。だが、初めて訪れる場所で、佐紀にはどこが裏口なのか、それすら分からないのだ。どの道麻生の手を借りないわけにはいかなかった。

「……助けて下さい」

「結構」

お安い御用と言って、麻生は手を差し伸べた。


シャワーを浴び、新品のシャツの腕のボタンを留めながらバスルームを出た。畑山《はたやま》に殴《なぐ》られた腕などはまだ痛むが、先程のトラブルの残滓《ざんし》は綺麗《きれい》に洗い流せたはずだ。

麻生《あそう》は窓際のソファセットで、ホテルのルームサービスで頼んだ酒を飲んでいる。佐紀《さき》が今腕を通しているシャツも、麻生が地階のアーケードから手配したものだ。麻生は佐紀に気付くと、テーブルの上に置かれていた救急箱を開ける。

「おいで。医者じゃないから大したことは出来ないけど」

「大丈夫ですよ、怪我《けが》は仕事中にもしょっちゅうですし」

「君が痛々しいのが嫌なんだ。俺《おれ》がね」

救急箱の中には一通りのものが揃《そろ》っているようだ。佐紀は大人しく従うことにした。畑山とのトラブルを誰にも知られずにここまで来られたのは、麻生のお陰に違いなかった。このホテルも麻生が定宿にしているらしく、車からの電話連絡一本で、フロントを通ることなく使うことが出来た。

麻生はシャツの袖《そで》を捲《まく》り上げて手当を始める。

「顔はそれほどぶたれなかったんだな。どういう男だか知らないが、美的感覚は正常らしい。この綺麗な顔に瑕《きず》をつけるような男がシェフをやってるなんてぞっとしない」

いかにも横着そうだが、職業柄なのか意外に手付きが繊細だ。消毒から傷テープを貼る間、少しも痛みを感じることがなかった。

「俺がしつこい男で本当に良かったよ。あのまま連れて行かれてたら、どんな目に遭わされてたか分かったもんじゃないぞ。紳士的な扱いを受けてたとは思えない」

「……性病持ちのコックが作った料理なんて、ぞっとしないでしょう」

自嘲《じちょう》のあまり、つい悪趣味な冗談を口にしてしまう。

「蓮《はす》っ葉《ぱ》な口を利くんじゃない。君の悪い癖だ」

一瞬、麻生の本気の怒りを感じて佐紀は口を噤《つぐ》んだ。馬鹿《ばか》なことを口にしたと、自分でも思っている。自虐《じぎゃく》するのは勝手だが、他人に不快な思いをさせる必要もなかった。

叱《しか》られて顔を上げられないでいる佐紀の顎《あご》を摘まむと、ぐいと持ち上げた。

「で、あの畑山って何か復讐しなくていいのかい」

麻生がにやりと笑う。

殺せ、といとも容易《たやす》く口にしたあの冷淡な様子を思い出すとまた戦慄《せんりつ》が湧《わ》く。普段は佐紀をからかって軽薄な様子ばかりを見せているが、彼の本性はあちらなのだと、今更ながらに思い知らされた。

「別に、何も考えてません」

「手なら貸すよ。なんなら、君と同じ目に遭わせてもいい」

「あいつは口では大きなことを言っていても、小心なんです。今頃警察に通報されてるんじゃないかって怯《おび》えて震えてます。それでもう充分です」

「何だ、平和主義なんだな」

麻生はつまらなさそうだ。畑山を追い詰めるために楽しい悪巧みを考えているらしいが、佐紀は首を横に振る。

「これくらいのことをされても仕方ないのかもしれません。あいつとの勝負で、小細工したのは本当なんです」

「ふうん？　面白そうな話だ」

一年前の冬だ。

オーナーの女遊びは当時には既に盛んになっており、厨房《ちゅうぼう》にはほとんど顔を出さないようになっていた。セコンド・ピアットを扱える副料理長は二人しかいなかったので、平の中からもう一人昇格させようという話になった。キャリアや技術の点からオーナーは佐紀と畑山を指名した。二人を競わせ、勝った方が副料理長に昇格、という流れになったのだ。同じ材料でそれぞれに一皿作らせ、オーナーを始めとする上位のシェフたちで試食、多数決をして得票が多かった方が勝利する。

但し、メインとなる食材は、オーナーが当日の朝、決定する。食材に対する臨機応変な対応は料理人の力量を大きく決定づけるものだからだ。

「至ってシンプルで公平な方法だ。陥れるだの何だの、不穏な言葉が入る余地がないように思うけど」

救急箱の蓋《ふた》を閉め、麻生がソファに腰掛ける。そうしてスーツの内ポケットから煙草《たばこ》を取り出す。今まで煙草を吸っているのを見たことがなかったので、喫煙はしないのだと思っていたが違うようだ。自分が完全に寛《くつろ》げる場所でなければ飲まないらしい。

「だいたい君は、悪巧みしてまで勝負に勝ちたいような気質じゃないだろ。君の技術を考えたら、策を練るより正々堂々戦った方が簡単じゃないか」

「買い被りです。俺はそんなに無欲じゃない。畑山にしても、腕は悪くないんです。それはあいつも分かってたと思う。実力はほぼ同じでした。……だけど、勝負の前日、雨が降っていて」

オーナーとその恋人が店に食事に来ていた。彼らが帰ったのはもう遅い時間で、店は空いていた。厨房の片づけをしていると、帰ったと思った彼女が食事をした個室に傘を忘れたと言って駐車場にオーナーを待たせたまま戻って来た。

佐紀は彼女のために傘を取って来てやり、玄関で別れ際に、こう言った。

「勝負の日、いらして下さい。あなたのために美味《おい》しい物を作ります」

それがどんな結果を生むのか、もちろん分かっていた。

佐紀から傘を受け取った彼女は「私、本当はイタリアンよりフレンチの方が好きなの。ブルターニュ地方に住んでいたこともあるのよ。好物はそうね、海老《えび》が大好物なの」と言って美しく微笑した。

彼女と別れ、佐紀は真っ直ぐにスタッフ用の手洗いに向かった。唇に着いた口紅が不快で、すぐに落としたかったのだ。

勝負の日、オーナーは審査員を一人増やしたと言って、彼女を連れて現れた。佐紀の目論《もくろ》み通りだ。そして選ばれた素材は「海老」だ。あまりに平凡な素材に畑山は慌てたようだが、佐紀は落ち着いて考えていた通り、海老をメインにトマト風味のコトリアードを仕上げた。

ブルターニュ地方の定番料理だが、味付け次第でイタリアンとしても楽しめる。

一口料理を食べた彼女は佐紀を絶賛し、それを聞いた他のシェフたちも彼女の判断に倣《なら》った。オーナーの恋人を蔑《ないがしろ》に出来るはずがなかったからだ。

還暦過ぎまで独身で、ずっと仕事に打ち込んで来たオーナーは、恋愛のややこしい駆け引きなどに長《た》けていない。女性が欲しいと言ったものを与え、したいと言ったことさせる。彼女が副料理長を決める勝負に出席したいと言えば席を用意し、素材を決めたいと言えばそうさせる。佐紀にはそれが読めていた。そして、彼女が店に来る度に佐紀に秋波を送っていたことも、もちろん気付いていた。

「オーナーは、ずいぶん彼女のことを甘やかしてたから、勝負の素材が彼女の一番の好物になるだろうことは分かってました」

「意外だな。君、女性とも出来るの」

「いいえ」

「そりゃあ性質が悪い」

女性とベッドを共に出来なくとも、心を奪うと言うのなら、ジゴロよりずっと性質《たち》が悪い、麻生はそう言っているのだ。

「まあ確かに、君の美貌《びぼう》は女性にも有効だろうけどね」

「畑山は、俺が何か仕掛けるなんて考えてもみなかったんです。あんな風に乱暴な口をきいてはいたけど、職人気質だし、変なところで一本気な奴《やつ》でした」

「畑山のことが嫌いだったのかい？　君が昇進に執着するとは思えないけど」

「昇進自体には確かに、関心はありませんでした。でも、早く一人前になりたかった。家族を養って、きちんと自立して、何が起きても自分が揺るがないように」

そうだ、昔から自分はそればかり考えていた。

父が早くに亡くなって、苦労をかけた母に楽をさせたかったし、まだまだ幼い弟妹も養わなければならなかった。そして何より、自分自身を確立しなければという思いがあった。

だから勝負に勝った後はもうどうでも良かった。

勝負の後、すぐに店を辞めた畑山のことはもとより、オーナーの女遊びは周期が早く、すぐにも次の恋人が出来てしまったので、二人のことは思い出すこともなかった。だからその後二人が顔を合わせ、彼女があの時の勝負の裏の事情を話したとしても、佐紀には知る由《よし》がなかったのだ。

「少なくとも、畑山は君のことをずっと思ってたようだけど。不本意な形とはいえ、店を持ったのも君への対抗意識だろう」

「俺は何とも思っていません。思い出したこともなかったし」

最近、本多が雑誌を持ち出して話題にするまで、畑山のことは本当に一度も思い出さなかった。淡々と答える佐紀に、麻生は少なからず驚いた表情をする。

「冷たいというか、……あの男も気の毒に。薄情な人だね、君は」

「薄情？　あいつのことが嫌いだなんて言ってません。気に留めてなかっただけです」

「それが残酷だって言うんだ。愛と憎しみは紙一重だって聞いたことがないか？　あの男は、一時も忘れられないくらい君のことを考えてた。ある意味君を死ぬほど愛してたんだよ」

「……よく分かりません」

「そうだろうね。多分君は、人に対する情緒が足りないんだ。一途《いちず》に一人だけを思い続けた弊害だな」

よく分からない。佐紀は手にしていた携帯電話に目を落とす。康平《こうへい》から、何件もメールが届いていた。今どこにいるのか、何時に帰るのか、心配している——そう尋ねる内容のはずだ。

「君の彼氏はそういった関係に気付かないのかな。それが不思議で仕方がない。いかにも愛憎のトラブルに巻き込まれやすそうなのにね、君は」

麻生の指摘は本当のことで、今回のことだけでなく、佐紀は職場でトラブルに巻き込まれたことが多々あるのだ。社会に出て仕事をしていれば面倒に巻き込まれるのは珍しいことではないだろうが、佐紀の場合に顕著なのはそのほとんどが色恋沙汰であることだ。

だが、康平にそれを話したことはない。恋人になる前も、後も、自分がどんな恋愛をして来たか、一度も話したことはない。

「畑山は、俺が仕事に愛情を持ってないことに気付いてました」

唐突にそんなことを言い出した佐紀に、麻生は怪訝《けげん》そうな表情をする。

「それで何か問題が？　技術さえ優れていれば、そこに心がなくても人はその食事を美味いと感じるはずだ。目にも見えない曖昧《あいまい》なものをさも大切そうに騒ぎ立てる輩《やから》は確かにいるけど、相手にする必要はないよ」

そういうことではない。

畑山の一言は佐紀を打ちのめしていた。仕事に愛情がない——それは康平と自分との関係を決定する、何か重大な意味を持っている。そんな気がする。

「自分でもどうしてこんなに仕事にしがみ付くのかよく分かりません。今まで養って来た弟たちも、じきに自立します。料理人の仕事にもう拘《こだわ》ることもないはずなのに」

「簡単だよ。一流店の料理人として必死に努力して技術を磨く。あの子が好きなのはそんな君だ。あの子は職業人としての君を尊敬してる。だから君は、演じ続けるしかない。好きでもない仕事を、必死で続けるしかない。あの子が傍《そば》にいる限り、死ぬまでね」

どうしてこの人は、人の一番痛い場所を的確に探り当てるのだろう。

一番聞きたくない言葉をこうして口にするのだろう。

耳を塞《ふさ》いでしまいたい、そう思うのに、自分の中のこの混乱を誰かに解き明かして欲しいとも思ってしまう。

「自分に価値が認められない君は、少しでも自分を高めようと自分に課してることが多過ぎて、それが結局自分の首を絞めて苦しくなって、余裕がなくなる。当然、他人は君のルールを知らない。だから、君はますます気難しくて不機嫌な人間に見える」

「……恋人に好かれたい、嫌われたくないって思うことは、それほどおかしいでしょうか」

「おかしくはないよ。だけど優等生でい過ぎるんだよ、君は。それに極端に自己評価が低い」

低いわけではないと思う。事実、自分には大した価値がないと思う。

「君にとって、君の恋愛は醜い、汚いことなんだろうね。いったいどうしてそんなことになったんだろう。彼が君を選んだ以上、君たちの立場はタイなんだよ。どちらが悪いとか、負担を負ってるとか、そんな風に思う必要は何もない」

「俺は……俺はずっと」

今、麻生に、誰かに何を言うべきではないと思う。ずっと堪《こら》えて来たのだ。だからこれからも、誰に打ち明けなくても大丈夫だと思っていた。それなのに、ずっと抱えて来た気持ちが喉元《のどもと》までせり上がって来ている。

「康平を好きでいることに罪悪感を感じてました。康平を好きになった高校生の頃からずっと。康平は純粋な、親切な気持ちで俺に接してくれてるのに、俺はそんな風に康平を見てませんでした」

「言ってしまえばいいのに」

麻生がグラスに水を注ぐ。

「本当の欲望を隠し続けて一生生きていけると思ってるなら、君はまだ人生を甘く見てる。

人間なんて、弱くて欲深くてみっともないもんさ」

「だからって、思うままに生きることは出来ません。いつも何かに備えていないと、不安で仕方がないんです」

麻生が肩を竦《すく》める。佐紀が何を言っているのか全く理解出来ないと言いたげだ。

「どうして君ばかり負担を負わないといけないんだろう。そんな風に、正しく清潔であり続けなくちゃいけないんだろうね？　恋愛は平等なはずなのに。どちらもが幸福でなければ嘘《うそ》だ。そう思わないか？」

単に麻生への反発心で、そうは思わない、と言おうとした。だが唇が思ったように動かない。

恋愛は平等だとか、恋愛をする上での幸福だとか、佐紀はそんなことを一度も考えたことがなかった。

康平が幸福で綺麗でいることが佐紀にとっての幸福だった。だから康平には汚いことは何もさせたくなかった。本当は自分の体に触れさせるのも抵抗があった。キスさえシャワーの後でしかしたくないし、入念に準備してからでしかセックスしないのは、康平を汚したくなかったからだ。

「康平は」

何度も何度も麻生の言葉を反芻《はんすう》し、ふと心の奥に落ちていた感情の小さな欠片《かけら》を見付けた。

一度それを見付けると、無視できないほどの大きさだったことに気付く。無視できないのは、それが真実だからだ。

「康平は、分かってないんです。自分がどれくらい損なことしてるか、どれくらい馬鹿なことをしてるか全然分かってない。でも一番悪いのは」

佐紀は俯《うつむ》いた。

「……康平にそれを教えてない俺だと思う」

「君は悪で彼は善で、君は自分を偽って、彼に釣合うようにしてる、と。でもどうだろう。そんなに単純な図式なのか？」

謎をかける言い方に、胡乱《うろん》な気持ちになる。どういう意味だ、と続きを促すと、麻生はにやりと笑う。

「さっきのパーティーで吉木《よしき》くんが連れてた女の子を見たろ。あれは取引先の社長の一人娘だ」

そして、麻生は日本で最大手の航空会社の名前を上げた。あの美術館に展示されていた絵画も、その会社の飛行機で空輸されたのだ。

「完全な箱入り娘で滅多に人前には出て来ないそうだけど」

はっきりと言ってみれば大金持ちのお嬢様ニートだ、と皮肉な口調で言った。そういった手合いの女が大嫌いなのだと見て取れた。

「社長が主催した内々の集まりで偶然吉木くんと出会って以来、夢中でいるらしい。『凛々《りり》しくて、爽《さわ》やかで、まるで王子様みたい』」

「…………」

「知り合ったことが本当に偶然なのかどうか、俺には分からない。社長は内向的な娘さんが外のことに興味を持って狂喜乱舞だ。これを機に、少しでも外に出ることを覚えて欲しいと考えてるんだろうね。出来れば吉木くんとの婚約を狙《ねら》ってるらしい」

「……婚約？」

「ずいぶん強引に話を持ちかけてる様子だよ。だけどあの子の方は、上手く距離を保ってる。純真でか弱く可憐《かれん》なご令嬢に、自分みたいな若造が近付くなどとおこがましい、そんな風に謙虚にね」

麻生は清々《すがすが》しそうな様子で康平についての所感を述べた。

「君が心配しなくても、あれは、顔がいいだけの可愛い坊やじゃない。社会を一人で渡ってる立派な男だ。もっとも、俺に比べれば半人前どころか四分の一程度だろうけど」

佐紀は呆然《ぼうぜん》と麻生の横顔を見ていた。

康平が、女性と付き合っているということだろうか。そんな話、聞いたことがなかった。

しかし、康平が佐紀に隠し事をしていたとしても何の不思議があるだろう。佐紀にしたって、どれほどの隠し事をしているか。

また、携帯電話が振動した。メールではなく、着信だった。バイブレーションの振動が怯えた小動物を連想させる。

時間は十二時を過ぎたところだ。パーティーを終えて、麻生のことを尋ねようと佐紀の部屋に来ているはずだ。そして佐紀の不在に気付いたのだろう。

帰らなければ。だが、今帰っても、康平と何を話したらいいのか分からない。

「麻生さん？」

すぐ傍でガラスが割れる音がして、驚いて携帯電話から目を上げると、テーブルの上でグラスが砕け、水が広がっている。麻生はソファの上で体を折るようにして腹の辺りを押さえている。

「気分が悪いんですか？」

「……大丈夫だ、手が滑った」

声が酷く緊張している。表情は見えないが、強張った肩が、呼吸の度に痙攣している。

只事《ただごと》ではない。佐紀は立ち上がり、麻生の体に触れた。支えればどうにか動けそうな様子だったので、真っ平らな板のようにぴんと張られたシーツの上に、靴を履いたままの麻生の体を横たえる。

「水か何か飲みますか？」

冷蔵庫にミネラルウォーターがあるはずだ。いやそれより、人を呼んだ方がいいだろうか。

救急箱はすぐ傍にあるが、役に立つものが入っているだろうか。

そう言えば、美術館に行く前に食事をした店でも、ワインではなくミネラルウォーターを飲んでいた。まだ仕事があるからと言っていたが、もしかしたらあの時点から体調が悪かったのだろうか。

そう考えながらベッドから離れようとしたその途端、手首を摑まれ、ベッドに倒れ込んでしまう。悪戯《いたずら》に成功した笑顔で、麻生が伸し掛かって来た。

佐紀は唖然《あぜん》としてなすがままになってしまう。

「まったく、君は気が強い割には隙《すき》が多過ぎる。世間知らずの女の子みたいだ」

「演技だったんですか」

「さあね」

ふざけた返事に、かっと頭に血が上る。本気で心配した自分が馬鹿だった。

佐紀は頭に来て部屋を出ようとした。しかし、その手首をベッドの中から麻生が再び摑んだ。

「帰るなよ」

引き寄せられ、抗《あらが》おうとしたが、先程の麻生の様子を思い出すと腕に力が入らない。

――――演技、だったのだろうか？

「前にも言ったろ。君が本当に俺のものになるまでは、困るようなことは何もしない。泊まって行けよ」

「明日も仕事なんです。食材を扱う商売ですから。二日同じ服を着て出勤するなんてだらしないこと、出来るわけないでしょう」

「服なんて、下のアーケードからいくらでも持って来させるといい。俺の名前を言っておけば君に似合う服やら靴やら、何でも山ほど持って来るさ」

「……仕事に派手な服を着て行きたくありません」

ここのホテルに入っているのは有名ブランドの店舗だけだ。

重ねた枕にもたれて、麻生はゆったりと笑っている。

「一度見てみたいな。君が、俺の選んだ服を着てるところ」

「永遠にないですね」

くだらない妄想をするなと冷たい言葉で突き放す。麻生はまた少し、笑ったようだった。

体調はいいらしい。さっきの様子が演技でなかったとしたら、だが。

「帰ります」

「病人を置いていくのか？」

「仮病なんでしょう？」

「仮病じゃなかったら？」

麻生が佐紀の目を覗き込む。

病んでいる人間が持つ暗闇を垣間見たように思うのは、自分が病んでいるからなのかもしれない。暗い色合いに過敏になっているのだ。

「俺は、最後の晩餐には、君が作った食事が食べたい」

いつもの戯言《たわごと》だ。

佐紀は諦めて、傍のソファに腰を下ろした。いつもの悪ふざけだと思ったが、もしそうでなければ病人を一人には出来ない。それに――

もう、今は何も考えたくなかった。

寝心地は抜群にいいはずのベッドなのに、やはり自分の寝床でなければ心許《こころもと》ない。

浅い眠りから醒《さ》めると、麻生は隣のベッドでまだ眠っている様子だった。先に帰るとメッセージを残し、佐紀はホテルを出た。

――頭が痛い。

午後の出勤までまだ時間はある。薬を飲んで眠れば少しくらいは治まるだろう。マンションに帰り着き、薄暗いリビングで上着を脱いだところで、音も気配もなく、康平が入って来た。

「康平……」

合鍵を渡しているのだから、こちらの佐紀のマンションに来ていてもおかしくない。麻生とのことを不審に思っているはずだから尚更だ。

「心配で眠れなかった。お前が帰って来ないいんじゃないかと思って。今までどこにいたんだ。麻生さんと一緒だったのか？」

言葉の通り、康平は酷く気怠そうだ。佐紀は緊張のあまり、口がからからになっていた。

「心配したんだ。あの後、会場の非常ベルが鳴って、大騒動になって……、お前の姿が見えないから、もしかしたら何か事件に巻き込まれてるんじゃないかって。携帯にかけても連絡が取れないし、どこにいるのか見当もつかないし」

「………」

「今までどこに？　夜中じゅう、外にいた訳じゃないだろ」

「……麻生さん、具合が悪くなって。そのままホテルに一緒にいた」

少し省略しているところもあるが、本当のことをそのまま口にした。康平にはたくさん嘘を吐《つ》いている。今、さらに新たな嘘を吐く罪悪感に耐えられそうにない。そもそも麻生とは一切何もなかったのだから、許されるはずだと思う。

しかし、熱を孕《はら》んだ風が一息にこちらに迫るかのように、康平が激するのを感じた。

「──康平？」

立ち上がると強引に佐紀の手首を掴み、ソファに押し倒す。胸元を掴まれたシャツは昨日着て出かけたものとは違う。ホテルで、麻生に買い与えられたものだ。康平の意図が明白で、佐紀はすぐさま抵抗した。

「嫌だってば！　康平‼」

一瞬、好きにさせようかとも思った。それで康平の気が済むなら、もう思うままにさせてしまおうか。けれど、――

――汚い。自分は汚い、自分に触れた康平を汚したくない。

麻生に告白したことで、佐紀の中でより明瞭《めいりょう》になったこの気持ちに、今また強く縛られてしまう。

「康平――駄目だ！」

康平を汚したくないあまりに、思わず手が出た。思い切り康平の頬《ほお》を打ってしまう。

高い音が上がり、怯んだのは康平よりも佐紀の方だった。見る見るうちに赤くなる康平の頬を見詰めながら、佐紀は真っ青になる。

「……ごめん」

「いいよ、俺も無理したから」

「ごめん……ごめん、冷やさなきゃ」

「いいってば。佐紀」

康平に左右の二の腕を摑まれる。座るように促され、ソファに腰を下ろした。

同じようなシチュエーションが最近、あったはずだ。

康平を汚したくないとか、痛い思いをさせたくないと思っているのは本当なのに、いつも結局、康平を酷い目に遭わせてしまう。結局、自分のことしか考えていないのだと思い知らされる。康平のことが好きだとか、失くしたくないとか思っているのは本当なのに、けれど佐紀が一番に考えたのは自分のことなのだ。

自分が、康平に嫌われたくない。その気持ちから逃れられない。

「……ごめん」

震える手が摑まれる。

嘘ばかりついている自分を、彼は何とか理解してくれようとしている。

お互いのすべてを明かし、許し合う。それが康平が考える恋人同士の関係だ。真っ直ぐな彼らしい、誠実な考え方だ。卑怯《ひきょう》なのは自分だけだ。綺麗なところだけを見せて、これが本当の自分だと偽っている。ならば、今の康平と佐紀の関係は、偽りの恋人同士でしかない。

このまま嘘ばかりついて、二人の仲が良好なものになるなどと佐紀だって考えてはいない。

恋人と体を交わすことに躊躇いがあり、セックスにも没頭し切れない。名前も知らないような他人と寝た方がまだ自分を曝《さら》け出せる。そんな不安定な関係がいつまでも続けられるとは、佐紀だって思っていない。

自分が何も定まっていないから、自分に自信がないから麻生や畑山のような人間に付け込まれてしまうのも分かっている。

だが、どうしたらいいのか分からない。自分自身すらもろくに大切にして来なかった。だから自分以上に大切な人を、どんな風に大切にしたらいいのか分からない。

「佐紀」

康平は、今度はゆっくりと立ち上がると、佐紀の前へ回る。そうして床に跪《ひざまず》き、佐紀を仰いだ。

「ちゃんと話してくれよ。いったい何がどうなってるんだ。何をそんなに苛々《いらいら》してるのか、何が不満なのか、お前の口から聞きたい」

「不満なんか何もない。言ってるだろ、……仕事が、今本当に忙しくて。それだけだよ。お前だってそうだろ」

そうだ、不満などない。

ただ不安なだけなのだ。この恋が終わるのはいつなのか。いつまで康平と一緒にいられるのか。

「嘘吐くなよ。お前のこと、十年見てるんだぞ。何か問題があることくらい分かる」

「ないよ。あったとしても、お前のせいじゃない……お前は何も悪くない」

「最近、ずっと仕事仕事で忙しかったのは謝る。親しいからって——恋人だからって、仕事をお前に頼んで、無理させてるのかもしれない。お前が不愉快に思うのも無理ないと思う」

「そんなこと、問題じゃない」

自分がどうしてこんなに不安定でいるのか、康平が心配するほど取り乱しているのか、その理由は全部分かっていても、何一つ話す訳にはいかない。

「康平から仕事を受けるのに礼儀がどうとか考えたことない。お前がやれっていうことだったら、俺はどんなことだってやるよ。だから、そういうことじゃないんだ」

「だったらどうして、麻生さんとのことを黙ってたんだ。いつの間に仲が良くなったのかちゃんと話してくれよ」

「……別に、わざわざ話すほど親しくなった訳じゃないから」

「それほどじゃないって？　あのオープニングパーティーは著名人しか招待されてない。同行者も近親者だけに限定されてる。麻生さんだってもちろん分かってるはずだ。誘われたなら、家族に近いような余程親しい間柄だっていうことだ」

貴重な美術品が集められた場所だ。身元がはっきりとしない人間はおいそれとは入れられないということだ。

「――麻生さんと、何か、特別な関係なのか？」

「……特別？」

「俺に言えないような、そんな仲なのか？」

伺うように慎重に放たれた言葉に、佐紀は我を失う。

「そんなんじゃないって言ってるだろ！　ゲイだからって会う男会う男と関係を持つわけじゃない！」

「……そんなこと言ってないだろ」

一方的に激昂《げっこう》しているのは佐紀だけなのに、康平の口調は優しい。

「俺が言いたいのは、今の俺は、お前に何を聞いても構わない立場にいるんだっていうことだろ。麻生さんとお前の間に秘密があったとしても、俺にはそれを知ることが許されるはずだろ」

康平は、興奮している佐紀を宥《なだ》めようとしてくれている。彼は善良な人間で、恋人である佐紀に悪行があるとは決して考えない。きっと何か事情があるのだと、佐紀の潔白を信じてくれている。

そうして気付いた。

自分は、自分こそは、康平のことを何一つ信じていないのだということに。

康平が自分と一緒にいてくれるのは、ただの同情だとか、優しい彼が佐紀を突き放せなかったせいだとか、そんなことばかり考えて、いつか自分たちの関係が破綻《はたん》すると確信しているのだ。

「だったらどうなんだよ」

頭の中でやめろと声がするのに、やめることは出来なかった。いずれ自分は康平に手酷く傷つけられる。

だから今、先に傷つけてしまっても、きっと罪にはならない。

手に入れたら終わりではないのだ。恋だけではない。手に入れたら、次は必ず失うことになるのだ。そのお終《しま》いの瞬間が、いつ訪れるか分からずにただ怯えて待ち続けるしかないのなら、自分で幕を引いてしまいたい。そう思うくらいに。

「だから最初に言っただろ。俺は清潔でも純粋でもなんでもない。お前と付き合う前だって、別の奴と平気で寝てた。そう言ったよな」

まだ俺がお前を手放せる間に、一人に戻れる間に、俺から離れて欲しい。

「聞いたよ」

康平は冷静に答えた。

「聞いたけど、俺はそんなことは気にしないって言っただろ？　俺は、あるがままのお前でいい。それが自分のものになるなら充分なんだ」

それは今の康平のありのままの気持ちなのだ。佐紀が何より欲しいと思う、彼の気持ちなのだ。それなのに、佐紀は今、康平に上手く応えることが出来ない。

康平は安心させるように、その大きな手のひらで佐紀の後頭部に触れた。恋人同士、という関係に囚《とら》われない、優しい触れ合いだった。

「明日から大阪に出張なんだ。あっちの担当者と一緒に名古屋に出て……少し長くかかる。帰るのは明後日になる」

「じゃあその間、……少し、考えさせて欲しい」

「考えるって、何を？」

「これからの、俺たちのこと。……これから、どうするのか」

「嫌だ」

康平は即答した。その表情は青褪《あおざ》めている。

「別れるのは嫌だ。俺は、お前と別れる気はないからな」

その言葉に、指先が震えるほどの喜びを感じた。

「だから、考える時間が欲しい。お前とのこと、どうしたらいいのか……分からない。冷静になる時間が欲しい」

別れたい、と言っているのではない。ちゃんと言葉に直せるように自分の気持ちを整理して、落ち着いて康平と向き合いたい。そう告げると、康平はようやく頷《うなず》いた。そっと佐紀を抱き寄せて、ただし、と前置きする。

「麻生さんと二人きりで会うのはもうやめて欲しい」

「……もうしない」

康平の匂いに包まれて、幸せなはずなのに、佐紀は嘘を吐いた。

麻生が簡単に、狙った者を諦《あきら》めるとは思えない。今は意のままでいるしかない。だが康平に不安な思いをさせたくない。

だから仕方がない。この嘘を吐くしかない。

「お前が嫌がるなら、絶対にもう会わない」

それは今日にも破ることになる約束だった。

今日、仕事が終わった後、麻生と出掛ける予定だったからだ。断るべきなのは分かっていたが、康平との関係を世間にばらすという脅しをまた、聞かされるのは嫌だ。すべてを正直に話すことだけが正解だとは思わない。余計な心配をさせたくない。

今まで通り、嘘を吐いて隠し通せばいいだけだ。大丈夫、きっと上手くやれる。

仕事が終わって、着替えを済ませる。

いつもなら、汚れたコックコートを脱ぐと、それで少し、疲れが楽になるような気持ちになるのに、今日はただただ気が塞ぐばかりだ。

——仕事を、辞めてしまおうか。

ふと、そんなことを思った。

毎日毎日、こんなに遅くまで働いて、くたくたになって、その先に何か見えるものがあればいいけれど、何も見えない。

仕事を辞めて、どこか遠くに行きたい。そんなことが出来るはずもないし、そもそも仕事を辞めて、何をしたらいいのか全く分からない。別に行きたい場所も、会いたい友人もいるわけではない。

——本当につまらない人間だ。

裏口から店を出ると、そこにはもう、麻生の車が停まっていた。佐紀は溜息を吐いて、挨《あい》拶《さつ》もせず助手席に乗った。

「ずいぶん早いんですね」

「きっとあの子と喧嘩《けんか》になっただろうと思って。結果が聞きたかった」

何という悪趣味だろう。佐紀は呆《あき》れてしまい、皮肉を口にする気にもなれない。

「喧嘩させるために、仮病を使って、俺を引き留めたんですか？」

「さあね」

麻生は運転席に座ってエンジンをかける。康平と佐紀との揉《も》め事に興味津々の様子を隠さない。

「まあ俺は君たちが別れてくれれば万々歳だから、少しくらいはそんな気持ちも持ってるよ。で、喧嘩の結末は？　その表情だと上手く仲直りが出来た訳じゃないようだけど」

佐紀は返事をしなかったが、麻生には経緯がすぐに知れたようだ。軽やかに車を発進させ、横顔のまま話し続ける。

「まあそうなるだろうな。恋人が自分以外の男を連れて予想もしない場所に現れた挙句、一晩家に帰って来なかったんじゃあ、悪い想像もしたくなるだろう。普通のことだよ」

「普通って……そもそも、男同士ですよ」

「恋愛してる普通の二人だよ」

佐紀の自虐癖を、この人は簡単にいなしてしまう。

康平のように深刻に受け止めたり、一緒に悩んだりするのではなく、大人の対応でさらりと受け流してしまうのだ。それが今の佐紀には有り難かった。

少なくとも、麻生といる間は、相手の一挙一動、一言の意味を深く探る必要がない。麻生は佐紀がどういった人間であるかを熟知しているからだ。

運転をしながら、麻生はちらりとこちらに視線を向けた。

「今日は美味い肉を食べさせる店を予約してたんだけど、そんな雰囲気でもなさそうだね。キャンセルしよう」

工業地帯の奥に、恐ろしく美味い牛肉を食べさせる焼肉屋があるという。生肉についてはここのところ厳しい規制がかかっているが、先に予約を入れておけば、こっそりと新鮮な刺身も食べさせるということだ。

拒否権はないのだろうし、どうでも構わなかった。

黙っていると、やがて麻生が運転する車は都心から郊外へ向かう。一時間ほど走っただろうか。車が停まったのは、有名な高級住宅地を、さらに少し過ぎた場所だった。深夜の折、辺りは人の気配もなく静まり返っている。

こんな場所に何があるのだろうと訝《いぶか》しく思う。

それぞれの屋敷の敷地が途方もなく広く、外壁も高い。暗闇が濃密に感じる。

その街の一軒に麻生は佐紀を招いた。明かりが点《つ》けられておらず真っ暗だが、少なくとも、レストランではないと分かる。いったいここがどこで、何故《なぜ》、麻生がここに自分を連れて来たのかまったく分からない。

「……ここは？」

「今度は昼間に連れて来るよ。おいで」

玄関の明かりが点けられた。

目の前に、空間が広がる。佐紀は西洋式の玄関ホールに立っていた。重厚な敷石と、木製の柱は蜜《みつ》のような艶《つや》を持って光っている。この家は大きな洋館であるらしい。それもずいぶん歴史の古い建物だ。

「以前は英国にあった貴族の建物でね。味のある造りだろう、必要な建材を一式、長い時間をかけてあちらから船で運んで来た。厨房は旧式だけど立派だ。もちろんきちんと改修してレストラン仕様にするつもりだけどね」

「レストラン……」

「そう。君の店だ。君の店で、俺のための店にするつもりだ」

すぐ背後から、麻生の強い意志が籠《こも》った声が聞こえた。

周囲が一瞬でいきなり色付くのを感じた。麻生の頭の中にあるイメージが、佐紀にも伝わったのだ。まだ何の装飾も調度も運び込まれていないこの屋敷が、麻生の美意識によって美しく飾り立てられた後の様子がはっきりと脳裏に浮かんだ。

すべてに贅《ぜい》を凝らし、客が美食を味わう場所。美食とは、この世の中で一番短い旅行だと麻生は言った。

美しい空間と美味い料理。

それさえあれば、人は日常から心を飛ばすことが出来るのだ。そして体の外からだけでなく、内側から充実させることが出来る。だから美食は偉大なのだと、麻生は言う。美味い食事のために世界を飛び回る人間もいるけど、馬鹿げた話だ。最高の料理人を一人捕まえれば、どこに行かなくてもいつも最高の美食を口にすることが出来るのに。

「必ずこの店を、美食の殿堂と呼ばれるまでにしてみせるよ。もちろん君がトップシェフだ。ただし、メニューに載せるのは、全部俺の好みの料理だ。儲《もう》けは度外視していい。この店に来れば、俺が食べたいものをいつでも食べられる。そんな店にしたいんだ」

「勝手なことを……」

佐紀は呆れ果ててそう呟いた。

麻生が主催するレストランのトップシェフ。

それがどれほど栄光ある立場であるか、佐紀にも分かる。本来なら簡単には手に届かない立場だ。

「この夢が叶えば一生涯美食には事欠かないとして、問題は今の空腹だ。君の手料理が食べたい」

大真面目な顔で麻生はそう言った。

「いつも弁当作ってるじゃないですか」

「弁当は冷めてる。作り立ての、温かい食事が食べたい。君の手作りの」

相変わらず、我儘《わがまま》な子供みたいだ。

思いのままのレストランを造ろうかという人が今空腹を堪えているというのは、確かにおかしい。

「こんないきなり、大したもの作れませんよ」

「二十四時間開いてるマーケットを知ってる。適当に材料、揃えてよ」

「……我儘ですね」

佐紀は苦笑いした。

何だかもう、このやりたい放題ぶりにもすっかり慣れてしまって、思うままに生きるこの人のことがいっそ清々しいように思えて来た。

何にも囚われず、何の憂いも心配も無く、そんな風に生きるこの人が羨《うらや》ましいとさえ思った。

「うちに来たいならどうぞ。俺も、外で食事したい気分じゃないです」

「本当に？」

「食べたいんでしょう。作りますよ」

自分の手料理を食べて、素直に喜んでくれる顔が見たい。自分はどうあっても、料理人なのだな、とおかしなところで感心した。

「メニューは何がいいんです？」

「何でも。君の作るものなら何でも食べるよ」

「前にも話した通り、家で作る料理は仕事で作るメニューとはまったく違いますから。質素過ぎてがっかりしないで下さい」

「だったら、普通の家の、普通の食卓に並ぶようなものが食べたい。君が弟や妹のために作ったような。俺の家じゃあそういう料理は、あまり出なかったから」

麻生のプロフィールを思い出した。いわゆる上流家庭の家庭料理など佐紀は知らない。だが、麻生曰くの普通の家の普通の食事、というものは、彼からすれば世界で一番距離のあるちょっと練習すれば自分でも作れますよ」

「だったらどうしていつもレストランに行くんですか。普通の家に並ぶような料理なら、ち

食べ物なのかもしれない。

「そうは言っても、一人で食べる家庭料理ほど虚《むな》しいものはないよ」

それもそうだ。

華やかさはなくとも、必要な栄養や愛情が込められた料理が一番体に優しいのは言うまでもない。そして、個人から個人への愛情が流れるのが家庭料理だ。

それを一人で食べるという行為は、「虚しい」に他ならないだろう。

佐紀は思わず吹き出していた。

「あなたが真っ当なことを言ってるの、初めて聞いた気がします」

「俺は君がそんな風に笑ってる顔を初めて見たよ」

そうかもしれない。

ここのところ、こんな風に笑うのをずっと忘れていた。

片手鍋に湯を沸かし、出しの素になるいりこを入れる。康平は佐紀が作ったものは何でも

喜んで食べてくれるが、味噌汁《みそしる》はいりこが一番好みだ。

湯が沸くまでの間、肉と野菜を刻んで下味を付ける。ハーブはドライタイプの瓶詰《びんづめ》なら常に数十種類用意しているが、いちいち種類を確認しなくとも、すぐに目的のものを手にすることが出来る。

辛《つら》いことも多い仕事だが、こんなときは長く続けて来て良かったと心底思う。

仕事は生活を支えるだけでなく、自分自身を作り上げていくものだ。高尚な人生観など持ち合わせていないが、仕事を続けていて良かったとだけは思う。

麻生はキッチンで立ち働く佐紀を遠くから見ている。傍に来ないのは、火や刃物を使っている佐紀を邪魔をしないよう配慮しているのかも知れない。康平は酒が入っているときは、時々つまみなどを作っている佐紀を後ろから抱き締めて来ることがある。邪魔だと思ったことは一度もなかったが。

「さすがに家庭用の台所に立つのも様になってるな。料理はいつからやってるの？」

「小学生のときかな。父が亡くなって、母が仕事を始めたので。母が仕事でいないとき、食事を作るのは俺の役割だったんです。妹はともかく、弟二人は育ち盛りだったから、手早く作れて量があって、なるべく低予算で済むメニューばかり作ってました」

高校生になって、すぐにアルバイトを始めた。レストランを選んだのは、料理を覚えながら金が稼げたらいいのに、と思っていたからに他ならない。

「冷蔵庫を開けて、空っぽのときの絶望感と来たら。何しろ子供が三人でしょう。どれだけ作っても足りないくらいなのに」

「子供は、君もだろ」

「そう言えばそうですね」

佐紀は笑った。

「散々家事をして、食事を作って、料理なんかもう二度としたくないって思ったときもあったはずなのに。どうして今、料理人をやってるのかって考えたら正直よく分からないんです。必要に迫られてその都度《つど》選択してたら、いつの間にかそれが仕事になってた。――どうぞ」

作った食事をテーブルに並べる。仕事柄食事の時間が不規則になるのは慣れてはいるが、午前二時を回っての食事だ。

いったいこんな時間に何をやっているのかとも思うが、久しぶりに誰かと食べる食事を作るのは思いの外楽しかった。

炊飯ジャーから客用の茶碗《ちゃわん》に白米を盛っていて、そうだ、と呟《つぶや》いた。

「麻生さん、漬物とかは食べられるんですか？　良かったら切りますけど」

何の気なしに尋ねて、冷蔵庫を開く。その扉が背後から伸びた腕に閉められた。はっとして振り返る。遠くから自分を見ているとばかり思った麻生が、すぐ背後にいた。

「……麻生さん」

「あの時、助けなきゃ良かったな」

麻生はそう言って、いきなり佐紀の体を肩に担ぎ上げた。そのまま冷蔵庫から引き離され、リビングを出て真っ直ぐに寝室へ連れ込まれる。ごく普通のマンションで、それほど広い部屋でもなく、玄関とリビングに通しただけでも寝室の位置は麻生にもすぐに分かるはずだった。ベッドに放り投げられ、思いも寄らない事態に虚勢を張ることも出来ず、佐紀は啞然としていた。

「な、何……⁉」

スプリングの上で体は跳ねたが、痛みはなかった。だが体勢を整えて体を起こす間もなく、麻生が伸し掛かって来る。

「何するんですか！　放して下さい！」

「君は、警戒心が強いんだか弱いんだか分からないな。でもまあ、やっぱり世間知らずだよ」

上着を脱ぎ、ネクタイを緩める。その腕が佐紀のシャツを摑んで左右に引き裂いた。それでも佐紀はまだ事態が呑み込めずにいた。

普通の食事が食べてみたいと言われて、つい笑ってしまった。ずっとぴりぴりと緊張していた気持ちが解《ほぐ》れて、麻生が望むままにさっきまで彼のための食事を作っていたのだ。麻生は散々佐紀を脅しては来たが、窮地を救ってくれたこともあり、本当に佐紀を傷付けたことはなかった。だから、いつの間にか彼への警戒心を失っていた。

「畑山に、あのまま連れ去られていたら、輪姦《りんかん》されて、まあ多分、あの手合いのことだから
その様子を動画なりで撮影されただろう。それをネタに君は脅されて、大変な代償を支払う
ことになる。今の仕事も手放さざるを得ない。そうなったとしても、俺は決して君を見捨て
ることはしないけど、さあ、あの子はどうだろう？」
「…………」
「傷付いた君を見捨てるような男じゃないと思いたいけど、いかんせん社会人になって六年
目じゃあ、大した権力は持ってない。俺が出来ることとは比べるべくもない。いつだって君
を助けられるのは俺だ」
素肌が視線に晒《さら》される。康平にさえ、滅多に触れさせることはしない場所を、麻生は見下
している。佐紀は真下から麻生を睨《にら》み上げた。
「最初から、こんなつもりだったんですか」
「いいや。大人しくご馳走《ちそう》になるつもりだったよ。このメールを見るまではね」
麻生が示したのは、佐紀の携帯電話だ。
「それ、俺の携帯……」
「あと三十分で、ここに着くらしい」
明後日帰るはずだった康平の予定が急遽《きゅうきょ》変わり、こちらに向かっているというのだ。こ
こに康平が帰って来る。今、こうして麻生とベッドにいるこの場所に。

「この状況を見せるだけじゃない、既成事実もきちんと作っておく。三十分もあれば余裕だ」

「最初から絶対に、俺と康平を別れさせるつもりでいたんですか？」

「そうとも。俺は悪者だからね。それに、少しばかり焦ってる」

どうにか麻生の腕を振り解こうともがいて、佐紀は呻《うめ》いた。怪我をさせられるような滅茶苦茶な力加減で押さえつけられているのではない。けれどどういったやり方なのか、関節が完全にロックされていて動かすことが出来ない。

畑山とのトラブルがあったとき、自分は優男だから力仕事には向いていないと非常用警報器を鳴らしていたが、あれは単に畑山とやり合うのが面倒だったからだ。恐らく、何か武道を修めているのだろう。

「痛い思いはさせない。ただ急がないとならない事情が出来た。それだけだ」

早くしなければ康平が帰って来てしまう、ということだろうか。だが問いかけることは出来ない。体重をかけられ、体がいっそうベッドに沈み込む。

佐紀は息を呑んだ。大きな手のひらが脇腹《わきばら》を包む。そのまま撫《な》で上げられ、不快なだけでなく、肌が粟《あわ》立った。

佐紀の様子に、麻生は目を細めた。

「他愛ない。余程、あの子とじゃあ満足させて貰えないんだろう」

「ちが……！」

「違う？　こんな些細《ささい》なことで、簡単に感じるのに？」

淫乱《いんらん》、と責められたような気がして、佐紀は必死でかぶりを振った。

「確かに困るだろうな。こんなに欲しがりなのが知られたら」

「うぅ……」

呼吸が弾んで、体が甘く痺れる。的確に佐紀の弱い部分に触れる、その指先は信じられないほど狡猾《こうかつ》だった。

甘い香りがした。麻生がコロンを付けていることを知らなかった。こんなにも近くで触れられるのが初めてだからだ。

頬に触れる唇は羽根が触れるように優しく、けれど足の間へと滑り込む手のひらは、強引で大胆だ。

「や……！」

彼を押しのけようとするその手首を取られ、体から大きく引き離される。その腕の中の空白に麻生は堂々と入り込む。

「諦めた方がいい。君のためだ」

麻生は本気だ。本気でここで、佐紀を犯そうとしている。その状況を把握し、受け止めたのに、どうしてか抵抗する力が湧かない。ここで抵抗して、下手に時間が過ぎて、帰って来た康平に犯されているその瞬間を見られる方がずっと辛い。

この状況でそんな計算をしている自分にも呆れる。

そうだ、さっき自分でも言っていたではないか。自分はいつもそんな風に、そのときの選択に従って来た。結果など考えてなかった。平気で人を傷つけたし、秘密もたくさん持った。だからもう罰を受けるべきなのだ。

一番大切な人を失うのだ。そうしてこの先も、自分を偽って生きて行く。

そんな自分は、もう――いなくても。

「佐紀?」

声の主は康平だった。メールで告げられた予定より、もっと早い。

佐紀の体を戦慄が走り抜ける。こっちに来るなと怒鳴ろうとして、けれどすべてはもう遅かった。寝室の扉の前で、康平が立ち尽くす気配がある。

「何……なんで」

佐紀が無理矢理押し倒され、抵抗しているのは分かったらしい。凶暴な空気が一瞬で部屋を満たした。

猛然と康平が麻生に襲い掛かる。

「駄目だ! 康平!」

麻生の体が、文字通り吹っ飛んだ。佐紀は起き上がり、必死になって康平の腕に飛び付いた。衣服越しなのに、その体が火のような熱を持っていることが分かる。それは康平の怒り

の温度だった。まさに烈火のごとく、康平は憤っていた。

自分では、康平の激情を抑えられない。

「麻生さん、立って、帰って下さい。とにかく今は……」

帰って欲しいともう一度繰り返し、背後を振り返った。だが、麻生は体を二つ折りにした不自然な姿勢で床に伏している。

康平に殴られたからではない。あの時——畑山とのトラブルがあって二人で向かったホテルでも麻生はこんな風に、青い顔で腹部を押さえていた。

「麻生さん……？　麻生さん！」

麻生は返事をしない。目を開けもしない。血の気が完全に退《ひ》いた顔色に、佐紀は立ち竦んでいた。

佐紀は救急外来の受付に置かれているソファに座っている。

痛みのせいなのか、それとも別の症状があるのか、意識こそしっかりしていたようだが、麻生は自力では立ち上がれないような状態だった。結局、救急車を呼び、康平と共に付き添ってこの病院までやって来たのだ。

処置室に入っていた康平が出て来た。

「……麻生さんは？」

「今、点滴を受けてる。朝になったらすぐに別の病院に移るらしいよ。もともとそっちにかかってたって」

「病気なのか？」

「詳しくは聞いてない」

康平の口調は冷ややかだ。佐紀の目を見ようとしない。病人を無事に病院へ連れて来たとはいっても、二人の問題は何も解決していないのだから。貴重なパーティーに誘われるような間柄ということは康平も知ってはいても、どうして麻生が佐紀のマンションにいたのか、そこから説明しなければならない。だが、病院で言い争いをするわけにもいかない。

ずっとどうにか遠ざけようとしていたものに、とうとう向き合うときが来たのだ。それでも尚、佐紀の頭にあるのはどう康平を宥めようか、このことをどう誤魔化そうかというそんなことばかりだった。

康平にはあまり体に触れさせない癖に、他の男は平気で部屋に招き入れる。そんなふしだらな人間だと思われたくない。

タクシーで佐紀のマンションまで帰った。車中、会話は全くなかった。

帰り着いたマンションのリビングで、康平が佇《たたず》んでいる。何を見ているのかはすぐに分かった。佐紀が麻生のために用意した食事が、テーブルに並んでいる。すっかり冷めた料理はまったく手が付けられていない。

康平は引き出しからゴミ袋を出すと、黙って皿の上の料理を捨て始めた。

「康平」

声を掛けても、康平は手を止めない。

「……俺がやるから」

「いい。お前はシャワー浴びて……着替えて来いよ」

そう言われて、自分のシャツが派手に破けているのに気付いた。麻生に襲われたときに引き裂かれたものだ。これに上着を一枚引っ掛けただけの格好で病院にいたのだ。

「見て分かると思うけど、何もなかったから。ベッドに押し倒されただけで」

康平が手を止めた。そうしてこちらを振り返る。

「だけ？」

「………」

「お前、自分が何を言ってるのか、分かってるのか？」

その眼差《まなざ》しの鋭さは佐紀を戦慄させた。

何の失言があっただろう。分からない佐紀は、湧き上がる焦りと恐怖をごくりと飲み込んだ。

「充分何かあったろ。俺には充分ショックだったよ。恋人が、別の男にベッドに押し倒されてた。それが何もなかっただって？　よくもそんな――」

「康平……」

「どうしてそんなことになったんだ。この前のパーティーで、お前と麻生さんが一緒にいるのをいきなり見たときもびっくりしたけど、なんで部屋に上げて、飯を作るようなことまでしてるんだ」

「もともとは、麻生さんは店の客で、麻生さんが将来開くレストランに来るようにスカウトされて、それで――」

危うく、脅されていた、と言いそうになって、佐紀は口を噤んだ。

同性の佐紀と恋人でいるということは、脅迫の材料にもなるリスキーなことなのだと、康平に気付かれてはいけない。

この期《ご》に及んで、佐紀はまだそんなことを考えていた。

「それで、仕事のことで相談するようになって、話を聞いてもらったり、アドバイスを貰ったりするうちに、だんだん」

「仕事って、俺が頼んでたプロジェクトのコンセプト？」

「…………」

それを肯定したら、麻生と近しくなったのは、康平のプロジェクトを引き受けたせいになってしまう。佐紀は、自分は決して口下手な方ではないと思っていた。平気で毒も吐くし、康平を言い負かしても来た。康平を守るためなら、嘘くらいいくらでも思い付くはずだと思っていた。

だが、実際には綻《ほころ》びだらけで、いっそう康平に不信感を与えてしまっている。

「それだけじゃなくて、麻生さんは食通だから。うちの店の仕事のことでも改善したらいいところとか、次のメニューのアイデアとか」

「待てよ。おかしいだろ、それ。お前、俺と約束したよな？　もう麻生さんと親しくしないって言っただろ」

「でもすごく親切にしてもらって……、いいアドバイスもいっぱいもらったし、俺が知らないような店に連れて行ってもらって、シェフを紹介してくれたり、付き合っててメリットだってあったから」

「親切って、お前、麻生さんがどんな人なのか分かって言ってるのかよ。いいか、麻生さん自身も普通じゃないけど、麻生さんの家がどういう——普通の人間が相手を出来るような家柄じゃない。だから俺は近付くなって——」

そして康平ははっと息を呑《の》んだ。

「脅されてたのか？」

佐紀は頭を抱えたくなった。こんなときは、康平の勘の良さがいっそ憎たらしくさえ思える。

黙っていてはいけない。沈黙は絶対に状況を好転させない。沈黙が生むのは、悪い想像と余計な混乱だと佐紀も分かっていた。だから、もうどうしようもなく、真実を口にしてしまう。

「お前が、俺と付き合ってるってこと、お前の会社にばらすって」

「……何で、それ」

手にしていたゴミ袋を床に放り投げる。

「それ、何で今まで黙ってたんだ」

「何でって……。俺があの人に付き合えばばらさないっていう約束だったから。それも別に、何かされるとか、そういうことじゃなくて、ただ弁当作ったり、一緒に食事するだけで……」

何とか言い逃れたつもりだった。これだけではまだ康平を完全に納得させられはしないだろう。だが、理路整然と話しさえすれば、佐紀も追い詰められた上でのことだったと分かってもらいさえすれば、何とか拗《こじ》れずに済むのではないか。

「俺が上手くやればよかったんだ。出来るつもりだった、康平に迷惑かける前に、ちゃんと始末するつもりで――」

「ふざけるな!」

一喝《いっかつ》され、佐紀は口を閉じた。

「いい加減にしろ！　俺とお前のことでお前が困ったなら、俺に一番に話すべきだろう！　何でお前一人で抱え込んだりしたんだ！」

拳《こぶし》でテーブルを殴る。康平がそんな風に激昂する姿を見るのは初めてのことで、佐紀は目を見開いたまま立ち竦んでしまう。

「……面倒だって思われたくなかったんだ」

「面倒？」

「俺と付き合ってると、面倒で損ばっかりするんだって、気付かれたくなかった」

下を向いたまま、佐紀は必死に言葉を紡《つむ》ぐ。

「康平はいつか俺と付き合ってることが間違いだって気付く。俺は、康平が今まで付き合って来た相手とは違う。俺は、男だから」

「そんなこと、十年も前から分かってる！」

そう怒鳴るなり、佐紀の腕を摑む。佐紀が抵抗する暇もなく、連れ込まれたのは寝室だ。ほとんど突き飛ばされるようにしてベッドに押し倒された。いつもはきちんとベッドメイクされているシーツは既にぐしゃぐしゃになっていた。さっき、麻生に、同じことをされたからだ。

「康平……!?」

「俺とお前のことなのに、面倒だって？」

シーツの上から康平を見上げ、佐紀は慄然としていた。

康平は怒りのあまり青褪め、佐紀を見下す眼差しは心臓を射抜くほどに鋭い。

康平はいつも明朗快活で、気質も穏やかだ。皮肉を口にするのは、怒るのは、佐紀の方ばかりだった。

「あんまり俺を舐《な》めるなよ」

いきなり顎を摑まれた。目の前に怒りに燃える康平の双眸《そうぼう》がある。

「お前は、恋愛を甘く見てる。そんな風に色んなことを隠したまんまでやっていけると思ってるなら、お前は恋愛も、俺のことも、何にも分かってない」

そう言って、いきなり胸倉を摑まれ、体を引き上げられる。殴られるのかと思ったら、腹這いにベッドに押し付けられた。

しゅっと、風を切るような音がして、康平がネクタイを外したのが分かった。佐紀は怯え、肩越しに康平を見遣る。

「……何、す………！」

「暴れるな。折れるぞ」

その言葉の通り、手首は関節に逆らうように戒められ、ほんの少し力を入れただけでぎりぎりと骨に食い込む。

「康平、手首、痛い……」

震える声で、手首の戒めを解いて欲しいと哀願を繰り返した。

「手首が……」

「駄目だ」

佐紀は心底驚いた。

佐紀が嫌だと言って、康平がそれを跳ね付けたことなど今まで一度もなかった。

「解いて好きにさせたら、どうせ俺にはばれないだろうってまた何だかんだ誤魔化すんだろ」

「康平、……」

「お前の反論も抵抗も、一切認めない。今日は、最後までするからな。俺がやりたいようにする」

そして悟ったのだ。康平は本気で憤っている。麻生に体を触れさせた自分に本気で怒りを感じ、そして罰しようとしている。その罰とは、佐紀が最も恐れていたものだ。

佐紀のシャツの胸元に手をかけると、一気に左右に引き裂く。麻生に半ば破られていたものだから、それは呆気《あっけ》ないほど簡単だった。さらにジーンズのホックを外し、強引に引き下ろして足で蹴り下ろした。

ほとんど裸に剝《む》かれ、我に返った佐紀は死に物狂いで暴れた。康平は本気だ。今、このベッドの上で、自分を抱こうとしている。それも、佐紀が一番嫌がる形――康平本位でのセックスだ。

「暴れるなよ。足開いたまま縛られるのは嫌だろ」

お前はもう何も隠せないし、嘘も吐けない。

ずっと嘘を吐き続けたお前は、今から罰を受けるのだ。

その恐ろしい気配に佐紀は足をばたつかせたが、抵抗も虚しく再び腹這いにさせられた。尻に手をかけられ、康平が何を考えているのか察して、佐紀は慌てて息を詰め、足を固く閉じる。だが、康平が呆れたように言った。

「いつまで強情張るつもりだ。諦めろよ」

腹の下に手を回されて、腰を高々と掲げさせられてしまう。そこを容赦なく割り広げられれば、怯えて縮こまっている性器はもちろん、いつもはそっと息づいている場所も康平の眼前に曝け出されてしまう。

羞恥《しゅうち》のあまり、枕に顔を押し付けて耐えるしかない。

「……こんなだったんだ、ここ……」

子供のような、無心な口調で呟く。康平は左右に割り裂かれた佐紀の尻を、ただ一心に見詰めているようだ。

そこは、数少ないセックスのときにも、康平には決して見せないようにしていた。もちろん指で触らせたことくらいはあるけれど、佐紀が事前にシャワーを浴びる際、ジェルを使って自分である程度解しておき、康平が愛撫《あいぶ》する手間を少なくしていた。信頼出来るパートナーに愛撫と共に解してもらうのが本来だろうが、康平にそこに触れさせるのはどうしても抵抗があったのだ。

だから、康平は佐紀のそこが普段はどんな様子なのか、まったく知らなかったのだ。

「ずっと見てみたかったんだ、そうか、だからあんなにきついのか」

自分が挿入する場所なのだから興味を持つのは当然だ。体内側にきつく絞り込んだような狭い場所を、康平はしげしげと見つめ、物珍しげに触れてくる。

「あっ……！」

指のざらつく感触に、佐紀は短く悲鳴を上げ、康平を顧みた。

「康平……！」

「動くな。見えなくなる」

最初はそっとつついたり、指の腹で表面をなぞってみたりと遠慮がちだったのに、その指の動きはだんだん大胆になった。

「…………うぅ……」

佐紀は枕に頬を押し付け、羞恥に耐えた。

乾いた指先が、繊細な粘膜を何度も擦《こす》り立てる。そんな風に戯《たわむ》れて、表面は固く窄《すぼ》まっている場所が意外にも柔軟性を持っていることに気付いたようだ。

尻を左右の手で鷲掴《わしづか》みにされ、しばらく柔らかさを確かめるように揉み込まれる。尻の狭《はざ》間《ま》の皮膚が突っ張るほど大きく開かれると、内側の粘膜が外部に向かって捲れ上がってしまう。

「いや…………っ」

一頻《ひとしき》り触れて、知りたかった色や感触をしっかりと確かめ、康平は少し満足したらしい。あまりの羞恥に肩を震わせている佐紀を一瞥《いちべつ》すると、次の行動に移った。

ベッドサイドのチェストからジェルが入った容器を取り出す。佐紀が指図しなくとも、この先の方法は把握《はあく》しているのだ。だが、適量が分からないのかいきなり滴《したた》るに任せて、佐紀のそこへ垂らした。

「ひ……っ！」

交接の経験はあっても、体温とは無縁の冷たさには毎回体が震える。何しろそこは、体の中の一番弱い場所なのだから。体を打ち震わせる佐紀に康平は少し驚いたようだ。

「我慢しろよ。痛いのは嫌だろ」

「そんな……！　量、多い……！」

「多いのか？　だってこんな固いなら、ジェルも多めに使わないと解れないだろ。傷付けたら大変――」

そうして、やはり疑問に感じたようだ。

「女じゃないんだから、ここ、勝手に濡れないよな？　俺としたとき、表面は最初からもう少し柔らかかったのに」

そして気付いた。

「まさか、いつも先に、自分で解してたのか？」

「…………」

「俺とする前に？　俺にばれないように？　どうやって？」

佐紀は答えることが出来ない。絶対に言いたくない、と身体を小さく強張《こわば》らせ、身動《みじろ》ぎもしないでいた。佐紀の強情に焦《じ》れたように康平は舌打ちした。

「ちゃんと言えよ。言わないと、もっと恥ずかしいことさせるぞ」

尻を小さく叩《たた》かれ、佐紀は息を詰めた。

恥部を散々寛げられ、内部にまで視線を注ぎこまれて、これ以上恥ずかしいこともないはずなのに、佐紀のその弱い場所は、今は康平の支配下にあるのだ。それが恐ろしい。

「薬局で……」

処方箋《しょほうせん》がなくとも購入することが出来る薬などを使い、康平が汚れないよういつも気を配っていた、あまり長く触られるのが嫌だから、その時にクリームを擦り付けるなどしておいた、と告げる。

「何で、そんなこと」

「お前が、汚れるから」

「汚れたことなんか一回もない。終わった後、俺が自分でゴム外してたんだからそれくらい――」

汚れる、という佐紀の言葉は、文字通りの意味だけを持つのではない。

康平に対して、自分はどんなに汚く劣った存在なのか、佐紀の自分自身への評価を表している。

「……お前、本当に馬鹿だよ」

どこか悲しげに溜息を吐く。尚ジェルを垂らし、佐紀に悲鳴を上げさせる。ジェルを窄まりに絡める行為も決して慣れてはいない。佐紀を感じさせるよりも、解すことを目的とした淡々とした医療行為のようだ。

康平が少し体を屈《かが》め、顔を佐紀の恥部に近付けた。親指を粘膜に引っ掛け、半ば裏返すようにして、見えるはずのない奥の奥まできちんと確認するように覗き込んでくる。

「ジェル、ちゃんと回ったろ。指ならもういいよな?」

そう言って、指を一本、徐《おもむろ》に佐紀の中に挿入し始めた。

「ああっ‼　やめ……‼」

ジェルが回ったと言ってもまだそこは固く閉じ切ったままで、柔軟な弾力をもって康平を押し返そうとする。

それなのに、康平は佐紀の抵抗をねじ伏せてしまう。固くて、細くて、長い。柔らかな肉がしっかりと閉じ合わさったその隘路《あいろ》を、康平の指は無遠慮なほど真っ直ぐに貫く。

「すご……、めちゃくちゃ熱い」

自分の指を押し包む柔らかく熱い肉に、康平の喉がごくりと音を立てるのを聞いた。

先ほどの解すときとは違い、やがて康平の指は佐紀を感じさせる目的で蠢《うごめ》き始めた。佐紀が抵抗しないよう、腰にしっかりと腕を回し、何度も何度も指を出し入れする。垂らされたジェルが内部でいっそう蕩《とろ》け、泡立ち、くちゅくちゅと濡《ぬ》れた音を立て始める。

「いや！　やっ！　……嫌！」

その浅ましい水音を聞くのが嫌で、佐紀は必死で首を振った。

考えてみれば、康平とのセックスは、ほとんど自慰《じい》と変わらない行為だった。佐紀の指示に従い、佐紀のルール内だけで康平が佐紀に触れるのを許した。

康平が主導するセックスはこれが初めてだ。次に何をされるのか分からない、どんな恥ずかしい思いをさせられるか分からない。不安な状況で、しかし自分の体温がどんどん高まっていくのを感じた。

「んっ、んん……、あ……」

愛撫に、決して声を漏《も》らすまいと歯を食い縛って堪えたが、康平の指は信じられないほど巧緻《こうち》だ。愛撫を拒むために佐紀がそこに力を入れると、わざと浅い場所をぐるりとかき回す。

佐紀が切なくなる部分を指の腹が掠め、喘《あえ》ぎを懸命に飲み込む。

しかし息が辛くなってつい力が緩むと奥まで一息に指を進め、深々と出し入れをする。

「あ……っ、あ、ん………！　いや……！」

「こっちは？」

「やだ！　や——」

くちゅ、と淫《みだ》らな水音がして、康平は佐紀の前を握り締める。そのまま、手のひらを動かし始めた。

耳元で低く囁く。

「ここ、後で口でしてやるから」

「や——」

一瞬その光景が脳裏を過《よぎ》り、逃げ出そうとしたがもちろんそれは適わない。

前と後ろを同じタイミングで、リズミカルに繰り返されるともう駄目だ。がくがくと膝《ひざ》が震え、汗が滴り落ちる。

恋する相手の指先は、それだけで蕩けそうに甘い。

「いや……！　いや……——！」

佐紀の声に、だんだん甘ったるい響きが加わり、それが切羽詰った喘ぎ声に変化する。このままだと一人だけ達してしまう。康平はまだ衣服も解いていないのに、自分だけ汗だくになって、快感を極めてしまう。

佐紀の様子に、康平も察したようだ。

「いいよ。いけよ」

「ダメ………！　嫌だ、康平………！」

「いいから。俺に見せて」

優しい、そのかすような声音を聞いて、思考はそこで途絶えた。康平が手のひらに力を込めた瞬間、緊張と羞恥の頂点で佐紀の欲望が弾けた。

「――――ああ……っ」

目を見開き、佐紀は大きく体をしならせる。全身が快感の潮流に翻弄《ほんろう》され、あまりの衝撃にがくがくと痙攣《けいれん》する。

汗でぐっしょりと濡れた背中を撫で上げながら、康平は感嘆するように呟いた。

「嘘だろ……こんなに感じやすいのかよ」

脱力した佐紀の体を、仰向けにさせる。まだ射精の余韻に打ち震えている佐紀はもう康平のなすがままだ。顎を摑まれ、康平の目を見るよう、強要された。

「………いや」

「今までずっと演技してたんだな？　よくも騙《だま》しやがって――こんなにいやらしい体してる癖に」

「ああっ！　あん！」

まだ快感に甘く痺れている部分を、くちゅくちゅと音を立てて指を出し入れし、弄《もてあそ》んでいる。そこはすっかり康平に従順だ。それどころか、もっと熱くて太いものが欲しいと、康平に絡み付いて甘く収縮しているのを感じる。

「……お願い、康平、それ、しないで……っ」

拒絶のはずの佐紀のその声は、しかしこれ以上なく甘くなり、その誘惑に堪えられないように、康平が動いた。

高く抱え上げられた足の間を、康平の腰が割って入って来る。腿《もも》の内側に、康平の腰骨の固さがはっきりと触れた。康平がすっかり屹立《きつりつ》した自分を捧げ持つ。その雄々しさを見て佐紀は眩暈《めまい》を感じた。

「力抜いてろ」

「…………いやだ……」

佐紀は力なくかぶりを振った。

自分が恥ずかしいとか、もちろんそれもあるけれど、もっと切実な問題があった。

その言葉を口にすることさえ、ずっと忌避して来たのに。

「お願いだから……康平が、汚れるかもしれないから、だから……」

「どうでもいい」

吐き捨てるようにそう言って、佐紀の腰に手をかける。

腫《は》れぼったく潤んでいる場所を、強直が何の容赦もなく押し入って来た。

「――――――――!」

体の真ん中を高熱が刺し貫くような錯覚を覚え、佐紀は背筋を仰《の》け反《ぞ》らせて硬直する。溢《あふ》れた涙がこめかみまで伝わる。康平と、初めて直接触れ合ったのだ。それは佐紀にとっても空恐ろしくなるほどの衝撃だった。

一方、康平は目を閉じ、好きなように腰を揺らして、佐紀を『味わって』いた。隠し立ての出来ない佐紀の内部を思うままに堪能している。

それは間違いなく喜悦の表情で、自分の体で恋人が喜んでいることは、誇らしくもあり、セックス以上の快感をもたらす。

「ああ……っ、あぁぁ………!」

恋人に抱かれている悦《よろこ》びに、佐紀も一緒に行為に没頭してしまいそうになる。いつもは、早く終わらせることしか頭にない。早く終わらせてもらって、自分が感じ始めるまでにセックスが終了するように導いていたのに、今はそれが出来ない。

「ここ、めちゃくちゃいい。お前もそうだろ?」

「いや……っ、だめ、そこ、だめ………!」

「俺がいいときは、受けてる側のお前だっていいはずなんだ。それくらい分かる」

その通りだ。康平が深く吐息するのは、佐紀の官能の凝りに上手に擦れているときだ。それを、際限なく、何度も何度も繰り返される。

何とか耐えようと思っていたが、佐紀は徐々に焦り始めた。避妊具を着けていない康平が、まったく抜き放つ素振りがなかったからだ。佐紀は必死で哀願した。

「康平、ゴム……、お願いだから……」

だが康平は冷淡に吐き捨てた。

「駄目だ」

「やだ！　中は嫌だ……！」

そんなことをしたら、と震える唇で呟く。佐紀には経験がある。無遠慮に体内で吐精されて、その後の始末がどれほど屈辱的だったか。粘液は指で上手く掻《か》き出《だ》すことが出来ないし、簡単には始末出来ない。そのうちに不意のタイミングで溢れ出してしまう。

排泄《はいせつ》を連想させるような言葉を口に出来るはずがなかった。体の一番恥ずかしい場所まで全部見られ、その感触も知られているのに、体内に入ったものがそこから溢れ出て零《こぼ》れてしまう様子を見られることはやはり酷い抵抗感がある。

「どうなるんだよ。中で出したら」

「………！」

「言ってみろよ、佐紀」

意地悪く促されたが、言えるわけがない。

角度を変えて責められ、佐紀はまた息を詰める。さっきも指先で苛《いじ》められた佐紀が最も弱い部分を突き上げて来たのだ。そうすると彼をいっそう締め上げてしまい、康平が熱と体積を増すのを感じる。

「あっ、ああっ」

そして、佐紀の耳元に唇を寄せ、熱っぽく宣言した。

「中で、出すからな」

佐紀は目を見開いた。

「嫌――」

足も縛られることになってももう仕方がない。それだけは絶対に避けたかった。必死で足をばたつかせたが、康平は佐紀の腰を強く引き寄せ、いっそう奥深くを抉《えぐ》る。

ずうん、と接合を際限まで深くされて、脳天まで痺れるような快楽を与えられた。逃げるといっそう酷い仕打ちをされる。

「いやっ！　嫌だ……！　それだけは嫌だ！」

必死で腰を捩《よじ》ったが、両の腿をいっそう抱え込まれて康平の情欲を受け入れることを強制された。

激しく突き上げられる。受け身を取ることも適わず、佐紀は快感のただ中に放り込まれた。

ただされるがままに強く強く、揺さぶられる。

「あっ！　ああ、ん！　ん、ん――っ！」

酷い凌辱《りょうじょく》を受けているのに、粘膜を擦り上げられ、内奥の一番弱い部分を突かれ、捏《こ》ねられる度、自分が内側からどうしようもなく蕩けていくのを感じる。感じまいとすればするほど感覚は鋭敏になった。温まったローションが溢れ出て、内腿や康平に絡み付き卑猥《ひわい》な音を立てている。

「……………佐紀………！」

熱っぽく名を呼ばれ、口付けられた。康平の逞《たくま》しい腕に、背中が折れそうなほどきつく、抱き締められる。

とうとうその瞬間が訪れて、いやだ、と身体を捩ったが、康平は許さなかった。

「ああ……っ！」

体温よりずっと高い、康平の欲望のその熱がはっきりと知れて、総毛立つのを感じた。

両の肩の辺りに着いて体重を支えていた康平の腕が、微《かす》かに震えるのを佐紀は肌で感じた。

康平は欲望を、絶頂ただ中で解き放つその喜びに耽《ふけ》っていた。

やがて、より深く抱き竦められ、ただ無言で、荒い息だけが続く。

もう満足したはずなのに、康平は佐紀を解放しようとしない。汗に濡れた肌の触れ合いは、情交の生々しさそのものだ。

他人と、何も隠し立て出来ない素肌で触れ合っているのだと佐紀に思い知らせる。

体を強張らせている佐紀の方々に口付け、称賛するように優しく扱われて、ただ羞恥だけが募った。佐紀のその部分が、それほど康平を満足させたという事実が、ただただ恥ずかしかった。

「康平、もう……」

一度、抜いて欲しいと哀願する。

「抜いて、ゆっくり、そうじゃないと」

「そうじゃないと?」

「………」

「だから、いつもゴム着けさせたのか?」

康平は知っている。分かっていて、情欲を佐紀の中で吐いたのだ。

「やめ―――!」

気配を感じて康平を喰い締めている部分に力を込めたが、両の腕を戒められた状態で逆らえるはずもない。勢い良く、康平が己を抜き放つ。予想していたおぞましい感覚に、佐紀は息を呑んだ。

「見るな! これは……、これだけは嫌だ」

また足首を摑まれ、佐紀は体を捩った。

「康平！」

「何も隠すな。俺に、全部見せろよ」

「嫌だ、康平、お願いだから」

「黙れ。お前の言うことなんかもう何も聞かない」

力を入れてみたが、適わずにそこから温んだ体液がとろとろと溢れ出て行くのを感じる。

これは、さっきまで、康平を最奥まで受け入れていた証《あかし》だ。

自分の中に入っていたものを、どうしようもなく溢れさせる恥ずかしい様をこんなにも間近で見られてしまう。

散々苛められて真っ赤に充血した粘膜と、白濁の液体との対比は見るまでもなく卑猥に違いなかった。

「んんっ！」

康平が指を伸ばし、佐紀の蕩けた窄まりから滴りを一滴、掬《すく》い上げた。

それがいっそう康平を刺激したらしい。康平がいっそ凶暴なほど体温を上げるのを佐紀は感じた。体を上向かされ、抵抗する暇もなく再び刺し貫かれる。

「……あぁ――――っ……」

今度こそ、唇から悲鳴が漏れた。

目で見えなくとも、康平を咥《くわ》え込んでいるそこがどんなにいやらしくなり、熱を持っているか分かる。貪欲《どんよく》にうねって、柔らかく康平に絡み付いている。佐紀の意志を裏切る体は、康平の動きのなすがままだ。

「イヤ……あっ、あ……！　ん、そんな……！」

佐紀はもう、淫らな喘ぎ声を止めることが出来ない。

これ以上声が漏れないよう、自分の指を噛んでいたいくらいなのに、それは叶わない。千切れそうなほど強く唇を噛んでいると、康平に乱暴に顎を摑まれる。

「んん……っ！」

「今更だろ、声、抑えるなよ」

すこし乱れた声で、佐紀を叱《しか》り付ける。そして少し身を屈め、顔を寄せて来た。快楽に耽る表情を間近で見られるのだと思い、顔を背けたが、途端に胸の先端が甘く引《ひ》き攣《つ》れる。康平が固く尖《とが》った乳首を口に含んだのだ。

「ああッ！　……やだ……っ」

びりびりと電流のような感覚が走り抜けた。触れられたくないという思いとは裏腹に、その愛撫をもっと請うように、胸が反り返ってしまう。

「すご、今……めちゃくちゃ締まった……、喰いちぎられそう……」

「あぁっ、ん……！　いやぁ……！」

唇で挟み込まれ、そこがいっそうきつくしこると、戯れのようにぺろりと舐め上げられる。

ざらりとした味蕾《みらい》の感触に、総毛立った。

「んんっ！　あ！　あ——！　や——……」

「……いやらしい声。めちゃくちゃ興奮する」

言葉の通り、康平は腰の律動をいっそう速め、佐紀を新たなる瀬戸際まで追いつめてしまう。腰を浮かし、逃げようとすると罰のようにいっそう深く打ち込まれる。

その衝撃に、脳天が痺れた。もうどうしようもなく、自分の精液が迸《ほとばし》る感覚を明瞭に感じた。

目の前が真っ白になるほどの官能で、康平が目の前にいるにも関わらず、放恣《ほうし》の表情を晒してしまう。

康平が息を詰め、再び佐紀をかき抱く。佐紀の絶頂を見詰めながら、康平もまた達したのだ。

「…………やっ、あっ、あ…っ」

続けての交合に粘膜がいっそう敏感になっているせいで、康平が弾けるその感覚は先程よりいっそう明瞭だった。迸りが何度も、自分の中に叩き付けられる。

その凌辱だけでは飽き足らず、康平は佐紀の中に塗り込めるように何度か細かく体を揺さぶった。これは自分のものだと、知らしめているのだ。

「…………」

二人分の汗と荒い吐息に、辺りの空気は熱と湿気を孕んでいる。髪から汗の滴《しずく》を滴《したた》らせ、康平が満足そうに頬を寄せる。

「お前の中、俺のでめちゃくちゃ濡れて、熱い」

やっと、お前の中で出せて、ほっとした。

それを聞いて、情けなくも、涙声での一言が漏れた。

「酷い……」

「酷いのは、お前だろ」

「……なんで………！」

意味が分からない。こんな無体を働いておいて、康平の口調は完全に佐紀を責めるものだ。

二人は絡まった状態のまま、口論を始めた。

「何でだと⁉　散々嘘吐いて騙して、お前は、自分のことばっかりの酷い奴だ。お前は俺の気持ちなんかどうでもいいんだ」

「……違う！」

「違わない‼」

いっそう強い声で怒鳴り返され、佐紀は言葉を失う。ベッドにねじ伏せ、佐紀を縛り、嫌がることばかりをして。あれだけ酷い凌辱の後にも関わらず、康平は少しも気持ちが収められないでいるらしい。それどころか、彼の憤りは激しさを増すばかりだ。

「俺は、自分が男と付き合ってるとか、それを世間にばらされるとか、そんなことはどうだっていいんだ。俺はお前がいればそれでいいって本気で思ってる。だけど、お前はそうじゃないんだ」

「そんなこと……！」

「黙れ！」

後ろ髪を摑まれ、前向かされる。

「お前は、俺の言うことを何も聞いてなかったし、何も信じてなかった。美味い食事作ってくれたり、部屋を片したり、体調の心配したり……あんなの、誤魔化しだったんだろ。お前が俺を疑う気持ちを隠すための小細工じゃないか‼」

そんな――

あまりにもショックで、佐紀は呆然と康平を見ていた。

本気で言っているわけではない。佐紀を黙らせるために、敢《あ》えて強い言葉を口にしたままだ。

「これ以上、酷いことを言いたくない。だから俺は、お前の言うことをもう何も聞かない。お前の言葉は信じない。お前は嘘吐きだ。俺が一番辛いのは」

康平が苦渋に満ちた言葉を漏らす。

「……お前が、俺にとって一番大事なお前が、俺の気持ちを軽んじたことだ」

本当に、心底悲しそうに康平はそう言った。

「お前は、俺がどれくらいお前を好きでいるか、そんなことはどうだっていいんだ。お前は自分を上手く取り繕うことばっかり必死で、俺のことなんか何も見てなかった」

「違う……俺は、俺はただ」

かぶりを振ると、康平を受け入れたままの場所が甘く疼《うず》く。

体の一番奥に感じる康平の熱に浮かされるように、佐紀は自分の気持ちを吐露した。

「康平に知られたくなかった！　俺と付き合っても、お前にはデメリットしかないって、そのことに気付かれたくなかった。何も分かってないのはお前だって同じじゃないか……！」

弱くて、卑劣で、汚い自分を知られたくなかった。その気持ちだけだった。

「お前だって何にも分かってない。お前を失うことがどれだけ痛手になるのか、そうなったら俺はもう、生きて行けないくらい打撃を受けるのに」

康平に泣き言を言ったのは、これが初めてだったかもしれない。だからそれを止める術も、佐紀は知らない。

「俺には分からない。康平、本当に分からないんだ……」

康平は、いつもいつも佐紀を好きだと何度も言ってくれた。何の躊躇いもなく、本当の気持ちを差し出してくれた。

どうして康平は、そんな風に簡単に、膝を折ることが出来るのだろう。

怖くはないのだろうか？

必死に差し出した気持ちを無下にされたら、すべてを晒した自分を愛する人に拒まれたら、その後どうやって生きて行けばいいのか。

だが康平はそれを呆気《あっけ》なくやりのけてしまう。

それは康平が寛容だから、それだけではない。相手に気安く、好きだとか、愛しているとか言えるのは、相手も自分と同じ気持ちでいると信じていられるからだ。恋人を無条件に、絶対的に信頼しているからだ。

康平が言う通り、恋愛は甘くない。他人を信じる、ということは簡単ではない。

自分は愛される価値がある人間だと、自分のことをまず認めなければならないからだ。

だから、思いを告げるという行為は、佐紀のようにいつも自分を認められないでいる人間にはたいそう難しいことだ。

「じゃあ俺が教えてやる。俺はお前に汚されたりしないし、お前のせいで不幸になったりしない。お前は、こんなに綺麗で、優しい。セックスだって最高だ」

最後の一言まで、何の躊躇《ちゅうちょ》もなく康平は口にした。

ほんとに、めちゃくちゃ良かった――

そう言って、康平は今度はそっと、己を佐紀の中から抜き出した。

「んっん……！」

とろり、と溢れ出す康平の遂情の証が、シーツに染み出していく。漏れ出すその感触に、佐紀が堪えられずに息を詰めると、どうしようもない気持ちに駆られるように、佐紀をかき抱く。

体内に康平の欲望を孕んだ佐紀が愛しくてならないというように。

「たまらなくなる。やっと、お前が俺のものになった気がする」

恐れていた痴態を見せても、康平は少しも佐紀を厭《いと》う様子を見せない。男同士のセックスであっても、何の禁忌も感じず、ただ体を交わす悦びだけを感じてくれたようだ。

それどころか、佐紀の体で味わう官能を、もっと与えて欲しいと抱き締めてくれる。情欲の最後の一滴《ひとしずく》まで、佐紀にすべてを受け入れて欲しいと言う。

「俺はお前に愛されたい。お前にずっと、傍にいて欲しい。——お前は？　お前は、どうなんだ」

康平が尋ねる。

自分はいったい、何が欲しかったのだろう。何が欠けているから、康平に自分を曝け出せなかったのだろう。

ずっと家族を支えるために必死だった。自分がゲイだということに気付いたときも、誰にも相談できず、不安の底にある自分の心を顧みる余裕はなかった。

そのまま、大人になってしまった。甘えはみっともなく唾棄《だき》すべきものだと、ただ自分を厳しく律して来た。だから甘えることも、甘える自分も、認めることは出来なかった。

「今すぐ決めろ。決めて答えろ。恥もプライドも全部捨てて、ちゃんと俺に好きだって言えよ」

言葉は厳しいけれど、康平の口調は哀願に近い。

世界で一番幸せでいて欲しい相手に、いつもいつも嘘を吐き、今はこうして不安な気持ちにさせている。恋人としてそれほどの不誠実があるだろうか。

今まで一度も、好きだとか、愛しているとか、何の迷いもなく口にしたことがなかった。いつもどこかで躊躇っていた。それがどれくらい酷い仕打ちなのか、今の佐紀には分かる。康平に、ずっと傍にいて欲しい——そう言われて、体が震えるほど幸福になったからだ。

「好き……」

これ以上なくシンプルで率直な言葉に、康平が息を呑んだ。自分の言葉は、康平にとってそれだけの価値があるのだ。信じられないけれど、それは本当なのだ。

もう一度、康平のことが死ぬほど好きだと繰り返すと、褒美のように口付けられた。

康平に捧げるべきなのは献身ではなかった。手の込んだ料理でもなく、整理整頓された部屋でもない。

ただ、心の内から零《こぼ》れる素直な一言だけで良かった。

口にした途端に跡形もなく消えてしまう、一番価値のなさそうなものが、一番必要だったのだ。

康平は漸《ようや》く、佐紀の腕の戒めを解いてくれた。痺れた腕はたどたどしくしか動かないが、どうにか康平の体に回した。

もう体は繋がっていなかったが、康平が一番深くにまで入って来た気がする。

この人が、この男が、自分が生涯をかけて愛する人だ。

康平が、佐紀の前髪をかき上げ、涙で濡れた瞳を晒す。もう目を逸《そ》らさずにいる佐紀に、彼は再度尋ねた。

「お前は、何が欲しい？」

「傍にいて欲しい……俺は、お前の思う通りの人間じゃないかもしれないけど。もしもそれが分かってても、ずっと傍にいて欲しい」

「馬鹿だな」

あんなに激しい情交を持った直後で、康平の口調と指先は、まるで幼い子供に対するものだ。

やっと自分の欲望を認めることが出来た佐紀を、柔らかな愛情で包むようにして大切に扱う。

「お前は、俺がお前のことを何も知らないって言うけど、俺は、お前も知らないお前自身のことを知ってるよ」

どんなに長い間一緒にいた相手でも、本当のことは何一つ分からないかもしれない。だからせめて、分かり合おうとすることが何より貴いのだ。

一生に一度だけ、ありったけの思いを込めて伝えよう。

ずっと傍にいたい。ずっと一緒にいて欲しい。

ずっと、それだけが望みだったと、佐紀は康平に打ち明けた。

「美味しい」

佐紀はベッドの上で、焼き立てのフレンチトーストを食べている。

テレビでは朝のニュースが流れていた。いつもの、康平が出社の支度をする時間だ。

ほんの数時間、康平の傍で、まどろんだような気がする。短時間しか眠っていないはずなのに、体は充実していた。これほど気力が漲《みなぎ》っているのは久しぶりだ。

幸福な気持ちで目を覚ますと、先に起きていた康平はキッチンに立ち、朝食を作ってくれていた。フレンチトーストとオレンジジュースという朝食を、ピクニックのようにベッドの上で食べることになった。

「そうかな、お前が作ってくれたとき、もっと美味く思ったのに。表面がもっとカリッとしてたし、シロップこんなにかけなくても甘かった気がする」

「コツがあるんだよ」

「ふうん、後で教えてくれよ」

「知らなくていいよ。次からは俺が作るから」

そんな言葉が自然と唇から滑り落ちた。

二人でいる未来を胸に抱いているのだと知られても、馬鹿にされたり、裏切られたりする心配をもうしなくていい。

何だ、こんなに簡単なことだったのか。フォークを咥えて、少し笑ってしまった。

「そろそろ、ドルチェの練習もしないとなあ。もともとあんまり得意じゃないし」

「そうか？　お前なら絶対何でも美味く作るぞ」

「甘いもの、あんまり好きじゃないから」

康平に聞こえないくらい小さな声で、佐紀はそう言った。

ドルチェが苦手なのは本当だ。作るのもそうだし、食べるのも好きではなかった。甘い食べ物は、自分を甘やかすようで嫌いだったのだ。食べてみればこんなに美味しいと思うし、心身が甘いものを欲しがっているときもあるはずなのに。

どうしてあれほど頑《かたく》なに、自分に厳しくしていたのだろう？

制約から解かれてみると、それがどんな戒めだったのか、もう思い出すことも出来ない。

それは思考すら囚われていたということだろう。自由になったから、不自由だったころのことが思い出せないのだ。

そんな風に、ずっと曖昧《あいまい》で、自分を定められないでいた。だから多分、麻生に簡単に弄ばれたのだ。あの男が悪魔のように誘惑を繰り返して来たのは、自分に隙があったからだ。

「いっそ、料理人、辞めようかな……」

ふと、そんな言葉が零れ落ちる。

「そろそろ潮時かも知れない。弟たちもしっかりしてるし、もうこれ以上向いてない仕事にしがみつかなくてもやっていけそうだし」

「はあ？　お前、何言ってんの？」

本気で呆れたように康平は佐紀を見ている。

無責任に、無職になりたいと言っているわけではないと佐紀は慌てて言葉を繋ぐ。

「コックは辞めたってもちろん働くよ。だからって別に、他に何が出来る訳じゃないけど、俺は別に、料理っていう仕事に執着してないんだ。流されて今の仕事に就いただけだし、別にそれほど情熱を感じてる訳じゃないし……」

「誰がそんなこと言うんだよ」

押し黙った佐紀に、察しがついたらしい。

「あの人は、お前のことを何も分かってない」

康平が溜息を吐く。

「お前が仕事が好きじゃないって？　よく言うよ。俺が泊まりに来ててもそっちのけで調理法やら盛り付けの勉強してたくせに。お前の仕事の邪魔はすまいと思ったから、多少蔑《ないがしろ》にされても――いや全然多少じゃなかった！　滅茶苦茶蔑にされても仕方ないって堪えてたんだぞ」

「……そうだっけ」

「そうだよ！」

何を思い出したのか、憤然とした様子だ。

だが、皿の上のフレンチトーストを見て、ふと思い出したようだ。

「さっき料理してて、少しだけお前の気持ちが分かった。料理って、思いやりだよな。このフレンチトースト、焦げた方は俺が食って、上手く焼けた方はお前の皿に載せた。美味いもの食べて元気になって欲しいし、絶対に美味いって思って欲しいから。そんなことを何年も何年も続けられるお前は、やっぱりすごいよ」

「……そんなことないってば」

「お前はやっぱり、料理を作るのが好きなんだよ。美味い物を作って人を喜ばせるのが好きな優しい人間なんだよ」

手放しの賞賛に、佐紀は赤面してしまう。

佐紀がどんな言葉を欲しがっているか、佐紀自身が分かっていなくても康平は分かっている。

惜しみなく、真っ直ぐに、康平は佐紀を愛してくれている。

考えてみれば、康平はもともと異性愛者だ。それが、いくら友人だからと言って、——いいや、友人であったからこそ逆に恋愛関係になるのは難しそうなものなのに、康平はあっさりと自分の気持ちを認めた。信じ難いほど柔軟だ。途方も無く愛情深い、ということなのかもしれない。

そんな康平を独占するのが自分で本当に構わないのだろうかと、捨てたはずの戸惑いが、今更蘇《よみがえ》ってくる。

「あのさ、一つ話しとくけど」

空になった皿をシーツの上に置き、康平が改まった表情でそう言った。

「俺は別に、お前と付き合ってることを誰かに公《おおやけ》にされても構わない。会社にばらされても辞めればいいだけの話」

「辞めればって……簡単に言うなよ」

「もちろん、今関わってるプロジェクトは最後まで見届ける。責任は果たす。だけど、俺はもともと、今の会社に一生を捧げるとか、そんな風には考えてないんだよ。確かに大きな会社だし、勤めてたら安泰なんだろうけど、自分を曲げてまで安定したいとも思ってない」

「…………」

まだ不安な気持ちでいる佐紀は、康平に何も言えないでいる。すると、康平は意外な言葉を口にした。

「うちの姉貴たち、佐紀も知ってるだろ。あいつら今、起業して二人で美容サロン立ち上げてるんだ。アロマとかハーブとかエステとか？　化粧品の輸入もやってるし、ホテルと提携してあれこれイベントもやってる」

康平の二人の姉には佐紀も何度か、会ったことがある。二人とも大変な美人だ。しかも、恐ろしく気が強い。

長姉は海外資本のエステティック企業の日本支社に入社し、次姉はＣＡとして外国を飛び回っていた。二人で起業したとぼんやりと聞いた気がする。なるほど、美容のサロンというならうってつけのキャリアだ。

「強引だし口も上手いし、二人ともまあまあ遣り手らしくてさ。この前、決算を手伝ってやって財務諸表見たらかなり儲け出してるんだ。事業を拡大して行きたいから、俺も後々は営業に入れって誘われてる」

「営業に？　そりゃあ、お前は向いてるかも知れないけど」

「今の仕事に責任も愛着もあるから簡単に決断は出来ないけど、そういう道もあるってこと。今の会社に拘《こだわ》る必要はないんだ。そりゃあ、麻生さんみたいに強烈にお前をバックアップ出来るかって言ったら自信はないけど、その分俺は自由だ」

自由。それは確かに、麻生が決して持ちえないものだ。

「……でも、いつか周囲の人に、会社を辞める本当の理由を話さなきゃならないだろ」

自分の恋人の性別を、わざわざ吹聴《ふいちょう》することもない。しかし、いずれ康平が出世し、周囲の康平への期待と信頼が高まれば高まるほど、何故結婚しないのか、何故、世の他の男と同じように家庭を築かないのかと不審がられるのは分かっている。

「話すよ。お前と一生添い遂げたいから、それを許してくれないなら、会社は辞める。それだけのことだろ」

不安に目を逸らす佐紀に、康平が笑いかける。

「それに、姉貴たちは面白がるだけで、何も言いやしないよ。俺の恋愛についてギャーギャー口出しするより、自分の嫁ぎ先調達する方が先なんじゃないの」

それは女性差別なのでは……と思ったが、仲のいい姉たちへの軽口なのだろう。

自分はいったい、康平のどこを見ていたのだろう。

守ってやらなければならない、傷付けたり出来ないとどうして思い込んでいたのだろう？

康平はとっくに覚悟を決め、将来のことまで計画を立てていた。攻守に渡って完璧に策を立てていた。嘘ばかり吐いて、取り繕うことばかり考えていた自分とは大違いだ。

「たとえ相手がお前でも、自分が男と付き合ってるなんて本当びっくりだよ。自分は女じゃなきゃ駄目だってずっと思ってたし……でも、お前とこうなることが本当に自然なんだ。お前といると、誰といるより幸せなんだ」

康平が佐紀の手を取る。

「だから、お前にもこの幸せを取り上げないで欲しい」

涙が零れそうになって俯くと、しかし透明な滴がぽたぽたと膝に落ちる。

悲しいのではなくて、幸せだから滲《にじ》んだ涙はきっとどんなドルチェよりも甘い。康平はそんな冗談を言って、佐紀の頬に口付けてくれた。


数日後、麻生がプロジェクトから降りたいと言って来たと、康平に聞かされた。

降板は健康上の理由からだという。それが有体の口上ではなく、真実であることを康平も佐紀も知っている。

その日、佐紀は麻生のもとを訪れた。

いつか呼び出された麻生のオフィスだ。彼の美意識が凝らされたオフィスの、奥まった一室に、麻生はいつもの様子でいつものデスクに着いていた。例の無愛想な秘書さえ付けず、一人で入って来た佐紀の顔を見ても少しも驚いた顔をしない。

長居をするつもりはなかった。手袋だけを取り、コートも脱がぬまま、佐紀はデスク越しに麻生の真正面に立ってこう言った。

「病気なんですね?」

「まあね」

「死ぬんですか?」

この人は簡単には死なないだろう。そう思ったから、言葉も選ばず率直に尋ねた。だがあまりに遠慮のない佐紀の物言いに、麻生が噴き出す。

一頻り笑った後、いつもと変わらぬ優雅な仕草で胸の前で指を組む。

「死ぬつもりはないよ。ただの胃癌《いがん》だ」

その目の周りに、頬の辺りに暗い影はまるで見えない。体を病んでいるとはとても思えなかった。だが、本来なら今すぐにでも療養しなければならないほど病魔は進行しているという話だ。「急がなければならない事情が出来た」そう言って無理に佐紀を抱こうとしたのは、それが理由だったのだろうか。

麻生は現在関わっているすべての仕事から手を引き、このオフィスもじきに終うのだと聞いている。病魔は容赦なく、彼をこの場から連れ去ろうとしている。

ただ、麻生自身が忙しいことを嫌うのと、彼が関わる事業があまりに複雑で規模が巨大であるため、簡単に撤退することが許されない。

「今までは薬でどうにかしていたけど、とうとう限界らしい。もうじき療養生活に入る」

東京での華やかな生活を、やりかけの仕事を、この美しいオフィスを、すべて捨てての療養生活だ。現在の立場に、別に執着しているわけではないだろう。一度捨てることになっても、欲しいものはまたすぐにも手に入る、そんな彼の地位は変わらない。

ならば、ここを離れることにも大して煩悶《はんもん》などないはず——

——そんなはずはなかった。

料理人としての自分を誇りに思っているけれど、一つのことだけを見て来た自分はどこか視野が狭いのかもしれない。だから康平にも、お前は甘い、と叱られるのだ。

この人は努力家なのだ。どれほど優れた血脈に恵まれていようと、あれだけの功績を、運や才能だけで作り上げられるはずがない。もともと持っている才能や地位があっても決して妥協しない、自分に厳しい人だ。

何にも囚われず、何の憂いも心配も無い。この人のことをそんな風に思ったこともあったけれど、大きな間違いだった。今、この人は病という大きな禍《わざわい》に囚われている。その不幸や理不尽さから逃れるために、佐紀という存在に一縷《いちる》の望みをかけたに違いなかった。

「君と来たらまったく、どんな美味美食や贅沢をちらつかせても、微塵《みじん》も心を動かしもしない。俺はずっと、贅沢と美食を信奉して生きて来た。それを必要としない人間がいることに、最初は驚愕《きょうがく》した。だから堪らなく君に惹《ひ》かれた」

「…………」

「自分が執着するものに実は大して価値がないんだと思い知らされるのは実に小気味がよかった。君がいなければ、今回ここを引き払う気持ちにもなれなかった。俺も、普通の人間なんでね」

麻生がどうして佐紀にあれほど執着したのか、ずっと不思議でならなかった。だが、今なら分かる。麻生を否定し、麻生が持っているものに絶対に価値を認めない、そんな人間だから彼はあれほど佐紀に拘泥したのだ。

麻生は溜息を吐き、長い足を組む。

「しかし、美食家として知られる俺が、胃をやられるなんて皮肉だよな。世間は大笑いだろう」

「世間なんてどうでもいいじゃないですか。だいたい、美食をしたから病気になったって考えるのは非科学的だと思います。美味しい物を食べるのは悪いことじゃないんだから」

「珍しく優しいな」

「あなたに食べられて正しい評価を受けた食べ物も——料理人も、幸福だと思う」

最後の晩餐に、佐紀の料理を食べたいとまで言ってくれた。食を愛する人間として、麻生を尊敬している。麻生はただ黙って微笑していた。やがて、傍《かたわ》らのキャビネットから何かを取り出す。

「これを」

手渡されたのは分厚い封書だ。中には書類や料理の写真などの資料がどっさりと入っている。

「これは？」

「イタリアの修道院の中にあるレストランの資料だ。ハーブやそこでしか育たない薬草を使って、病気を改善する料理を作ってる。中国料理で言う薬膳《やくぜん》と同じ考え方なのかな、千年以上の歴史があるらしい。以前、旅行中にそこでランチを食べる僥倖《ぎょうこう》にあってね」

美食を語る麻生の口調はいつもながらに軽快で楽しそうだった。

「質素だけど実に美味かった。美味と、食べる人間への労《いたわ》りが完璧に調和してた。体を病んでる今だから、ああいった味は大切なんだって思い知らされる。だからこそ、君に教えてやろうと思い至ったんだ」

「修道院……イタリアの」

「そう。教会の慈善活動の一環で、儲《もう》け主義で作ってる料理じゃないからまだほとんど存在を知られてない。俺はもう、君を連れて行ってはやれないけど、君がそこに行けば何か面白い料理が生まれるかもしれない」

佐紀の課題である、コンセプトのことを言っているのだ。最後の最後まで、それを考えていてくれたらしい。

「料理で人を癒したり、救うことも出来るだろう。あの子にも一度相談してみるといい」

「……ありがとうございます」

「美食とはしばらくお別れだな。君を連れて行きたかったけど」

麻生はこれから療養所に入るのだ。食事も徹底的に管理されるだろう。もちろん、彼が愛した美食は二の次になる。

「今は何も考えずに体を休めて下さい。病気の体で何を食べても、本当の味は分からないと思うから。こちらも作り甲斐《がい》がありません」

「プロに言われたんじゃ、反論しようがないな。まあ、料理を作ってもらうためだけに連れて行こうとしたわけじゃ、ないんだけどね」

ずっと一緒にいて欲しい。

他に何が欲しいわけじゃない。傍にいたい。

昨夜、高まる熱の中で康平に告げた言葉を思い出す。麻生が佐紀を傍に置こうと考えたのは、料理を作らせるためだけではない。それが今の佐紀には分かる。

「あちらのプロジェクトに関しては、出来うる限りの責任を果たすつもりだ。ぎりぎりまでは俺自身が仕事をするし、医者が止めに入れば代打を立てる。俺のキャリアにかけて、俺と比べて遜色《そんしょく》ない専門家を派遣するよ。何も心配しなくていい」

それから前を向き、目を伏せる。

「君との店は——」

窓に目を向け、麻生が言った。

「果たせなくて残念だった。君がいる店を開くのは俺の最後の夢だったから」

見果てぬ夢だったな、と呟いて、笑った。

佐紀は笑えなかった。佐紀が働くその店に、健康な自分が毎夜通う姿をこの人は本気で夢見ていたのだろう。そして夢を実現できる力も持っていたはずなのに。

「最後に余計なひと言を」

部屋を出て行こうとする佐紀を、麻生がそう言って引き留めた。

「自分を大切に」

麻生にしては、ごく在り来たりな言葉だ。

麻生のすぐ真後ろが大きな窓で、逆光になった彼の表情はまるで見えなかったが、とても優しい表情をしているのだと佐紀には分かった。

「君みたいな人には、自分を認めることは難しいだろう。だけど、君自身も、君の思いも大切にする価値がある。恋人が愛しいなら、まず君が君自身を尊重して、愛することだ」

ただただ慈愛に満ちた言葉が、佐紀に向けられる。だから今は、佐紀も素直に、自分の心の内を彼に伝えようと思った。

「あなたには申し訳ないけど、あなたがいたことで自分が間違ってることに気付けました。

俺は自分ばかり大事にして、康平の気持ちを考えたことがなかった。どれくらい、康平が自分にとって大事なのか、どうすれば大事に出来るのか、やっと分かった気がする。あなたとは恋愛関係にはならなかったけど、……他の大事なものを貰ったと思います」

もしも康平の存在がなくとも、佐紀は他人に頼ることを良しとはしない。だが、無条件に甘やかされる心地よさに、いつか溺《おぼ》れる日が来たかも知れない。自分では何も考えず、何も決めず、何も行動しない。自分自身の所有権を別の誰かに委《ゆだ》ねる、そんな生き方もあるのかもしれない。

——ただ、それはどうあっても、自分にとっての幸福な生き方ではないということだ。

「さようなら」

建物を出ると、頭上に水色の空が広がっていた。

昨日までは、風が肌を刺すように冷たかったと思うのに、今日は陽射しがほんの少し、まろやかに感じられた。冬が終わろうとしているのだ。

寒く厳しい冬が佐紀は嫌いではない。だが、今年ほど春を待ち遠しく思ったことはなかった。

これから病と立ち向かうあの人に、季節が少しでも優しくあればいいと心から思った。

康平は、ショートコートのポケットに手を突っ込んで、停めた車にもたれるようにしてこちらを見ている。

「戻って来ないかもって思った」

「はあ？　そんなわけないだろ」

だが横顔は拗《す》ねたように、唇を尖らせている。不安な思いをさせたことに、不満でいるのだ。

「麻生さんの病気、重いんだろ。何だかんだ言って、お前は優しいから。弱ってる人を切れるのか、心配だった」

「……優しくはないよ」

「優しいよ」

こっちが不安になるくらい。

美味い料理を作って、相手を喜ばせるのが好きな本物の料理人だ。

優しくて愛情深いから、相手の幸福を思い遣り過ぎてこんがらがってしまう。

康平が数日前に佐紀に手渡してくれた言葉だ。それは、佐紀にとって何よりも大切な宝物になった。嘘も秘密も甘えも、佐紀のすべてをこの恋人は許し、受け入れてくれる。

自分の指先を見て、佐紀はあ、と呟く。麻生のオフィスに、手袋を忘れて来たのだ。

「手袋、忘れた」

「取りに行くか？」

佐紀は自分の手を見詰める。

暖かくなって来たとは言っても、今のこの季節、外出にはまだ手袋は必要だが——

「いらない。……もう、別に」

そう言って、康平に手を差し出す。康平は笑って、その手を取った。

「ずっと繋いでてやるよ」

もうじき手袋がいらない季節が来ても、佐紀のこの手は、温かい恋人の手と繋がっているのだ。

終

あとがき

初めましてまたはお久しぶりです。雪代鞠絵です。
「嘘つきなドルチェ」をお手に取っていただきありがとうございます。ここのところずっとノベルズの文庫化をしていただいていて、新刊は久しぶりになります。以前雑誌に掲載していただいた前半「お料理はお好きですか?」に後半は完全書き下ろしの「嘘つきなドルチェ」を書かせていただきました。

文庫化の際に書き下ろすのは長くても五十ページくらいなので、長い書き下ろしを書けるかどうか心配でした。もともと私は遅筆なので、たとえば倍の百ページ書くとしたら、労力は倍になるのではなく、乗になる感じです。集中力も落ちてるはずですし…。でも書いてみたら意外と何とかなるものですねー。書いてる最中は「担当さんにやっぱり無理でしたっていつまでに言えば迷惑にならないんだっけ(いつでも迷惑です)」とか五百回くらい考えたんですが、喉元過ぎたんで熱さ忘れました。あと徹夜はもう出来なくなってました。

さて、本編です。仕事は出来るし見た目もいいのに女の子に振られてばっかりの攻と、皮肉屋だけど優秀な料理人である受のお話です。自分では攻を幸せに出来ないと勝手に思い込んで素直に振る舞えない、でも変に器用だから自分の気持ちは殺して親友の演技は出来てしまう…という佐紀のキャラはとても好きです。自分のことは二の次にし続けてきた長男キャラだからこそ、自分の恋愛を最優先に出来ないあたり。

佐紀の弟と康平のからみとかも書きたかったかもです。立派な社会人になって、「これで兄ちゃんに恩返し出来る」と思ってたのに康平と付き合ってることを知って愕然、「お前みたいな能天気なリーマンに兄貴を幸せに出来るわけない！　俺は認めない！」とか喧嘩するのです。

だと、弟も可愛い佐紀は大変なので、後編では麻生のような年上の男を引っ張り出しました。以下ちょっとネタバレですが、麻生の退場のさせ方はこれでいいのかだいぶん悩んだんですが、麻生が惹かれた佐紀の魅力は強い自我とか生命力かなと思ったのでこの形に。でも他人のためについ自分を犠牲にしてしまう闇の部分にも惹かれたんじゃないかなと思ってます。

文末になりましたが、イラストの金ひかる先生。私、金先生のファン歴、めちゃめちゃ長いです。ファンになった頃の自分に「将来、金先生にイラスト描いてもらえるで！」と教えてあげたらさぞびっくりすると思います。表紙のカラー、本当に眼福です。

そして午後十一時半現在、原稿の最終確認をしてくださっている担当様、いつも様々細やかにご配慮下さりありがとうございます。体壊さないようにしてください！
最後に、この本を手にして下さった読者の皆様、本当にありがとうございます。まだまだあれこれ走っていけたらと思っております。思いも寄らず久しぶりに新刊を書いたみたいに、不意にでも、どこかでまたお会い出来たら幸せです。

雪代鞠絵

✦初出　お料理はお好きですか？……………小説b-Boy（2008年4月号）
※単行本収録にあたり加筆修正しました。
嘘つきなドルチェ………………………書き下ろし

雪代鞠絵先生、金ひかる先生へのお便り、本作品に関するご意見、ご感想などは
〒151-0051 東京都渋谷区千駄ヶ谷 4-9-7
幻冬舎コミックス　ルチル文庫「嘘つきなドルチェ」係まで。

幻冬舎ルチル文庫

嘘つきなドルチェ

2015年4月20日　第1刷発行

✦著者	雪代鞠絵　ゆきしろ まりえ
✦発行人	伊藤嘉彦
✦発行元	株式会社 幻冬舎コミックス 〒151-0051 東京都渋谷区千駄ヶ谷 4-9-7 電話 03(5411)6431[編集]
✦発売元	株式会社 幻冬舎 〒151-0051 東京都渋谷区千駄ヶ谷 4-9-7 電話 03(5411)6222[営業] 振替 00120-8-767643
✦印刷・製本所	中央精版印刷株式会社

✦検印廃止

ISBN978-4-344-83430-9　C0193　Printed in Japan